suhrk

Er ist unerlöst, der junge Doktorand aus Berlin, und er leidet unter einer Italiensehnsucht, wie sie vor ihm höchstens Goethe kannte. Auf dem Rückweg von der Philharmonie, wo er als Türschließer arbeitet, betritt er aus Neugier eine italienische Bar auf der Schöneberger Hauptstraße, und auch wenn er hier nicht den Süden findet, so findet er doch Cristina, eine Südsardin mit undurchdringlichem Blick. Wochen später wagt er eine schüchterne Liebeserklärung, und zu seiner eigenen Überraschung werden die beiden ein Paar. Als Cristina beschließt, in ihre Heimat Sardinien zurückzukehren, packt auch er seine Koffer, denn eine Trennung kann er sich nicht vorstellen. Und ist es nicht die Erfüllung eines Traums: künftig in zwei Welten zu leben, in Schöneberg und in Italien? Mit wenig Gepäck und vielen Hoffnungen machen sich die beiden auf den Weg ...

Ein Reisebuch, ein Stück Autobiografie, vielleicht ein Roman – in jedem Fall aber eine Liebesgeschichte, die so schön und traurig ist wie die Insel selbst. Heiter, ironisch und melancholisch erzählt Hans-Ulrich Treichel von seinem Sardinien und davon, wie es war, der Sehnsucht nach dem Süden zu folgen.

Hans-Ulrich Treichel, 1952 in Versmold/Westfalen geboren, lebt in Berlin und Leipzig. Er studierte Germanistik an der Freien Universität Berlin und promovierte 1984 mit einer Arbeit über Wolfgang Koeppen. Er war Lektor für deutsche Sprache an der Universität Salerno und an der Scuola Normale Superiore Pisa. Von 1985 bis 1991 war er Wissenschaftlicher Mitarbeiter für Neuere Deutsche Literatur an der FU Berlin und habilitierte sich 1993. Seit 1995 ist Hans-Ulrich Treichel Professor am Deutschen Literaturinstitut der Universität Leipzig.

Hans-Ulrich Treichel

MEIN SARDINIEN

Eine Liebesgeschichte

Suhrkamp

Umschlagabbildung: Thomas Grziwa

Erste Auflage 2014
suhrkamp taschenbuch 4496
Suhrkamp Verlag Berlin

Umschlag: Göllner, Michels, Zegarzewski
Karten: Peter Palm, Berlin
Druck und Bindung: Druckhaus Nomos, Sinzheim
Printed in Germany
ISBN 978-3-518-46496-0

I. Cristina begegnete ich zuerst in der Schöneberger Hauptstraße. Sie arbeitete keine hundert Meter von dem Haus entfernt, in dem ich in einer geräumigen Altbauwohnung ein Zimmer bewohnte. Ein Wohngemeinschaftszimmer. Die Hauptstraße war ein Teilabschnitt der Bundesstraße 1, der ehemaligen Reichsstraße 1, die entlang eines der ältesten West-Ost-Handelswege führte. Nicht gerade eine idyllische Gegend. Oder, um es deutlicher zu sagen: eine Lärmhölle. Gut, dass es wenigstens die Mauer gab. Sonst wäre der gesamte West-Ost-Verkehr von Aachen bis Königsberg beziehungsweise von Brügge bis Nowgorod an meinem Zimmer vorbeigerauscht. Der unter Mauerbedingungen eingeschränkte Westberliner Verkehr war allerdings noch immer nervtötend genug. Nicht nur die Autos, auch die Busse. Vor allem die Busse. Auf der Hauptstraße fuhr der 48er. Von der Philharmonie nach Zehlendorf und wieder zurück. Und das alle paar Minuten. Unablässig rollte der 48er über die Hauptstraße. Und gab genau vor meinem Fenster noch einmal ordentlich Gas, schließlich lag Schöneberg auf einer Anhöhe, die bezwungen werden musste, bevor es zwei Blocks weiter wieder bergab Richtung Steglitz ging und der Verkehr ausrollen konnte.

Steglitz galt als das ruhigere Viertel. Obwohl die Steglitzer Schloßstraße nur die Verlängerung der Schöneberger Hauptstraße war, welche wiederum in die gleichzeitig zu Schöneberg und zu Tiergarten gehörende Potsdamer Straße überging. Auch so ein Trauerspiel, die Potsdamer Straße. Mit und ohne Mauer. Zu Mauerzeiten brachte man sie vor allem mit Ausländern, Drogen, Prostitution und Hausbesetzern in Verbindung. Und mit alten Menschen. Armen Berliner Rentnern, sofern sie überhaupt Rente bezogen. Und die beim türkischen Gemüsehändler kurz vor Feierabend Gemüse zum halben Preis bekamen. In der Potsdamer Straße wurden arme Berliner Rentner von den Türken durchgefüttert.

Heute wurde dort niemand mehr von niemandem durchgefüttert. Heute strebte alles ohne auch nur anzuhalten direkt zum Potsdamer Platz, zum Sony Center, zum Hyatt Hotel und zur Mercedes-Benz-Niederlassung. Was früher undenkbar gewesen wäre. Früher strebte man allenfalls zur Philharmonie. Am besten mit dem 48er. Wenn der Zehlendorfer Bürger mit seiner Gattin in Zehlendorf Eiche in den 48er stieg und zur Philharmonie fuhr, dann glitt sein Blick gleichmütig über das Elend der Potsdamer Straße hinweg. Das kümmerte ihn überhaupt nicht. Und auch seine Gattin kümmerte das nicht. Die Zehlendorfer Eheleute bereiteten sich innerlich ganz auf die Philharmonie vor. Auf ihren Stammplatz in Block B. Auf die Bekannten, die man in der Pause im Foyer treffen würde.

Und auf Karajan natürlich, obwohl sie sich den Karajan nicht alle Tage leisteten. Der war nämlich Preiskategorie A, was sich auch auf die Plätze in Block B auswirkte, und das schmerzte selbst einen wohlhabenden Zehlendorfer Bürger. Es musste ja nicht immer Karajan sein. Gastdirigenten taten es schließlich auch. Gastdirigenten konnten auch dirigieren. Es mussten auch nicht immer die Berliner Philharmoniker sein. Gastorchester konnten auch musizieren. Konrad Lattes Barockorchester beispielsweise. Wenn Konrad Latte sein Barockorchester dirigierte, dann waren die Zehlendorfer dabei. Diese strahlenden Trompeten. Diese Festlichkeit. Und Konrad Lattes Barockorchester spielte oft in der Philharmonie. Andauernd eigentlich. Schlug man den Kulturteil des *Tagesspiegels* auf, dann erblickte man als Erstes eine Anzeige, in der ein Konzert mit Konrad Lattes Berliner Barockorchester angekündigt wurde. Oder man erblickte eine Besprechung eines Konzerts. Eine wohlwollende Besprechung. Ich kann mich nicht daran erinnern, jemals eine nicht wohlwollende Besprechung von Konrad Lattes Barockorchester gelesen zu haben. Zumindest nicht im *Tagesspiegel*, der im Übrigen auch an der Potsdamer Straße residierte. Hochkultur an der Potsdamer Straße. Man konnte nur hoffen, dass die Redakteure hinter Lärmschutzscheiben saßen. Und ihren Sauerstoff nicht direkt von der Potsdamer Straße bezogen. Ansonsten hätte man sich die gesamte *Tagesspiegel*-Redaktion als eine Ansammlung von hörgeschädigten Journalisten mit benebelten Gehirnen vorstellen müssen. Man bedenke nur, was allein der 48er an bläulichen Nebelschwaden ausstieß.

Wir machten uns in der Wohngemeinschaft bei der morgendlichen *Tagesspiegel*-Lektüre regelmäßig über Konrad Latte lustig. Ich will das hier gar nicht weiter ausführen. Zumal mir unsere pennälerhaften Scherze viele Jahre später nachträglich peinlich wurden, als eine Biografie Konrad Lattes erschien, in der ich lesen konnte, dass Lattes Lebensgeschichte ganz und gar nicht zum Lachen war. Seine Eltern waren in Auschwitz ermordet worden, und er selbst hatte nur dank mutiger Helfer im Berliner Untergrund überlebt. Von der Geschichte Konrad Lattes hatte ich bis dahin keine Ahnung gehabt, obwohl ich mich ansonsten in der Berliner Philharmonie bestens auskannte. Zum einen war ich musikinteressiert und ging des Öfteren in ein Konzert. Kaufte allerdings meistens Karten für die sogenannten Podiumsplätze, wo man auf Bänken ohne Rückenlehne saß, dafür aber dem Dirigenten ins Angesicht sehen konnte. Und zum anderen hatte ich dort längere Zeit als Türschließer gearbeitet, um meine Doktorarbeit zu finanzieren. Ich fuhr damals ganz wie die Zehlendorfer Bürger mit dem 48er in die Philharmonie, um im grauen Jackett und mit Philharmoniekrawatte Abend für Abend die Saaltüren zu schließen, was für einen Musikliebhaber allerdings eine echte Qual war, denn es war den Schließern strengstens verboten, den Saal während des Konzertes zu betreten.

Solange das Konzert nicht begonnen hatte, durften wir uns auch im Saal aufhalten. Doch bevor der erste Ton erklang, mussten wir die Saaltüren von außen schließen und während des ganzen Konzertes bewachen. Die Saaltüren waren schalldicht. Damit kein Lärm von außen in den Saal hereindrang. Aber es drang auch keine Musik von innen heraus. Während der ganzen Zeit als Türschließer hörte ich nie auch nur einen einzigen originalen Philharmonieton. Ich verpasste die bedeutendsten Konzerte der damaligen Zeit. Mahlers Zehnte, Strauss' Zarathustra, Brahms' Deutsches Requiem, von Beethoven ganz zu schweigen, alles verpasst, nicht einen Ton hatte ich von alledem gehört, obwohl ich direkt vor der Tür stand. Erst wenn der Beifall begann und das Saallicht sich aufhellte, durfte ich die Tür wieder öffnen. Ich konnte das Geschehen im Saal durch eines der kleinen Sichtfenster beobachten, die in den Türen angebracht waren. Auch die Sichtfenster waren schalldicht. Im Laufe meiner gesamten Dienstzeit wagte ich nur ein einziges Mal, die Tür während eines Konzertes einen Spalt weit zu öffnen. Und zwar während des Tristan-Vorspiels. Aber diesmal dirigierte nicht Karajan, sondern ein Gastdirigent, an dessen Namen ich mich nicht mehr erinnere. Vielleicht war es Bernard Haitink gewesen. Es hätte gut Bernard Haitink gewesen sein können. Egal. Ich wollte den Tristanakkord hören. Von wem auch immer er dirigiert wurde. Hier waren alle weltberühmt. Ich hatte mir den Tristanakkord immer wieder auf Schallplatten angehört, und ich konnte ihn auf dem Klavier spielen, was allerdings keine große Kunst war: f-h-dis-gis. Vier Töne. Zwei weiße und zwei schwarze Tasten. Der vom Orchester gespielte Tristanakkord klang freilich ganz anders als auf dem Klavier. Das waren nicht vier Töne, das war eine Welt. Ein ganzer Kosmos war das. Eine Welterschütterung. Und eine Seelenerschütterung, der ich mich nicht entziehen konnte, obwohl ich alles andere als ein Wagnerianer war. Ich war wagnerkritisch, was eine Selbstverständlichkeit war für jemanden, der in den Siebziger- und frühen Achtzigerjahren in einer Schöneberger Wohngemeinschaft wohnte. Wobei meine Mitbewohner kulturell so weit von Wagner entfernt waren, dass sie Wagner noch nicht einmal nicht mochten. Ich dagegen war wagnerkritisch, musste aber feststellen, dass es da so ein paar Wagner-Kompositionen gab, denen gegenüber ich mich gänzlich wehrlos fühlte. Die mich anrührten, wie sie möglicherweise den schlimmsten Wagner-Sentimentalisten anrührten. Und zu diesen Stellen gehörte auch der Tristanakkord beziehungsweise der Anfang von Tristan und Isolde. Und der Liebestod natürlich. Mild und leise. Der Rest war mir dann eher wieder gleichgültig gewesen. Ich hätte damals am liebsten meine Doktorarbeit über den Tristanakkord geschrieben. Ich wäre dem Geheimnis meiner eigenen Rührung gern auf den Grund gegangen. f-h-dis-gis. Was war los mit diesen vier Tönen? Allerdings war ich kein Musikwissenschaftler, sondern Germanist. Schon meine ersten Recherchen über den Tristanakkord in der *MGG*, wo dem Tristanakkord mehrere Spalten gewidmet waren, hatten ergeben, dass ich ohne musikwissenschaftliche Kenntnisse nicht weit kam. Ich begriff immerhin so viel, dass der Tristanakkord eben doch mehr war als f-h-dis-gis. Ansonsten half mir die Theorie nicht weiter. Weil ich sie nicht verstand. Aber hören konnte ich. Und ich hörte genau das, was mir auch die Musikwissenschaftler bestätigten: dass es sich beim Tristanakkord um etwas handelte, was man ›unaufgelöst‹ nannte. Der Tristanakkord war ein unaufgelöster Akkord. Und »ein vagierender mit enigmatischer Vieldeutigkeit« dazu. Wo die Musikwissenschaftler unaufgelöst sagten, da ergänzten die Religionswissenschaftler und Kulturphilosophen: unerlöst. Was mir sofort einleuchtete. Auch ich war unerlöst. Ich war wie der Tristanakkord. Daher die Rührung. Daher die ganze Wagner-Verführung. Mit der ich ja eigentlich nichts am Hut hatte. Im Unterschied zum Unerlöstsein.

Als Doktorand schrieb ich meine Doktorarbeit über den Schriftsteller Wolfgang Koeppen. Der war ebenfalls unerlöst. Er war der Schriftsteller, der nicht schrieb. Weil er ein Schriftsteller mit so heftigen Schreibkrisen gewesen war, dass in der Öffentlichkeit der Eindruck entstand, er sei verstummt. Er war aber gar nicht verstummt. Er hatte nur sehr unregelmäßig geschrieben. Und weitaus weniger, als er schreiben wollte und seinen Verlegern und dem Publikum zu schreiben versprach. Über Musik hatte er auch einmal geschrieben. Beziehungsweise über einen Komponisten namens Siegfried, dessen Symphonie in Rom uraufgeführt wurde. Über Siegfried hatte Wagner eine ganze Oper geschrieben, was mich aber weniger interessierte. Mich interessierte Tristan. Und Isolde natürlich auch. Zwei Unerlöste.

Meine Isolde begegnete mir in Berlin-Schöneberg. Auch mit ihr würde ich über das Meer fahren. Westwärts schweift der Blick. Ostwärts streicht das Schiff. Beziehungsweise umgekehrt. Aber das wusste ich damals noch nicht, als ich in der Philharmonie als Türschließer mit der Aufgabe betraut war, ausgerechnet in dem Moment die schalldichte Saaltür von außen zu schließen, als der

Dirigent den Taktstock hob, um das Tristan-Vorspiel zu beginnen. Wobei der Tristanakkord schon im zweiten Takt des Vorspiels erklingt. Der Dirigent hebt den Taktstock, und genau drei Noten später hören wir: f-h-dis-gis. Da war es geradezu zwingend, dass ich mich eines Abends traute, das Schließen der Saaltür um einige wenige Sekunden hinauszuzögern. Ich schloss die Tür nicht, sondern schob mich, während der Dirigent schon beide Arme erhoben hatte, in die leicht geöffnete Tür hinein und wartete auf die ersten Töne. Doch nachdem der Dirigent den ersten Takt angeschlagen hatte, fühlte ich eine kalte Hand auf der Schulter. Es war eine Frauenhand. Sie gehörte der Chefin der Türschließer, Kartenabreißer und Garderobieren. Eine blonde und gar nicht unattraktive Dame im dunkelblauen Kostüm, die während der Konzerte Kontrollrundgänge machte. Allerdings pflegte sie dies zumeist nach der Pause zu tun. Diesmal kam sie unmittelbar zu Beginn des Konzerts und überraschte mich in dem Moment, in dem das f-h-dis-gis zwar noch nicht erklungen war, aber schon in der Luft lag. »Sie sind hier nicht zum Musikhören«, flüsterte sie und nahm die Hand erst wieder von meiner Schulter, als ich die Saaltür von außen geschlossen hatte. Dann setzte sie ihren Rundgang ohne jeden weiteren Kommentar fort.

So wie ich die Dame kennengelernt hatte, konnte dies nicht alles gewesen sein. Sie führte ein strenges Regiment mit den Angestellten, von denen die meisten ja nur Aushilfskräfte und entweder Studenten oder arme Schlucker waren, die nicht viel zu verlieren hatten. Ob sie hier jobbten oder Sozialhilfe bezogen, war im Grunde gleichgültig.

Was das Risiko erhöhte, dass sie nicht allzu pflichtbewusst waren und sich gegebenenfalls auch einmal danebenbenahmen. Das durfte natürlich an einem Ort wie der Philharmonie nicht sein. Hier fiel man schon auf, wenn man sich nicht rasiert oder seine Fingernägel nicht geschnitten hatte. Letzteres galt insbesondere für die Kartenabreißer, die von der Chefin bei den sogenannten Teambesprechungen eigens dazu angehalten wurden, ihre Hände und Nägel zu pflegen.

Auch während der nächsten Tage rechnete ich noch mit irgendwelchen Konsequenzen, einer Abmahnung oder wenigstens einer weiteren Zurechtweisung. Aber ich hatte Glück. Die strenge Dame war gar nicht so streng und hatte offenbar Verständnis für mein Musikinteresse. Statt mich abzumahnen, schickte sie mich an einen anderen Arbeitsplatz. »Hier können Sie zuhören, so viel Sie wollen«, bemerkte sie nur, als sie mir den Platz zuwies. Es war die Bühnen- beziehungsweise Podiumstür, die das Orchesterpodium mit der Kantine verband. Und es war auch die Tür, durch die die Musiker und Choristen gingen. Allerdings nicht die Solisten und auch nicht die Dirigenten. Und natürlich auch Karajan nicht. Ich hätte Karajan gern einmal aus der Nähe gesehen. Ich hätte ihm auch gern die Podiumstür aufgehalten. Aber daran war gar nicht zu denken. Ich durfte noch nicht mal den Choristen oder Orchestermusikern die Podiumstür aufhalten. Karajan und allen anderen Dirigenten wurde die Tür von dem sogenannten Orchesterwart aufgehalten, einem kleinen rundlichen Menschen mit Brille und immer leicht verschwitzter Glatze, der das übrige Personal keines Blickes würdigte. Er war es auch, der unmittelbar vor und manchmal auch nach Erscheinen des Orchesters das Podium betreten und die Partitur auf das Notenpult des Dirigenten legen durfte. Und aufschlagen. Zumeist auf Seite eins. Aber nicht immer. Bei konzertanten Opernaufführungen war es fast immer die Seite eins, da zumeist die Ouvertüren gespielt wurden. Und nicht irgendwelche Zwischenspiele. Die Aida-Ouvertüre beispielsweise. Oder die Leonoren-Ouvertüre. Oder eben das Tristan-Vorspiel. Wenn keine Ouvertüre gespielt wurde, war die Partiturkenntnis des Orchesterwarts gefragt. Wenn es um das Adagietto aus Mahlers 5. Sinfonie ging, musste der Orchesterwart die Partitur beispielsweise ziemlich weit hinten aufschlagen. Und das alles vor den Augen des gesamten Publikums. Da konnte man nicht einfach wie ein Hausmeister aufs Podium schlurfen. Das war eine öffentliche Darbietung, dieses Aufschlagen der Partitur. Wobei es natürlich auch möglich gewesen wäre, die Partitur schon vor Einlass des Publikums aufzuschlagen. Aber nicht für unseren Orchesterwart. Der wollte seinen Auftritt haben. Erst erschien der Orchesterwart. Dann Karajan. Manchmal gab es sogar Applaus für den Orchesterwart, für den der Mann sich aber nicht bedankte. Er kannte schließlich seine Grenzen. Dass er trotzdem stolz auf den Applaus und seine Aufgabe war, sah man daran, dass er seinen Rücken noch mehr durchdrückte, noch federnder zurück zur Podiumstür ging und sein Kinn noch etwas mehr reckte als beim Betreten des Podiums. Zum Glück war der Konzertmeister nicht für meine Podiumstür zuständig. Diese Tür wurde von einem eher hausmeisterhaften und jovialen Menschen aufgehalten, der nicht wie der Orchesterwart einen dunklen Abendanzug trug, sondern einen grauen Kittel. Fehlte nur noch der Schraubenzieher in der Brusttasche.

Ich hatte nun einen privilegierten Arbeitsplatz. Das Privileg bestand darin, dass ich erstens sitzen durfte, auf einem Stuhl direkt neben der Tür, und zweitens dem Konzert lauschen konnte, denn über der Tür war ein Lautsprecher angebracht, der die Konzerte übertrug und gleichsam als Monitor für alle diejenigen diente, die sich in der Kantine aufhielten. Der Lautsprecher schien allerdings aus der Nachkriegszeit zu stammen. Die Klangqualität entsprach ungefähr derjenigen meines Transistorradios, das ich als Kind beziehungsweise Knabe besaß und mit dem ich in Westfalen die BFBS-Hitparade hören konnte. Was auch nicht gerade erlösend, aber offenbar genau das Richtige für meine damalige Lebensphase war. Jetzt, auf meinem Stuhl neben der Podiumstür, hörte ich Beethoven, Brahms, Mozart und auch Wagner. Aber es gefiel mir nicht. Es klang wie billige Radiomusik. Besonders Wagner. Und auch das Tristan-Vorspiel hätte so geklungen, wenn es denn gespielt worden wäre. Aber es wurde nicht gespielt. Während meiner gesamten weiteren Dienstzeit in der Philharmonie stand niemals mehr das Tristan-Vorspiel auf dem Programm. Sodass ich auch nicht behaupten kann, dass ich ausgerechnet nach einem Tristan-Abend zum ersten Mal der Frau begegnet bin, mit der ich später übers Meer und Richtung Sardinien fahren sollte. Was an jenem Abend in der Philharmonie gespielt wurde, habe ich vergessen. Ich weiß nur noch, dass es einer dieser trüben Winterabende war, von denen es in Berlin so viele gab. Und ich weiß auch, dass ich nach der Arbeit keine Lust hatte, nach Hause zu gehen. Was hieß schon nach Hause. Ich wohnte in dieser sogenannten Wohngemeinschaft. War aber juristisch gesehen Untermieter in einer Sechszimmerwohnung, in der fünf der Bewohner ebenfalls Untermieter waren. Der sechste Bewohner war der Hauptmieter. Der aber so tat, als sei auch er nur ein Untermieter, damit wir uns als Gemeinschaft fühlten. Bis es Konflikte gab. Dann war er wieder der Hauptmieter. Und wir anderen die Untermieter. Das konnte auf die Dauer nicht gut gehen, denn irgendwann möchte jeder einmal Hauptmieter sein. Man kann nicht als Untermieter alt werden. Oder höchstens in Romanen von Robert Walser.

Ich hatte damals nicht nur viel Wagner gehört, sondern auch viel Robert Walser gelesen. Der ja auch ein sehnsüchtiger und sogar sehnsuchtskranker Mensch war. Ich hatte mir sogar einen Satz aus Walsers Roman *Der Gehülfe* über den Schreibtisch geheftet: »Man sah den Wegen am Abendlicht an, dass es Heimwege waren.« Zu schön, um wahr zu sein. Solche Wege gab es in Berlin-Schöneberg nicht. Zumal sich der Satz, der eine längere Karriere als Sinnspruch für Kitschpostkarten und Poesiealben vor sich haben sollte und daher seinen Platz über meinem Schreibtisch auch irgendwann wieder räumen musste, auf heimkehrende Fabrikarbeiter bezog: »Die zahlreichen Fabrikarbeiter kehrten still und schön und ermüdet von ihren Schaffenswerkstätten heim. Man sah den Wegen am Abendlicht an, dass es Heimwege waren.« Still und schön. Mild und leise. Mir leuchtete kein Berliner Abendlicht. Und wenn man der nächtlichen Schöneberger Hauptstraße etwas ansah, dann vor allem, dass hier keine Heimat war. Auch nicht in dem Haus, in dem ich wohnte. Ein wuchtiges Eckhaus mit abgerundeter Fassade und einer Pilsator-Reklame daran.

Nachdem ich aus dem 48er gestiegen war, lief ich noch ein wenig die Hauptstraße hinauf. Alles war dunkel. Der türkische Supermarkt. Die Musikalienhandlung. Das Schwulen-Café. Auch das Kino an der Ecke Vorbergstraße hatte seine Leuchtreklame abgeschaltet. Und die Straßenlampen sonderten dürftiges mattgelbes Licht ab, passend zum Novemberwetter. Nur aus dem Oberlicht über der Eingangstür eines italienischen Lokals strahlte es grellweiß hervor wie aus einem technischen Labor. Die Tür selbst war ebenso wie die Frontscheiben mit einer Folie in den italienischen Nationalfarben abgeklebt. Ich hatte mich schon öfter gefragt, was dort drinnen wohl vor sich ging. War das überhaupt ein italienisches Lokal? Oder doch ein Testlabor für Neonröhren oder etwas in der Art? Denn das weiße Licht schien Tag und Nacht zu brennen. Ich hatte mich bisher nicht getraut, hineinzugehen. Die Tür war mit einem Klingelknopf versehen, Passanten waren hier offensichtlich nicht willkommen. Aber ich war ja gar kein Passant. Ich war ein Nachbar. Das hier war schließlich mein Kiez. Mein Kino. Meine Musikalienhandlung. Mein Türke. Und mein Schwulen-Café. Auch wenn ich es bisher noch nie betreten hatte. Aber ich hätte es betreten können. Es hatte keine verklebten Frontscheiben. Man konnte hineinschauen und das Personal und die Gäste betrachten. Und zu klingeln brauchte man auch nicht. Ich sollte in Zukunft des Öfteren ins Schwulen-Café gehen. Eigentlich eine Unverschämtheit von den Italienern, sich so abzuschotten. Ausgerechnet die Italiener, die mir immer die liebsten Nachbarn gewesen waren. Aufs Ganze gesehen.

Es gab Zeiten, da wäre ich am liebsten selbst ein Italiener gewesen. Während meines Studiums hatte mich die Italiensehnsucht ergriffen, ganz wie es sich für einen Germanistikstudenten gehörte. Und ich war nicht nur sooft ich konnte nach Italien und vor allem nach Rom gereist, ich hatte Italienisch als zweites Nebenfach belegt und zudem einen Sommer lang an der Ausländeruniversität in Perugia Italienisch gelernt. Mir hatte nur noch eine italienische Freundin gefehlt, die mir aber nicht vergönnt gewesen war. Stattdessen fing ich in Perugia ein Techtelmechtel mit einer etwas phlegmatischen und rundlichen mexikanischen Studentin an, die sehr gut Spanisch und sehr schlecht Italienisch sprach und es im Grunde auch nicht lernen wollte. Warum auch. Sie konnte ja schon Spanisch. Griechen lernten Italienisch in Perugia, um anschließend in Italien Medizin zu studieren. Deutsche und Engländer lernten Italienisch wegen der Italiensehnsucht. Mexikaner konnten ohne Probleme in Spanien Medizin studieren, wenn sie es nicht in Mexiko tun wollten. Und von einer Italiensehnsucht hatte ich weder bei Mexikanern noch bei Spaniern jemals etwas gehört. Spanier sehnten sich nicht nach Italien. Genauso wenig wie sich Italiener nach Spanien sehnten. Die sehnten sich eher nach Deutschland oder nach England beziehungsweise Skandinavien. Was für den deutschen Germanisten die Sehnsucht nach dem Süden war, das war für den italienischen Italianisten und den spanischen Hispanisten die Sehnsucht nach dem Norden. Die allerdings auch in der deutschen Literatur vorkam, was mich aber nicht weiter interessierte, da diese Art Sehnsucht durch die Nazis kontaminiert war. Wofür aber die deutschen Romantiker beispielsweise, die sich sowohl nach dem Süden als auch nach dem Norden gesehnt hatten, natürlich nichts konnten. Genauso wenig wie Richard Wagner oder beispielsweise Rilke, der sich ebenfalls nach dem Norden und speziell nach Dänemark gesehnt hatte.

Ich hatte mich während meines Studiums nie mit der Nordsehnsucht, sondern immer nur mit der Südsehnsucht und hier vor allem mit der Italiensehnsucht befasst und hätte auch gern meine Staatsexamensarbeit darüber geschrieben. Oder meine Doktorarbeit. Oder sogar beides, das Motiv war schließlich unerschöpflich. Das hätte auch noch für eine Habilitationsschrift gereicht. Und es wären trotzdem noch massenhaft sogenannte Forschungsdesiderate übrig geblieben. Allein schon Goethe. Dessen Italiensehnsucht war für sich genommen bereits unerschöpflich. Wobei es ja drei Goethes gab, die sich nach Italien nicht nur gesehnt hatten, sondern auch dorthin gereist waren und darüber in Briefen und Tagebüchern geschrieben hatten. Johann Wolfgang Goethe, sein Vater Johann Caspar und sein Sohn August. Johann Wolfgang Goethes *Italienische Reise* kennen wir alle. Vom Hörensagen zumindest. Johann Caspar Goethes *Viaggio per l'Italia fatto nell'anno 1740 et in XLII lettere descritto da Jo-*

hann Caspar Goethe, so der Originaltitel des Manuskripts, kennen wir nicht unbedingt. Auch nicht vom Hörensagen. Wobei Vater Goethe in gewisser Weise italienischer war als sein Sohn, schließlich hatte er seine *Italienische Reise* auf Italienisch geschrieben. Johann Caspar Goethes *Viaggio per l'Italia* kann man heute als Taschenbuch kaufen unter dem Titel *Reise durch Italien im Jahre 1740*. Das Tagebuch von August von Goethes Italienreise aus dem Jahr 1830 ist unter dem Titel *Auf einer Reise nach Süden* erschienen. August Goethe reiste mit Eckermann, der irgendwann krank wurde und die Reise abbrach. Der alkoholkranke August reiste allein weiter und starb im Oktober 1830 in Rom an den Folgen eines Schlaganfalls. Er wurde auf dem Protestantischen Friedhof begraben. Ein Ort, der auch dem Vater gut angestanden hätte.

Wie vieles könnte ein Erforscher der Italiensehnsucht doch in diese drei Italienreisen hineindeuten und aus ihnen herauslesen. Und wie vieles ist schon hineingedeutet und herausgelesen worden. Allein die Tatsache, dass alle drei Goethes in Neapel den Vesuv bestiegen, gäbe Anlass zu den schönsten vergleichenden Untersuchungen. Wie steigt ein Caspar, wie steigt ein Johann Wolfgang und wie steigt ein August den Vesuv hinauf? Und was erlebt er und wie schreibt er jeweils darüber? Wobei Johann Wolfgang Goethe im März 1787 gleich dreimal auf den Vesuv gestiegen ist. Immer von Bergführern und einmal auch von Tischbein begleitet. Ich wäre als Germanist nicht wenig geneigt gewesen, mich auf diese Vesuv-Besteigungen zu spezialisieren, hätten dies nicht schon andere vor mir getan. Überhaupt war die Italiensehnsucht ein oft und gern bearbeitetes Motiv, denn so viel sich daraus machen ließ, so viel wurde auch daraus gemacht. Wer über die Vesuv-Besteigungen deutscher Schriftsteller forschen wollte, der musste zugleich auch einen Berg von Sekundärliteratur erklimmen. Gar nicht zu reden vom Italien- und Südmotiv schlechthin. Ganze Gebirge warteten da auf einen. Wollte ich das? Diese Gebirge erklimmen? Nein, ich wollte es nicht. Konnte aber das Italien-Thema trotzdem in meine Doktorarbeit hineinschmuggeln, schließlich hatte der Schriftsteller, der nicht schrieb, auch einen Rom-Roman geschrieben. Was mir insofern entgegenkam, als meine Italiensehnsucht lange Zeit vor allem eine Romsehnsucht gewesen war.

Aber man muss ja nicht alle seine Sehnsüchte in germanistische Abschlussarbeiten verwandeln. Man kann sich ihnen auch gedankenlos beziehungsweise instinktgesteuert überlassen, wie ich es damals auf der Schöneberger Hauptstraße tat, als ich mich plötzlich wie niemals zuvor angelockt fühlte von der mit den italienischen Nationalfarben beklebten Glasfront und dem gleißend hellen Lichtschein, der aus dem Oberlicht der Eingangstür auf die nächtliche Hauptstraße fiel. Diesmal ging ich nicht daran vorbei, sondern klingelte, worauf auch sogleich ein Summer ertönte und ich die Tür öffnen konnte. Mit nun doch klopfendem Herzen betrat ich das Lokal: ein weiß gekachelter, hell erleuchteter Raum mit Tischen, Stühlen, einem Bartresen und keinem einzigen Gast erwartete mich. Eine Bedienung war ebenfalls nicht zu sehen. Aber irgendjemand musste schließlich den Summer gedrückt haben. Und wäre nicht doch noch die Bedienung hinter der Bar erschienen, wäre ich schleunigst wieder umgekehrt. Das war nicht der Süden, das war nicht Italien, wo die Mandolinen spielten und die Zitronen blühten. Das war ein Operationssaal. Und die Bedienung war eine große und blonde junge Frau, die ebenfalls nicht nach Italien aussah, sondern wie eine deutsche OP-Schwester. Oder Anästhesistin. Italienisch an ihr war höchstens die Tatsache, dass sie meinen Gruß nicht erwiderte. Das kannte ich auch aus Italien. Besonders aus Süditalien. Diese Schweigsamkeit, wenn man eine Bar oder ein Hotel betrat, ein freundliches »Buon giorno« sagte und niemand zurückgrüßte. Auch die blonde Barfrau grüßte nicht zurück. Sie sah mich nur an und wartete auf meine Bestellung. Ich sagte »Einen Espresso bitte«, und sie servierte mir mit geübten Handgriffen und im Eiltempo den Espresso. Immer noch wortlos. Ich sagte »Danke«, sie nickte nur und sah mich weiterhin an. Irgendwie verständnislos. Als wenn sie so einen wie mich noch nie gesehen hatte. Dabei sah ich ganz normal aus. Mittelgroß. Mittelblond. Mittelschwer. Erst sah sie mich verständnislos an. Und dann mit einem Blick, der nichts Gutes verhieß. Der besagen sollte, dass ich mich nicht länger als nötig hier aufhalten sollte. Und dass sie Besseres zu tun habe, als einem wie mir Espresso zu servieren. Ich merkte, dass ich einen gewissen Trotz gegenüber dieser Frau mobilisierte. Ich schlürfte meinen Espresso besonders langsam, oder besser: Ich schlürfte ihn gar nicht, sondern nippte nur daran, befeuchtete meine Zungenspitze. Und dies so lange, bis die Blonde irgendwann sagte: »Schichtwechsel. Ich muss abkassieren.«

Es war drei Minuten vor Mitternacht. Offenbar ging ihre Schicht bis Mitternacht. Ich bezahlte, sie kassierte und verschwand in einem Raum hinter der Bar. Ich war noch immer der einzige Gast und beschloss, ebenfalls zu verschwinden. Außer Tischen, Stühlen und einem gekachelten Fußboden war hier nichts zu sehen. Noch nicht einmal ein Neapel-Plakat war an die Wand geklebt oder ein Bild mit der Mannschaft von Lazio Roma oder der ACF Fiorentina, wie es in manchen Pizzerien üblich war. Ich stand von meinem Barhocker auf und ging zur Tür. Doch in dem Moment, als ich gegen die Tür drückte, wurde sie von außen geöffnet. Und eine junge Frau trat ein. Nicht blond, sondern schwarz. Nicht groß, sondern eher zierlich. Und ihre Augen waren nicht blau, sondern braun. Dunkelbraun. Wenn ich richtig gesehen hatte, denn ich hatte nur einen sekundenlangen Augenkontakt mit ihr. Schon war sie drinnen und ich draußen. Ich wäre am liebsten noch einmal umgekehrt, um sie ganz in Ruhe zu betrachten. Aber das wagte ich natürlich nicht. Zumindest nicht in dieser Nacht.

Um es kurz zu machen: Schon nach wenigen Wochen war ich Stammgast in der Bar. Erst war ich mehrere Male spätabends in die Bar gegangen, immer kurz nach Mitternacht, um der Blonden nicht mehr zu begegnen. Wobei ich feststellte, dass die Bar sich um diese Zeit mehr und mehr füllte und dass die Gäste ausschließlich aus Italienern bestanden. Ich hatte anfangs allerdings nur wenig Gelegenheit gehabt, mit der schwarzhaarigen Frau ins Gespräch zu kommen. Dass sie Cristina hieß, hatte ich natürlich sogleich mitbekommen, denn jeder rief sie bei ihrem Vornamen. Und dass sie aus Sardinien stammte, auch. Das hatte sie mir erzählt. Ansonsten war sie mit den anderen Gästen beschäftigt. Irgendjemand nahm sie immer in Beschlag. Entweder weil eine Bestellung vorlag. Oder weil sich jemand mit ihr unterhielt. Zwischendurch verschwand sie in einem hinteren Raum und servierte dort. Ich stand an der Bar, sah ihr bei der Arbeit zu und nippte an meinem Espresso. Bestellte manchmal auch einen zweiten und stieg dann auf Chinotto um, eine italienische Limonade, die hier von vielen getrunken wurde. Alkohol wurde fast gar nicht konsumiert, was auch daran lag, dass die Bar von den meisten aufgesucht wurde, um Karten zu spielen. Zum Zeitvertreib, wie ich anfangs annahm. Erst später erfuhr ich, dass hier vor allem um Geld gespielt wurde. Um viel Geld sogar. Das natürlich nicht für alle sichtbar auf den Tischen lag. Die Summen wurden auf Zetteln notiert. Dafür waren es zum Teil enorme Summen. Später würde mir Cristina erzählen, dass nicht nur teure Uhren und sogar Autos, sondern auch ganze Pizzerien hier verspielt wurden, und einige Male auch die Bar selbst, sodass öfter die Besitzer wechselten. Was aber die früheren Besitzer nicht daran hinderte, sich noch immer wie Besitzer aufzuführen, dem Personal Anweisungen zu geben und sich hinter dem Tresen zu schaffen zu machen. Wer sich nicht auskannte, der konnte den Eindruck bekommen, dass der Laden ein halbes Dutzend Chefs hatte. Wobei die Kundschaft nur aus Stammkunden bestand. Ich war offenbar der einzige Fremde, was aber toleriert wurde. Ich störte ja auch nicht weiter. Und konnte mich auf Italienisch verständigen. Auch Cristina störte ich nicht weiter. Obwohl ich es gern getan hätte. Ich hätte mich gern mit ihr ausführlicher unterhalten. Ich hätte sie gern zum Essen eingeladen. Ich wäre gern mit ihr spazieren gegangen. Aber nichts von dem wagte ich ihr auch nur andeutungsweise zu sagen. Stattdessen trank ich so gelassen wie möglich meinen Espresso oder Chinotto und achtete darauf, sie nicht ständig anzustarren. Was ich aber trotzdem tat. Und was zu nichts führte. Ich wurde zum stummen Thekensteher, der sich nach der Barfrau verzehrte, und je mehr er sich nach ihr verzehrte, desto unerreichbarer schien sie für ihn zu werden.

So war an sie nicht heranzukommen. Zumal auch die anderen ja nicht an sie herankamen. Ich konnte jede Nacht aufs Neue beobachten, mit welch unerbittlicher Konsequenz sie jeden Annäherungsversuch abwehrte. Sie war immer freundlich, unterhielt sich mit jedem, machte auch irgendwelche Späße mit und konnte herzhaft lachen. Aber berühren ließ sie sich nicht. Auch scheinbar harmlose und kumpelhafte Annäherungsversuche ließ sie nicht zu. Wer versuchte, einen Arm um sie zu legen oder ihr in die Wange zu kneifen, was Italiener untereinander gelegentlich tun, den wies sie schneidend ab. Einmal hatte ich beobachtet, wie einer der Spieler ihr einen ziemlich großen Geldschein als Trinkgeld direkt in eine der vorderen Jeanstaschen stecken wollte. Sie schlug ihm so bestimmt die Hand weg, dass der Mann zurückzuckte und das Geld resigniert vor ihr auf den Tisch legte. Ganz offensichtlich verbot ihr der Stolz, sich auf diese Weise berühren zu lassen. Er verbot ihr aber nicht, auch größere Geldsummen als Trinkgeld anzunehmen. Auch den vor ihr liegenden Schein strich sie mit einem kurzen »Grazie« ungeniert ein. Und steckte ihn sich in genau die Tasche, in die der Mann den Schein hatte stecken wollen.

Auf diese Weise hatte man garantiert keine Chancen bei ihr. Und auf die kumpelhafte Tour auch nicht. Vielleicht war auch überhaupt nicht an sie heranzukommen. Ich bildete mir jedenfalls längere Zeit nicht ein, der Auserwählte sein zu können. Zumal einige der italienischen Männer einiges mehr zu bieten hatten als ich. Das waren ja nicht nur die Berufsspieler oder notorischen Nichtstuer. In dem Lokal verkehrten auch Restaurantbesitzer und Geschäftsleute. Weinimporteure, Lebensmittelgroßhändler, Gastronomieausstatter. Irgendjemandem mussten die Berufsspieler ja das Geld abnehmen. Die Restaurantbesitzer und Geschäftsleute parkten ihre weißen und dunkelblauen Alfa Romeos vor der Bar. Und waren elegant gekleidet. Mit italienischen Anzügen. Einige trugen Sonnenbrillen. Auch nachts. Was in dem hellen Neonlicht ja auch nicht unangebracht war. Ich dagegen stand in Jeans und Pullover an der Bar herum. Oder, wenn ich direkt nach meinem Philharmonie-Dienst dorthin gegangen war, im grauen Dienstjackett. Mit den Alfa-Romeo-Fahrern konnte ich nicht konkurrieren. Ich hatte nicht mal einen Führerschein. Aber ich schrieb an meiner Doktorarbeit, was mir ein gewisses Selbstbewusstsein verlieh, auch wenn ich noch mindestens ein Jahr daran zu arbeiten hatte. Meinen Lebensunterhalt bestritt ich mit einem Stipendium, das sich Grafög nannte. Graduiertenförderung. Der Schriftsteller, der nicht schrieb, hatte mir gewissermaßen zur Graduiertenförderung und damit zu meinem Lebensunterhalt verholfen. Dafür würde ich mich mit meiner Doktorarbeit bedanken. Das war sicher die bessere Investition in die Zukunft als Kartenspielen. Änderte aber nichts an der Tatsache, dass meine nächtlichen Barbesuche keine Fortschritte brachten, was meine Bemühungen um Cristina anging. Das geschah erst, als sie die Schicht wechselte und nun von acht Uhr morgens bis um sechzehn Uhr arbeitete. Während nachts das Lokal enorm belebt war, kamen tagsüber nur wenige Gäste. Ich gewöhnte mir an, sie nach der Mittagszeit, zwischen eins und drei, zu besuchen. Da war Siestazeit. Nicht nur in Neapel oder Palermo, auch in der Schöneberger Hauptstraße hielt man die Siestazeit ein. Dann herrschte Stille in der Bar, und Cristina war meistens allein. Jetzt konnte ich auch länger mit ihr sprechen und mehr über sie und ihre Herkunft erfahren.

Sie stammte aus Südsardinien, aus dem Ort Sant'Antioco, von dem ich bis dahin noch nie etwas gehört hatte. Ihre Eltern waren früh gestorben, und sie war als sehr junge Frau nach Deutschland ausgewandert. Sie hatte einen Bruder, der noch immer in Sant'Antioco lebte und dort inzwischen einen Landschafts- und Gartenbaubetrieb besaß. Und der ihr schon einige Male angeboten hatte, nach Sardinien zurückzukehren. Er würde ihr helfen, sich dort wieder anzusiedeln. Das Angebot gab es immer noch. Doch bisher war sie zu stolz dazu gewesen. Sie hatte gehofft, sich in Deutschland selbstständig zu machen. Mit einem Restaurant. Einer Boutique. Oder einem Kosmetikstudio. Aber nichts hatte geklappt. Als erfolgreiche Geschäftsfrau wäre sie sehr gern wieder nach Sardinien zurückgegangen. Um sich dort ein Haus zu bauen. Für das Alter. Aber so? Mit nichts in den Händen? Als ich sie fragte, warum das alles nicht geklappt habe, die Boutique, das Restaurant, das Kosmetikstudio, hob sie nur abwehrend die Hände. Anscheinend wollte sie nicht darüber reden. Erst hob sie abwehrend die Hände und dann wandte sie sich plötzlich von mir ab und begann, Gläser und Espressotassen abzuspülen. Ich fragte nicht weiter, spürte aber, dass sie trostbedürftig war. Und längst nicht so unnahbar, wie es schien. Ich wäre am liebsten hinter den Tresen gegangen und hätte sie in den Arm genommen. Was aber ganz unmöglich war. Ich hätte mir ganz sicher eine Abfuhr geholt. Vielleicht hätte sie mir auch eine Chinotto-Flasche über den Schädel gehauen. Stattdessen fasste ich all meinen Mut zusammen und machte ihr so etwas wie eine Liebeserklärung. Während sie noch mit dem Geschirr beschäftigt war, stand ich von meinem Barhocker auf und sagte, beinahe schon im Hinausgehen und noch ehe sie sich von ihrem Abwasch abwenden und zu mir schauen konnte: »Ti voglio bene. Molto bene.« Das konnte heißen: »Ich habe dich gern. Sehr gern.« Aber wer wollte, konnte darunter auch verstehen: »Ich liebe dich. Sehr sogar.« Dann verließ ich die Bar. Ich flüchtete geradezu, ohne mich noch einmal nach ihr umzusehen. Weil ich, noch ehe ich die Worte ganz ausgesprochen hatte, schon fürchtete, mich lächerlich gemacht zu haben. Wer weiß, welche neapolitanische Geste sie mir jetzt nachschickte. Und ganz ehrlich war ich auch nicht gewesen. Dass ich sie gernhatte, stimmte. Dass ich sie liebte, war allerdings etwas voreilig formuliert. Richtiger war wohl, dass ich alles in mir mobilisierte, um mich in sie zu verlieben.

Aus Scham über mein ungestümes Bekenntnis, das mir wohl überhaupt nur möglich gewesen war, weil ich es auf Italienisch und nicht auf Deutsch sagen konnte, ließ ich mich zwei Wochen nicht in der Bar blicken. Dachte aber in dieser Zeit auf eine Weise an Cristina, als ob wir bereits zusammengehörten. Sie wusste es nur noch nicht. Meine Liebeserklärung hatte ohne Zweifel meine Gefühle für sie verstärkt. Wer regelmäßig betet, der wird irgendwann auch glauben, hatte mal jemand behauptet. Vielleicht war es auch mit der Liebe so: Wer regelmäßig Liebeserklärungen macht, der wird irgendwann auch lieben. Bei mir hatte offenbar schon eine einzige Liebeserklärung gereicht. Ich hatte mich verliebt. Und nicht nur das: Ich begann auch, mich nach Sardinien zu sehnen.

Bisher hatte ich mich nach Italien gesehnt. Das gehörte sozusagen zu mir. Die Italiensehnsucht war mir wenn nicht von der Wiege an, so doch seit Beginn meines Studiums vertraut. Der Satz, dass ein Deutscher, der sich nicht nach Italien sehnt, gar kein richtiger Deutscher sei, galt insofern auch für mich, als ich der Überzeugung war, dass ein Germanistikstudent, der sich nicht nach Italien sehnt, gar kein richtiger Germanistikstudent ist. Allerdings hatte ich dabei niemals Sardinien im Blick gehabt. Sizilien schon. Sizilien gehörte ja auch zu Goethes Reiseroute. Aber Sardinien nicht. Die Sardiniensehnsucht war mir vollkommen neu. Und nicht nur mir. So viele Seminare ich auch besucht und so viele Bücher und Aufsätze ich auch über die Italiensehnsucht gelesen hatte, von einer Sardiniensehnsucht war dort nirgends die Rede gewesen. Sardinien schien insgesamt keine besondere Rolle in der deutschen Literatur zu spielen. Keine Sardinienromane. Keine Sardiniengedichte. Ich kannte jedenfalls keine. Nur von zwei Texten wusste ich. Der eine stammte von Ernst Jünger und der andere von Wolfgang Koeppen. Wobei der Koeppen-Text weniger von Sardinien als vielmehr von einem schwarzen Hund handelte, der »der Sarde« hieß. Sardinien selbst kam in dem Text nur insofern vor, als der Autor davon erzählt, dass er Sardinien gar nicht kennt: »Im Mittelmeer eine Insel, die Sardinien genannt wird. Ich glaube es und zweifle. Das ist meine Stärke, die mich schwächt. Ich bin nicht in die Gegend gekommen, ich habe Sardinien nicht gesehen. Ein Zufall. Ein Versäumnis.« Das war der Anfang der Erzählung. Ein Anfang, der den Autor offenbar so sehr beschäftigt hatte, dass er noch drei weitere Anfänge schrieb: »Ich weiß, im Mittelmeer gibt es eine Insel, die Sardinien genannt wird«, heißt es da. Oder auch: »Ich behaupte, das zu wissen: im Mittelmeer eine Insel, die Sardinien genannt wird.« Und schließlich: »Im Mittelmeer eine Insel, die Sardinien genannt wird. Ich glaube dies, ohne in Sardinien gewesen zu sein. Es ist aber kein Bekenntnis.« Man sieht, es ist für einen Schriftsteller gar nicht so einfach, nicht in Sardinien gewesen zu sein. Zumindest dann, wenn man darüber eine Erzählung schreiben will. Für mich war die Erzählung jedenfalls unbrauchbar. Dabei wäre ich nicht nur gern mit Cristina nach Sardinien gereist. Ich hätte in Sardinien auch gern ein Kapitel meiner Doktorarbeit geschrieben. Thema: »Wolfgang Koeppens Sardinienbild«. Aber Koeppen hatte kein Sardinienbild. Er war der Schriftsteller, der nicht über Sardinien schrieb. Immerhin hatte er über Rom geschrieben. Ich konnte mich in Sardinien genauso gut mit Koeppens Rombild beschäftigen. Was aber nicht das Gleiche war. Mich hatte es immer getröstet, wenn die Orte, in denen ich lebte oder in die ich reiste, auch in der Literatur vorkamen. Das war mit Berlin kein Problem. Wenn man nicht gerade in Berlin-Frohnau zu Hause war oder in Staaken, konnte man sich immer auf reichliche literarische Zeugnisse berufen, die mit den jeweiligen Berliner Stadtteilen zu tun hatten. Friedenau zum Beispiel, wo ich auch einmal gewohnt hatte. Zumal Friedenau nicht nur in der Literatur als Schauplatz vorkam, hier war auch mehr oder weniger die halbe Gruppe 47 zu Hause gewesen. Einige waren es immer noch. Günter Grass zum Beispiel. Vormittags hatte ich im Germanischen Seminar der Freien Universität ein Seminar über Grass und Walser besucht. Nachmittags stand ich beim Bäcker am Breslauer Platz direkt hinter Grass und durfte miterleben, wie er sich zwei Kümmelstangen kaufte. In Schöneberg hatte ich einmal den schon sehr alten Schriftsteller Edgar Hilsenrath im Copyshop getroffen. Wer weiß, was er sich kopiert hat.

Ernst Jünger hätte ich hier nicht treffen können. Der hatte in den Zwanzigerjahren in Berlin gewohnt, nachdem er in Leipzig sein Studium der Zoologie und Philosophie abgebrochen hatte. Jetzt wohnte er irgendwo in Schwaben. Aber ich hatte mit einer gewissen Genugtuung zur Kenntnis genommen, dass er damals einen Text mit dem Titel *Violette Endivien* geschrieben hatte, dessen

Schauplatz Steglitz war. Genauer: ein Feinkostgeschäft in der Schloßstraße, das es zudem noch immer gab, denn es musste sich um das Feinkostgeschäft Nöthling handeln, auch wenn Jünger es nicht beim Namen nannte. Seit ich die *Violetten Endivien* gelesen hatte, ging ich mit einem anderen Gefühl über die Schloßstraße, genau wie ich mit einem gänzlich anderen Gefühl durch die Ackerstraße in Mitte ging, seit ich sie bei Döblin entdeckt hatte. Die Orte und Straßen hatten eine Schutzhaut bekommen. Sie waren in gewisser Weise durch die Literatur geimpft worden. Geimpft gegen Banalität, Seelenlosigkeit und ›Unaufgehobenheit‹. Orte ohne diese Impfung waren schwerer zu ertragen. Wie mein ostwestfälischer Geburtsort beispielsweise, der in der Literatur keinerlei Spuren hinterlassen hatte. Wie gern hätte ich einen Roman, eine Erzählung oder auch nur ein Gedicht gelesen, in dem mein ostwestfälischer Geburtsort vorgekommen wäre. Ich hätte mich dort gleich viel wohler gefühlt. Aber er kam nicht vor. Nirgends. Nicht einmal das kleinste und unscheinbarste Gedicht hatte sich meines Geburtsortes erbarmt.

Die Tatsache, dass sich wenigstens Ernst Jünger mit Sardinien beschäftigt hatte, tröstete mich. Dann war eben Jünger mein Verbündeter in Sachen Sardinien. Was Rom anging, da hatte ich Hunderte Verbündete. Und hatte sie auch nötig, wenn mich während meiner Rombesuche der Katzenjammer zu überwältigen drohte. Wenn sich hinter der historischen Kulisse, hinter den Brunnen und Plätzen, den Gärten und Parks, den schönen und schönsten Leibern aus Marmor und auch aus Fleisch und Blut das Elend des ganz gewöhnlichen Lebens auftat. Wenn der

Bankangestellte an der Bushaltestelle stand und seinen Regenschirm aufklappte. Wenn ich hinter den Fenstern der römischen Wohnungen das Flackern der Bildschirme sah. Dann half nur noch lesen. Alles über Rom.

Jetzt würde ich mich an Jünger halten, auch wenn er mir nicht ganz geheuer war. Mit Jünger war es wie mit Wagner. Nicht wohngemeinschaftstauglich. Wegen seiner soldatischen Gesinnung. Und weil er ein Nationalist war. Andererseits aber hatte er Drogen genommen. Was wiederum für ihn sprach. Wer LSD probierte oder Meskalin, der konnte doch kein sturer Kommisskopp sein. Außerdem hatte sich Alfred Andersch zu Jünger bekannt. Ausgerechnet Andersch, der in jedes anständige linke Studentenregal gehörte. In meinem Regal stand er ebenfalls. Nicht nur die Romane und Erzählungen. Auch ein Buch mit dem Titel *Mein Lesebuch*, in dem Andersch seine Lieblingstexte und Lieblingsautoren versammelt hatte. Friedrich Engels war darunter, Alexander von Humboldt und auch Ernst Jünger. Mit einem Text, der »Der Moosgrüne« hieß. Er handelte von der Suche nach einem moosgrünen Käfer auf Sardinien und entstammte Jüngers Buch *Subtile Jagden*. Man muss sich eben beschäftigen. Wer Käfer sammelt, der hat immer etwas zu tun. Und wer Käfer sammelt wie Ernst Jünger, der kommt sich dabei nicht wie ein spleeniger Sammler mit Schmetterlingsnetz und Botanisiertrommel vor, sondern wie ein Jäger. Der therapeutische Sinn dieser Tätigkeit leuchtete mir durchaus ein. Und im Grunde beneidete ich jeden Menschen, der mit seiner Freizeit etwas anzufangen wusste. Die Käfer bezahlten diese Jagd allerdings mit ihrem Leben. Die wurden mit

Äther betäubt und aufgespießt. Das war nichts für mich. Ich würde mich lieber weiter auf meine Doktorarbeit konzentrieren, und dies gegebenenfalls auch auf Sardinien.

Aber vorher müsste ich den Mut aufbringen, die Bar aufzusuchen und Cristina wiederzusehen. Vielleicht hatte sie meinen verbalen Liebesangriff ja einfach nur lächerlich gefunden. Vielleicht hatte sie ihn mir aber auch übel genommen. Als einen Versuch, ihr gleichsam ungefragt etwas in die Hosentasche zu stecken. Ich musste auf alles gefasst sein. Sie konnte zuweilen überaus herzlich sein und ihre braunen Augen regelrecht zum Strahlen bringen. Aber manchmal konnte sie ihr Gegenüber auch mit einem so erloschenen Blick anschauen, dagegen waren meine aus Ostwestfalen mitgebrachten Leeregefühle und Sinnlosigkeitszustände das pure Unterhaltungsprogramm. Ich wartete mit einem neuerlichen Besuch der Bar so lange, bis ich sicher war, dass Cristina wieder Frühschicht hatte. Ich wollte auf keinen Fall der Blonden begegnen. Ich wollte überhaupt niemandem begegnen. Als ich endlich und nicht ohne Herzklopfen die Bar betrat, war Cristina allerdings nicht allein. Ein nicht mehr ganz junger Mann saß vor dem Tresen auf einem Barhocker. Hinter dem Tresen stand Cristina und blätterte in einer Zeitung. Es war eine italienische Zeitung. Als sie mich erblickte, legte sie die Zeitung zur Seite und rief »Ciao« und strahlte mich an. Es war offensichtlich: Sie freute sich. Allerdings verschwand sie sofort darauf in dem Raum hinter der Bar und machte sich dort zu schaffen. Ich hörte Gläsergeklapper, als würde sie Gläser einräumen. Vielleicht lief sie vor ihrer eigenen Wiedersehensfreude davon.

Ich wusste es nicht, wollte es aber glauben und dachte daran, dass Katzen so ähnlich reagierten. Erst laufen sie einem freudig entgegen, um dann zu bremsen, abzudrehen und so zu tun, als sei man gar nicht da.

»Sie kommt gleich wieder«, sagte plötzlich der Mann auf dem Barhocker zu mir. Als wenn er mich trösten müsse. Ich musste aber nicht getröstet werden. Wieso mischte der sich überhaupt ein. Vielleicht hatte er gestern beim Blackjack den Laden gewonnen und war nun der neue Chef. Allerdings sah er nicht so aus. Er hatte lange, zu einem Pferdeschwanz gebundene Haare, einen Vollbart und eine runde Brille à la John Lennon. So sah kein Chef aus. So sah eher ein alt gewordener Student der Soziologie aus. »Giovanni, vieni!«, rief Cristina aus dem Hinterraum. Sodass der Mann aufstand, hinter die Bar ging, in dem Raum verschwand und nach ein paar Minuten mit einem Karton in beiden Händen wiederauftauchte und die Bar verließ. Dann tauchte auch Cristina wieder auf, atmete schwer, stöhnte ein »Uffa!«, wischte sich mit dem Handrücken die Haare aus der Stirn und erzählte, dass Giovanni ein Bekannter sei, der ganz in der Nähe in der Akazienstraße eine Eisdiele aufmachen wolle. Sie würde ihm mit Geschirr und ein paar anderen Sachen aushelfen. Ich fragte Cristina, ob sie ihn aus Sardinien kenne. »Nein«, sagte sie, »aus dem Circolo Carlo Levi.« Der Circolo Carlo Levi sei ein italienischer Kulturclub, der gar nicht weit von der Bar entfernt seine Räume habe und wo sie gelegentlich hingehe, vor allem, um Filme zu sehen. Giovanni sei dort für die Filme zuständig. Carlo Levi kannte ich. Ich hatte vor gar nicht allzu langer Zeit sein Buch *Christus kam nur bis Eboli* gelesen, in einer weißen DDR-Ausgabe von Reclam Leipzig, die ich einem ambulanten Buchhändler vor der Uni-Mensa abgekauft hatte. Es war die Geschichte von Levis Verbannung in die Basilicata, zu der ihn das Mussolini-Regime 1934 verurteilt hatte. Dass es in Schöneberg einen Kulturclub mit seinem Namen gab, hatte ich nicht gewusst. Ich hätte dort auch gern einen Film gesehen. Am liebsten zusammen mit Cristina. Aber ich wagte nicht, es ihr zu sagen. Einen Film zusammen sehen – das klang nach unlauteren Absichten. Da konnte man im Dunkeln ein wenig näher rücken. Und sich in fremde Hosentaschen oder sonst wohin verirren. Cristina sollte nicht glauben, dass ich solche Absichten hatte. Dann doch lieber spazieren gehen. Bei Tageslicht. Das war harmlos, andererseits konnte es so nicht weitergehen mit den ewigen Besuchen in der Bar. Also schlug ich ihr einen Spaziergang vor. Am selben Tag noch. Ich würde sie um sechzehn Uhr abholen. Einen Moment lang sagte sie nichts, schaute mich nur an wie abwesend, wobei ihre eben noch klaren Augen ein wenig trüb wurden, und sagte schließlich: »Come vuoi.« Das hieß »Wie du willst« und klang nicht gerade begeistert. Aber eine Ablehnung war es auch nicht. Also verabschiedete ich mich mit den Worten »Bis später« und war nach zwei Stunden pünktlich um sechzehn Uhr wieder in der Bar beziehungsweise vor der Tür und wartete.

Ich brauchte nur zwei Minuten zu warten. Ich wusste, dass die beiden Frauen den Schichtwechsel schnell abwickelten. Die hatten sich nicht viel zu erzählen. Wir stiegen in den 48er und fuhren Richtung Tiergarten. An der Endhaltestelle Philharmonie stiegen wir aus. Cristina wohnte nicht allzu weit entfernt, in der Nähe vom Lützowplatz. Gegebenenfalls konnten wir nach dem Spaziergang direkt zu ihr gehen. Aber das wagte ich nicht einmal zu hoffen. Ich hatte mich nach meinen wochenlangen Barbesuchen auf weitere wochenlange Spaziergänge eingestellt, bevor wir uns nahekommen würden. Und ich war auch bereit dazu. Sardinien war schließlich, was die Geschlechterbeziehungen anging, keine Westberliner Wohngemeinschaft. Und Sant'Antioco schon gar nicht. Was Sardinien für Italien war, das war Sant'Antioco möglicherweise für Sardinien. Tiefste Provinz. Der Süden des Südens. Und vor einer Frau aus dem Süden des Südens hatte ich Respekt. Zumal vor Cristina. Mit ihr ging ich nun im Tiergarten spazieren und wünschte nichts anderes, als ihr nahe zu sein. Aber ich traute mich nicht und hielt Distanz. Und dies auch dann noch, als wir uns am Kanalufer und unweit der Schleuse auf eine Bank setzten, auf das dunkle, fast schwarze Wasser blickten und zwei Schwänen nachsahen, die schwerelos dahinglitten. Ich weiß nicht, ob es die Schwäne waren, denen ich zu verdanken hatte, dass Cristina näher an mich heranrückte und dann ihre Hand in meine legte. Ich hätte ihr jetzt gern einen Vortrag über Schwäne gehalten, aber ich kannte mich mit Schwänen nicht aus. Eine Vorlesung mit dem Titel »Das Motiv des Schwans in der Literatur vom Mittelalter bis zur Romantik« wurde an der FU nicht angeboten. Ich wusste nur, dass Zeus sich Leda als Schwan genähert hatte. Cristina war nicht Leda und ich war nicht Zeus. Und auch die beiden Tiere sahen nicht aus, als ob sie sich auf einer Hochzeitsreise befanden. Sie wirkten eher wie zwei Wesen, die auf dem Weg in die Unterwelt waren. Zwei Todesboten, denen ich nicht länger nachblicken wollte. Am liebsten wäre ich aufgestanden und davongegangen. Aber Cristina hielt noch immer meine Hand. Und saß so dicht neben mir, dass mich ihre Körperwärme regelrecht aufheizte. Jetzt blieb mir gar nichts mehr anderes übrig, als mich ihr zuzuwenden und sie zu küssen. Was ich auch tat und was sie auch erwiderte. Allerdings nur für ein paar Sekunden. Diese paar Sekunden aber hatten offenbar gereicht, um aus uns ein Paar zu machen. Wir setzten den Weg Hand in Hand fort und gingen beinahe wie selbstverständlich in ihre Wohnung, um miteinander zu schlafen. Ohne weitere Umstände. Ohne größere Verführungsanstrengungen meinerseits und ohne irgendwelche südländischen Komplikationen vonseiten Cristinas.

Sie war so offen, direkt und unkompliziert, wie ich es mir nur wünschen konnte. Das einzige Problem war: ihre Traurigkeit. Die wurde sie auch im Bett nicht los. Vielleicht hing das mit ihrem Emigrantendasein zusammen. Oder mit Liebesenttäuschungen. Ich wusste es nicht und sollte es nie erfahren. Sie sprach nicht über ihre früheren Männer. Dass ihr das Emigrantendasein nicht gut bekam, war offensichtlich. Man sah es ihrer Wohnung an, die ungefähr so gemütlich war wie die gekachelte Bar. Kein Bild an der Wand, keine Pflanzen, keine persönlichen Dinge, die Möbel wie abgestellt. Das einzig Persönliche waren eine Handvoll Briefe und Postkarten in einer Schale auf dem Küchentisch. Während der nächsten

Wochen zeigte sie mir einige der Briefe. Sie waren von ihrem Bruder, der ihr wiederholt zuredete, nach Sardinien zurückzukehren. Sie würde in seinem Gartenbaubetrieb arbeiten können. Und um eine Wohnung würde er sich auch kümmern. Vorerst könnte sie bei ihm und seiner Frau wohnen. Aber sie wollte sich nicht dazu entschließen. Der Gedanke an Sardinien schien sie zu deprimieren. Ich dagegen fand ihn verlockend. Mich deprimierte Schöneberg. Zurzeit jedenfalls. Ich war berlinmüde. Und den Job an der Philharmonie war ich ohnehin leid. Also überredete ich Cristina dazu, mit mir nach Sardinien zu reisen. Nicht für immer. Nur für ein, zwei Wochen. Am besten über Ostern. Danach konnte sie immer noch entscheiden, ob sie zurückgehen würde. Ich bot ihr auch an, die Reise zu bezahlen, falls sie kein Geld hatte. Ich hatte etwas Geld gespart. Für eine Sardinienreise würde es reichen. Auch für eine Reise zu zweit. Sie lehnte aber ab. Sie habe genügend Geld, behauptete sie, was ich mir allerdings nicht vorstellen konnte, so wie es in der Wohnung aussah. Ich bot ein weiteres Mal an, die Kosten für die Reise zu übernehmen. Sie lehnte ein weiteres Mal ab. Als ich ein drittes Mal mein Angebot wiederholte, weil ich mir einbildete, dass ihr sardisches Ehrgefühl es ihr verbot, vorschnell eine Einladung anzunehmen, und dass ich mein Angebot nur oft genug wiederholen müsse, sagte sie nichts mehr, sondern stand auf, ging an den Küchenschrank, öffnete ihn, nahm eine große Porzellantasse heraus und stellte die Tasse auf den Tisch.

Die Tasse war mit Plastikchips gefüllt. »Meine Ersparnisse«, sagte sie. Wahrscheinlich war dies wieder einer ihrer sarkastischen Scherze, zu denen sie neigte. Ich schaute sie nur ungläubig an, bis sie ein paar der Chips aus der Tasse nahm und mir in die Hand legte. Es waren allesamt Jetons der Berliner Spielbank. Neben kleineren Jetons waren auch Hunderter, Fünfhunderter und sogar Tausender darunter. Mit zwei Fingern fischte sie einen der Fünfhunderter aus der Tasse heraus und schnippte ihn mir zu. »Wie viel ist das?«, fragte ich. »Fünfhundert«, sagte sie. »Nein, alles zusammen«, wollte ich wissen. »Genug«, antwortete sie, »um einige Zeit davon zu leben.« »Alles gewonnen?«, wollte ich wissen. »Alles Trinkgeld«, sagte sie, was ich einigermaßen rätselhaft fand. Hatte sie als Croupier in der Spielbank gearbeitet? Als ich sie danach fragte, schüttelte sie nur den Kopf. Und warum sie die Jetons noch nicht eingetauscht habe? Sie habe das Geld bis jetzt nicht gebraucht, antwortete sie. Und sie wisse noch nicht, ob sie die Jetons eintauschen oder verkaufen solle. Auch das erschien mir rätselhaft. »Sind die überhaupt echt?«, fragte ich. »Aber ja«, sagte sie nur. Dann drückte sie mir mit den Worten »Wenn du willst, kannst du damit morgen in die Spielbank gehen« den Fünfhunderter-Jeton in die Hand. Das fehlte mir noch. Jetzt fühlte ich mich, wie sie sich gefühlt haben musste, als ihr einer der Männer in der Bar einen Geldschein in die Hosentasche stecken wollte. Ich nahm den Fünfhunderter und warf ihn in die Tasse zurück, was sie gleichmütig zur Kenntnis nahm. Schließlich legte sie auch die anderen Jetons wieder in die Tasse und stellte die Tasse zurück in den Schrank.

II. Wir bezahlten die Reise schließlich gemeinsam. Sie war ja auch nicht allzu teuer, da wir keine Hotelkosten hatten, sondern bei Cristinas Bruder wohnen konnten. Es wurde unser Osterurlaub. Irgendwann hatte Cristina der Reise zugestimmt. Wenn auch nicht allzu freudig, sondern eher resignativ, wie es ihre Art war. Doch als wir uns nach einer langen Zugfahrt in Civitavecchia auf den Weg zum Fährhafen machten, schien sie sich endlich darüber zu freuen, die Heimat wiederzusehen.

Wir waren zu früh am Fährhafen und konnten noch nicht auf das Schiff. Also gingen wir in eine Bar am alten Hafen, um dort zu warten. Cristina kam gleich mit dem Barmann ins Gespräch. Mir sollte es recht sein. Ich setzte mich an einen der Tische und blickte mich in der Bar um. Im Unterschied zu Cristinas Bar in Berlin war es hier geradezu gemütlich. Dunkle Holztische und ein ebensolcher Bartresen. Ein Fußboden aus Terrakotta. An der Wand ein edel aussehender Spiegel mit der eingravierten Inschrift »Cesarini Sforza«. Außerdem eine gerahmte Tafel mit Privatfotos und Zeitungsausschnitten.

Auf den Fotos waren vor allem Hunde zu sehen. Eine bunte Hundeauswahl. Schäferhunde, Pudel, ein Bernhardiner, ein Spitz, ein Afghane und ein Leonberger. Auf dem Porträtfoto eines Schäferhundes stand mit schwarzem Filzstift geschrieben: »Mi chiamo Pancino.« Ein anderer nicht gerade glücklich dreinschauender Hund trug ein gestricktes Leibchen, das wohl ein Fußballtrikot darstellen sollte. Eine Pfote hatte er auf einen vor ihm liegenden schwarz-weißen Fußball gestellt. Die Fotos wurden ergänzt durch einen vergilbten Zeitungsartikel mit der Überschrift: »È stato proprio un Ferragosto da cani«. Der Artikel besagte nichts anderes, als dass es irgendwann einmal einen verregneten Ferragosto gegeben hatte. Hundewetter am 15. August. Das war die ganze Nachricht. Aber offenbar war sie es wert, hinter Glas archiviert und ausgestellt zu werden. Vielleicht wegen der Redewendung »da cani«. Am liebsten hätte ich den Barmann gefragt, was es mit all den Hundefotos und dem Artikel auf sich hatte. Aber er führte noch immer ein lebhaftes Gespräch mit Cristina. Wobei ich erst jetzt bemerkte, dass sie sardisch miteinander sprachen. Und dass ich so gut wie nichts verstand.

Als wir endlich auf der Fähre waren, sagte Cristina, dass ihr der Barmann sein halbes Leben erzählt habe. Er stamme aus einem Dorf im Inneren Sardiniens, habe ein Stück unfruchtbares Land geerbt, mit dem er nichts anfangen könne, und vor einigen Jahren beschlossen, auszuwandern. Auf der Fähre habe er eine Frau aus Civitavecchia kennengelernt – und sich verliebt. Mit der Frau habe er nicht nur längere Zeit zusammengelebt, sie habe ihm auch den Job hier in der Bar besorgt, da sie bei der Tirrenia beschäftigt war und sich auskannte mit den Betrieben im Hafen. Die Frau habe er nicht mehr. Aber den Job noch immer. Allzu weit sei er also nicht gekommen bei seiner Auswanderung. Gerade mal bis zum Hafen von Civitavecchia. Aber zurück nach Sardinien wolle er trotzdem nicht. Er bleibe lieber hier, auf dem Kontinent.

Die Sarden fühlten sich so sehr als Insulaner und als Menschen, die gleichsam weit draußen im Meer beheimatet waren, dass sie Italien »Il Continente« nannten. Und nicht nur sie selbst, auch ihre Sprache war weit draußen im Meer beheimatet. Mir war erst hier in der Bar bewusst geworden, dass Cristina im Grunde zweisprachig war. Sie sprach Italienisch und Sardisch. Dass sie nicht auch noch Deutsch lernen wollte, wurde so vielleicht verständlicher. Zwei Sprachen mussten genügen. Ich hatte sie allerdings in Berlin niemals sardisch sprechen hören. Wahrscheinlich hatte sie in Berlin selbst mit den Sarden nur italienisch gesprochen. Auf italienischem Boden und im Hafen von Civitavecchia fiel diese Hemmung von ihr ab. Und nicht nur das. Die sonst so zurückhaltende und oft genug trotzig distanziert wirkende Frau konnte gar nicht mehr aufhören, sich mit dem Barmann auszutauschen. Irgendwann hatte ich sie sogar drängen und daran erinnern müssen, dass es Zeit war, auf die Fähre zu gehen. Ich gebe zu, dass ich auch ein wenig verstimmt war über ihre lebhafte Konversation mit dem Mann. Mit anderen Worten: Ich war eifersüchtig. Gegen einen sardisch sprechenden Landsmann hatte ich keine Chance. Und war darum froh, als wir endlich auf dem Schiff waren und ich sie wieder für mich hatte. Vorläufig zumindest.

Wir hatten die Strecke Civitavecchia–Cagliari gebucht und verbrachten die Nacht jeweils auf einer sogenannten *poltrona*. Ich wäre auch gern in einer Kabine gereist. Und hätte noch lieber eine der Kojen mit Cristina geteilt. Eng umschlungen Sardinien entgegen. Eine Liebesnacht auf den Wellen des Tyrrhenischen Meeres. Dem war aber nicht so. Cristina wollte keine Kabine. Sie bekam Platzangst in Schiffskabinen. Und billiger war eine *poltrona* auch. Zumal wir bereits einen Liegewagen für die Nachtfahrt ab München gebucht hatten. Ich machte es mir also auf einem der Sessel in der zweiten Klasse bequem und widmete mich meiner Lektüre, nachdem wir den Hafen von Civitavecchia verlassen hatten. Unter anderem hatte ich Ernst Jüngers *Subtile Jagden* dabei. Das Kapitel »Der Moosgrüne« kannte ich ja bereits aus Alfred Anderschs *Lesebuch*. Ich würde es jetzt noch einmal lesen. Zur Einstimmung. Und alle anderen Kapitel des Buches natürlich auch. Wegen der germanistischen Weiterbildung. Wobei mich Jüngers Ausflüge an das Steinhuder Meer weniger interessierten. Interessanter und geradezu kurios dagegen fand ich Jüngers Erinnerungen an den Hirnforscher Oskar Vogt, in denen ich mich beim Blättern festlas. Vogt hatte im Auftrag der russischen Regierung Lenins Hirn untersucht, und Jünger hatte ihn vor dem Zweiten Weltkrieg in dessen Haus im Schwarzwald besucht und Vogts Sammlungen besichtigt, zu denen sowohl menschliche Gehirne zählten, unter anderem das des Dramatikers Hermann Sudermann, als auch Insekten. Und zwar ziemlich viele: »Bepelzte Hummeln drängten sich zu Legionen«, las ich und blätterte weiter zu dem Moosgrünen. Auch Jünger war von Civitavecchia aus nach Cagliari gefahren, allerdings mit Kabinenplatz. Die eigentliche Überfahrt ist ihm keine einzige Zeile wert. Verständlicherweise. Auch bei unserer Überfahrt geschah nichts, was der Erwähnung wert gewesen wäre. Die Passagiere dösten in ihren Sesseln. Draußen herrschte schwärzeste Nacht. Die See war offenbar ruhig, denn nur das Brummen der Schiffsmotoren wies darauf hin, dass das Schiff sich bewegte. Ich legte das Buch zur Seite und sah zu Cristina. Sie saß in aufrechter Haltung in ihrem Sessel. Allerdings mit geschlossenen Augen. Ich wusste nicht, ob sie nachdachte, träumte oder schlief. Was auch immer sie tat, ich wollte sie jetzt nicht stören. Sie war schon die ganze Zeit, seit wir uns auf dem Schiff niedergelassen hatten, schweigsam gewesen. Nach ihrem launigen und sichtlich inspirierten Gespräch mit dem Barmann hatte sie gerade noch das Nötigste mit mir gesprochen. Ich bemühte mich, ihr die Schweigsamkeit nicht übel zu nehmen. Schließlich kehrte sie nach vielen Jahren der Abwesenheit in ihre Heimat zurück. In eine Heimat, an die sie sicher nicht nur gute Erinnerungen hatte, sonst wäre sie wohl nicht fortgegangen.

Ich verließ den sogenannten Salon und vertrat mir ein wenig die Beine. Allerdings nur innerhalb des Schiffes. Draußen war es viel zu dunkel, um auch nur einen Schritt an Deck zu machen. In einer verlassenen Cafeteria stand ein Spielautomat und lärmte und blinkte vor sich hin, als würde er vor lauter Langeweile mit sich selber spielen. Ich vertrieb mir die Zeit, indem ich die mehrsprachigen Aufkleber las, die in den Korridoren des Schiffes und vor den Toiletten angebracht waren. Mir war auch früher schon und speziell in Italien aufgefallen, wie fehlerhaft die Übersetzungen ins Deutsche auf Hinweisschildern oder Ansichtskarten waren. Und ich hatte mich immer wieder gefragt, wie das passieren konnte. Es würde doch reichen, irgendeinen deutschen Muttersprachler die Druckvorlagen von Ansichts-, Speisekarten oder Aufklebern prüfen zu lassen, und schon wären die Fehler erkannt. Das würde unsereiner ja sogar umsonst machen. Aus reiner Freude am Finden von Fehlern. Aber nein. Offenbar vertrauten die Druckereien jemandem aus dem eigenen Betrieb, der vorgab, Deutsch zu können. Und offenbar gaben auch die Kunden der Druckereien vor, die Sprache zu beherrschen. Die Reedereibesitzer und Hoteldirektoren beziehungsweise deren Manager. Denn niemand schien die falschen Übersetzungen zu reklamieren. Auch die Ausstatter dieser Fähre nicht. So stand auf einem extragroßen blauen Aufkleber über der Toilette der schöne deutsche Satz: »Etwas Gegenstand im WC nicht werfen.«

Doch statt Toilettenaufkleber sollte ich lieber die Inschriften der Natur lesen, wie Ernst Jünger es tat. Der reiste nach Sardinien, ging fischen, sammelte Turmschnecken, suchte den Moosgrünen und kam zu der Einsicht: »Hier spricht die Erde unmittelbar.« Zu den ersten Menschen, die er an seinem Urlaubsort Villasimius traf, gehörten ein »Hüne«, der auf einer Fahrt durch Südfrankreich »eine ganze Familie erschlagen« haben soll, sowie ein Signor Anselmo, der mehrere Jahre im Gefängnis saß, weil er seine Frau und deren Liebhaber getötet hatte. »Zwei Totschläger auf den ersten Blick« also, was für Jünger aber gut zur Gegend am Golf von Simius passte, denn: »Wir sind hier auf dem Boden einer alten Strafkolonie, die erst vor kurzem in eine Genossenschaft verwandelt wurde, und mancher Sträfling blieb nach der Entlassung hier.«

Wann ich in dieser Nacht Jüngers Buch aus der Hand legte und auf meiner *poltrona* einschlief, weiß ich nicht mehr. Aber ich erinnere mich daran, unruhig geschlafen und ebenso unruhig getraumt zu haben. Nicht vom Moosgrünen, nicht von sardischen Totschlägern, auch nicht von Fischen, Schnecken oder Käfern, sondern von meinem Geburtsort: einer abgelegenen Insel mitten im ostwestfälischen Meer, der ich in einer sturmdurchtobten Nacht auf einer Segeljolle entgegensegelte. Erreicht habe ich die Insel nicht, denn ich wachte vorher schweißnass auf. Es war ganz offensichtlich ein Angsttraum gewesen, wobei ich nicht wusste, was mir mehr Angst gemacht hatte: auf dem Weg in meine Heimat zu kentern und abzusaufen oder aber dorthin zurückzukehren. Jedenfalls brauchte ich einige Zeit, um mich zu vergewissern, dass ich mich statt auf einer Segeljolle auf einer Tirrenia-Autofähre befand. Erst dann bemerkte ich, dass Cristina nicht an ihrem Platz war. Ihre *poltrona* war leer. Nur ihr Buch lag dort, in dem sie während der Überfahrt gelesen hatte. Ein Buch in italienischer Sprache mit dem schlichten Titel *Inghilterra del Sud*. Das hatte mich schon am Vorabend irritiert, dass sie ein Buch über Südengland las. Aber ich hatte mir nichts anmerken lassen. Zumindest eine Zeit lang. Bis ich sie irgendwann, als wir schon einige Stunden gefahren waren, dann doch fragte, warum sie ausgerechnet ein Buch über Südengland lese. Ich rechnete schon mit einer schnippischen Antwort, denn sie mochte keine Warum-Fragen. Vor allem dann nicht, wenn die Fragen sie selbst betrafen. Aber statt mir eine Abfuhr à la »Che ne so io« beziehungsweise »Was weiß denn ich« zu erteilen, sah sie mich mit großen und dunklen Augen an, streichelte mir die Wange, lächelte und sagte nur, dass ich viel zu neugierig sei. Das möge sie bei Männern gar nicht. Ich sagte »Okay« und dann nichts mehr und machte mir anschließend Sorgen wegen Cristinas Interesse für Südengland. Warum las sie nicht etwas über Sardinien? Ich hatte zum Beispiel *Sea and Sardinia* im Gepäck, von D. H. Lawrence. Auf Deutsch allerdings. *Das Meer und Sardinien.* Aus dem Englischen von Georg Goyert, dem *Ulysses*-Übersetzer. Das hätte sie doch lesen können, das gab es auch auf Italienisch. Und zwar unter dem Titel: *Mare e Sardegna.* Ich wollte das Buch auf jeden Fall lesen. Allerdings erst nach meiner Ankunft. Ich hob es mir für später auf. Bisher hatte ich in dem Exemplar, das ich gebraucht gekauft hatte und das mit Unterstreichungen versehen war, nur geblättert. Gleich der erste Satz war unterstrichen, und zwar mit Kugelschreiber: »Es überkommt einen – man muss reisen.«

Mittlerweile war es draußen heller geworden, und erste Sonnenstrahlen streiften das Schiff. Ich stand auf und ging hinaus, um nach Cristina zu sehen. Sie stand an der Reling und sah zu, wie ihre Heimat aus dem Meer auftauchte. Zuerst war nur ein grauer Schatten zu sehen, der sich langsam aus dem Wasser erhob, dann eine felsige Küste, schließlich ein Wäldchen, und irgendwann ein Leuchtturm. Danach dauerte es nicht mehr lange, und Cagliari kam in Sicht. Venedig soll man sich vom Meer aus nähern, lautet ein Ratschlag erfahrener Reisender. Dann eröffne sich einem sofort die ganze Magie und der ganze Zauber der Stadt. Man fährt sozusagen einer Epiphanie des Schönen entgegen, einem heiligen Bezirk, wie Platen ihn beschworen hat: »Ich steig ans Land, nicht ohne Furcht und Zagen, / Da glänzt der Markusplatz im Licht der Sonne: / Soll ich ihn wirklich zu betreten wagen?« Cagliari war nicht Venedig, der Hafen kein heiliger Bezirk, doch ein wenig furchtsam war auch mir zumute, als sich das Schiff der Stadt näherte. Ich hätte mich jetzt gern neben Cristina gestellt. Unsere sardische Ankunft gefeiert. Mit einer Umarmung. Einem Kuss. Endlich Sardinien! Allerdings wüsste ich nicht, dass man diesen Ruf jemals gehört hätte. Sardinien war schließlich nicht Rom. Und die Sardinien-Ankunft meines Wissens kein literarischer Topos, während es über die Rom-Ankunft gelehrte Abhandlungen gab. Cristina hatte mich noch gar nicht wahrgenommen, und der Ernst, mit dem sie ihrer Insel entgegenblickte, ließ mich zaudern, wie Platen zauderte. Soll ich sie wirklich zu berühren wagen? Zumal ich jetzt, im südlichen Morgenlicht, noch deutlicher sah, was mir schon immer an ihr gefallen hatte, was jetzt aber geradezu überdeutlich und im Wortsinne ans Licht trat: ihre Fremdheit. Sie erinnerte mehr an eine Nordafrikanerin als an eine Italienerin, was nicht nur an ihrem dichten, gekräuselten und braunschwarzen Haar lag, sondern auch an ihren Gesichtszügen. Am Schwung der Augen und an den blassen, sandfarbenen und zumeist trockenen Lippen. Zu Kolonialzeiten hätte man sich ihr Porträt auf einer dieser Postkarten vorstellen können, auf denen junge Berberinnen abgebildet waren oder auch Frauen aus Äthiopien. Doch ich wollte mich nicht zu lange in diese fremde Frau dort an der Reling vertiefen, sonst würde ich mich gar nicht mehr an sie heranwagen. Schließlich kam sie ja auch nicht aus Nordafrika, sondern aus Berlin-Schöneberg, und sie trug auch keine Berberkleidung, sondern Jeans, Sportschuhe, eine weiße Bluse und eine graue Wildlederjacke. Außerdem hatte sie einen Haufen Jetons aus der Berliner Spielbank in ihrem Küchenschrank aufbewahrt, was ja auch nicht gerade zur Lebensart von Berberfrauen gehörte. Zum Glück ließ sie es sich gefallen, dass ich ihr einen Arm um die Hüfte legte und sie an mich zog, um ihre Körperwärme zu spüren, als ich mich neben sie an die Reling stellte und mit ihr zusammen die Einfahrt in den Hafen und das Anlegen der Fähre beobachtete.

III.

Von Cagliari aus fuhren wir mit dem Bus nach Sant'Antioco. Es gab einen Linienbus, der mehrmals am Tag zwischen den beiden Orten verkehrte. Ich war gespannt auf Cristinas Stadt, ich fuhr dem Süden des Südens entgegen und hatte so etwas wie ein Entdeckergefühl in mir: Wer kannte schließlich Sant'Antioco? Außer Ernst Jünger, der den Ort und die Insel in seinen *Subtilen Jagden* erwähnte. Einen passionierten Käfersammler wie Jünger verschlägt es eben in die abgelegensten Winkel. Ansonsten aber: kein Sant'Antioco. Nirgends. Auch nicht bei D. H. Lawrence, dessen Buch ich während der Fahrt irgendwann dann doch zu lesen begann. Nicht, weil mir unbedingt nach Lesen zumute war. Sondern eher wegen der Langeweile. Draußen auf der Strecke von Cagliari nach Sant'Antioco war nichts los. Kein Süden. Keine Zypressen. Keine Pinien. Keine Palazzi. Und auch kein Meer. »Es überkommt einen – man muss reisen« lautete der erste Satz bei Lawrence, der im Original weitaus schöner klang, wie ich später anhand der englischen Ausgabe feststellen konnte: »Comes over one an absolute necessity to move.« Lawrence hatte sich vor seinem Sardinienaufenthalt zusammen mit seiner Frau Frieda, geborene von Richthofen, die in dem Buch allerdings immer nur »QB« genannt wird, was die Abkürzung für »Queen Bee« war, in Sizilien aufgehalten und plötzlich diese »necessity to move« gefühlt. Nichts wie weg aus Sizilien und von seinen »Schwefeldämonen«, so Lawrence' Charakterisierung der Sizilianer. »Aber wohin nur? Tunis? Afrika?« Oder »Neapel, Rom, Florenz?« Nein, das alles sollte es nicht sein. »Spanien oder Sardinien« hieß schließlich die Alternative. Wobei Lawrence sich am Ende für Sardinien entschied und dies wie folgt begründete: »Sardinien, das wie nirgendwo liegt. Sardinien, das weder Geschichte noch Daten noch Rasse, das nichts zu bieten hat.«

Wenn das kein Grund für einen gebildeten Engländer war, Sardinien solchen Städten wie Neapel, Rom und Florenz vorzuziehen. Ich legte das Buch aus der Hand. Ich hatte genug gelesen. Diese Art Sardinienbegeisterung tat mir nicht gut. Ich wollte den Süden entdecken und nicht in das Nichts und die Leere hineinfahren. Was sollte ich da. Das konnte ich auch in Berlin-Schöneberg haben. Wenn ich mich danach fühlte. Ich hatte mich in letzter Zeit des Öfteren danach gefühlt. Deswegen wollte ich ja auch weg. *Came over me an absolute necessity to move.* Weg aus Berlin. Weg aus Schöneberg. Weg von der Hauptstraße. Es war eben alles eine Frage des Lebensgefühls. Beziehungsweise des Berlingefühls. Oder eben des Sardiniengefühls. Ich hatte momentan ein gutes Sardiniengefühl. Das wollte ich mir durch Lawrence nicht miesmachen lassen. Die Busfahrt und das, was ich draußen sah, waren eintönig genug. Eine schnurgerade Straße, graue unverputzte Wohnhäuser, Lagerhallen, Garagen, aus deren Flachdächern rostige Armiereisen ragten. Plastiktüten voller Müll am Straßenrand. Staubige Vorgärten. Keine Zypressen, keine Pinien, keine Olivenhaine. Und nirgendwo ein Blick auf das Meer. Das blau leuchtende, das silbern schimmernde Meer. Aber das würde ja noch kommen. Wir fuhren ihm entgegen. Wir mussten es sogar durchqueren, um auf die Insel Sant'Antioco zu gelangen, die allerdings streng genommen seit Römerzeiten nur noch eine Halbinsel und durch einen Damm mit dem restlichen Sardinien verbunden war. Aber immerhin. Sylt war ja auch durch einen Bahndamm mit dem Festland verbunden und trotzdem noch eine Insel.

Ich blätterte in Lawrence' Buch und suchte nach Sant' Antioco. Aber der Ort kam nicht vor. Lawrence hatte über Cagliari, Nuoro sowie die Orte Sorgono und Terranova geschrieben. Terranova? Ich brauchte einige Zeit, um herauszufinden, dass es sich bei Terranova um Olbia handelte. Was Lawrence aber noch nicht wissen konnte, denn zu seiner Zeit hieß das einst antike Olbia Terranova Pausania und wurde erst 1939 wieder in Olbia umbenannt. Olbia besaß den Fährhafen, der den Norden der Insel mit dem Kontinent verband. Nach Mandas und Sorgono konnte man von Cagliari aus mit der Bahn fahren. Das hatte ich gleich in meinem Reiseführer recherchiert. Von Cagliari nach Mandas gab es eine von der römischen Adelsfamilie Pasquini betriebene Bahnstrecke, die bereits 1889 errichtet worden war und bis zu dem Ort Isili führte und von dort weiter bis Sorgono. Auch Lawrence fuhr mit der Bahn. Eine umständliche Reise mit unzähligen Halts und Unterbrechungen, weil hier ein Waggon an- und dort ein Waggon abgehängt wurde. Es schien sich um eine wilde Gegend zu handeln, die Lawrence da durchquerte. *Where the wild things are.* Zumindest wird eine Gruppe von »Bergleuten oder Tagelöhnern oder Landarbeitern« so porträtiert: »Mich erinnern sie an halbwilde Hunde, die lieben und gehorchen wollen, sich aber nicht streicheln lassen. Sie möchten ihre Köpfe nicht gekrault haben. Sie schätzen keine Liebkosungen. Fast hört man ihr halbwildes Knurren.«

Zum Glück erwähnte Lawrence Sant'Antioco nicht in seinem Buch. Ich war beruhigt. Ich hätte ungern irgendwelche defätistischen Sätze über Sant'Antioco und seine Bewohner gelesen, noch bevor ich die Stadt mit eigenen Augen gesehen hatte. Ich wandte mich lieber Cristina zu, die inzwischen einen gut gelaunten Eindruck machte und schon einige Zeit, und noch während ich las, an mir herumgezupft hatte, um mich von dem Buch abzulenken. Ihr war offenbar nach dem zumute, was wir unter uns »Spielen« nannten. *Giocare.* Sie hatte die Begabung, ganz plötzlich aus ihrer sardischen Versunkenheit aufzutauchen und mich ohne Vorankündigung zu umgarnen und zu Zärtlichkeiten anzuregen. Und dies nicht nur im Bett, sondern auch auf der Straße, im Restaurant oder im Bus. Wobei ich ihr hierbei niemals widerstand. Es war einfach zu schön, von ihr verführt zu werden, auch wenn wir es natürlich nie zum Äußersten kommen ließen. Wir wollten ja nicht auffallen. Aber zum Zweit- oder wenigstens Drittäußersten ließen wir es schon kommen, wenn die Umstände günstig waren. Auch hier im Bus waren die Umstände günstig. Der Bus war fast leer, wir saßen im hinteren Bereich, und nur in den ersten Reihen saßen einige Passagiere. Zumeist ältere Menschen mit Einkaufstüten als Gepäck. Die obligate, ganz in Schwarz gekleidete italienische Witwe war ebenso unter ihnen wie der Sonnenblumenkerne kauende und manchmal vor sich hin spuckende, unrasierte Rentner mit Schirmmütze, die er das ganze Jahr über trug und die wahrscheinlich an seinem Kopf festgewachsen war. Die Passagiere störten uns nicht. Die bemerkten gar nicht, dass da hinten jemand saß. Nur der Fahrer hatte uns im Blick – über den Innenspiegel. Und wir ihn. Dass wir uns küssten, konnte er sehen. Aber das war ja auch nicht verboten, und wir taten dies auch nicht besonders leidenschaftlich, sondern so, wie sich ein Liebespaar im Bus eben gelegentlich küsste – und alles Weitere überließen wir unseren Händen.

Das wäre die schönste Art gewesen, Sant'Antioco zu erreichen. Ineinander verhakt sozusagen. Aber der Bus fuhr nicht durch bis Sant'Antioco, sondern hielt in einem Ort namens Carbonia, wo die Fahrer sich ablösten und wo wir eine Viertelstunde Aufenthalt hatten. Der Ortsname Carbonia klang nicht sehr verlockend. Cristina schien sich denn auch für Carbonia nicht sonderlich zu interessieren. Auf jeden Fall hatte sie keine Lust, die Pause zu nutzen und sich die Beine zu vertreten. Ich stieg allein aus und entfernte mich ein wenig von der Bushaltestelle. Es gab in der Tat nicht viel zu sehen. Eine Bar, eine Bank, einen Kiosk, einen eher bescheidenen Supermarkt mit einem übermäßig großen Parkplatz, auf dem aber nur wenige Autos standen. Und dahinter Wohnblocks, grau und verwaschen. Ich hatte schnell keine Lust mehr, mich weiter umzuschauen, und ging wieder zum Bus. Cristina empfing mich mit einem »Schon zurück?«. Ich erwiderte nur: »Carbonia heißt Kohle«, was sie achselzuckend zur Kenntnis nahm. Mit Carbonia-Herabwürdigungen konnte man sie jedenfalls nicht aus der Reserve locken. Mich beunruhigte die Ödnis, die ich gesehen hatte. Carbonia war von Sant'Antioco aus immerhin der nächste größere Ort. Wem in Sant'Antioco die Decke auf den Kopf fiel, der konnte einen Ausflug nach Carbonia machen. Theoretisch betrachtet. Sehr theoretisch betrachtet. Darum wollte ich auch nicht länger darüber nachdenken und tröstete mich damit, dass Cristina noch immer guter Dinge war. Ich würde mich an Cristina halten, die uns während der Weiterfahrt die Zeit damit zu vertreiben begann, mir sardische Vokabeln beizubringen. Das hatte mir noch gefehlt. Ich mutete ihr ja auch nicht zu, Plattdeutsch zu lernen. Ich mutete ihr noch nicht einmal zu, Hochdeutsch mit mir zu reden. Aber ich wollte kein Spielverderber sein und ließ mich auf ihr Spiel ein und durfte Wörter wie *sa zinzula, su pische, su grifone* oder auch *tontu* lernen, was »die Mücke«, »der Fisch«, »der Wasserhahn« sowie »Dummkopf« hieß. Mir Letzteres beizubringen, machte ihr besonders viel Spaß. Und ich unterstützte ihre kindliche Freude und ließ es zu, dass sie ein halbes Dutzend Mal »tontu!« zu mir sagte und ich es – quod erat demonstrandum – ein halbes Dutzend Mal nachsprach. Irgendwann aber reichte es mir, und ich fragte sie nach der einen oder anderen Vokabel aus dem Intimbereich, um unsere Unterrichtsstunde etwas aufzulockern, was sie aber verweigerte. Nur *s'òmine* und *sa fèmina* durfte ich lernen, das war auch schon alles. Denn je mehr wir uns Sant' Antioco näherten, umso keuscher und ernster schien sie zu werden, und nachdem wir uns einige Zeit mit den Bereichen Hauswirtschaft und Gartenarbeit befasst hatten, musste ich mir am Ende sogar anhören, was Mietvertrag, Stromrechnung und Krankenversicherung auf Sardisch hieß. Das waren offenbar die Dinge, die sie beschäftigten. Sie dachte nicht an unseren Urlaub. Sondern bereits an ihre Übersiedelung. Und was alles auf sie zukommen würde. Sie sorgte sich. Und ich begann mir vorzustellen, wie es wäre, zwei Leben zu führen. Eines in Berlin und eines auf Sardinien. Erst sorgte ich mich. Dann freute ich mich auf solch eine Aussicht. Ein Zweitwohnsitz auf Sardinien! Und dann sorgte ich mich wieder. Mit dem Ergebnis, dass ich den Damm und die Überfahrt nach Sant' Antioco verpasste. Oder, um die Wahrheit zu sagen, nicht genau hinsah.

Denn was ich dort sah, sah nicht gut aus. Und tat mir und meinen übermüdeten Augen nicht gut. Die Reise einschließlich der Überfahrt in der *poltrona* war eben doch anstrengend. Wir waren inzwischen fast zwei Tage unterwegs. Und jetzt sollte ich statt Palmen, Zypressen und eines blau schimmernden Meeres eine trüb-milchige Lagune sehen. Auf der einen Seite des Damms. Und auf der anderen große Becken, die mit einer grau schimmernden kalkigen Lake gefüllt waren. Ich musste an Tarkowski denken, dessen *Stalker* ich kurz zuvor im Schöneberger Notausgang gesehen hatte. Das Kino lag direkt gegenüber unserer Wohngemeinschaft, Hauptstraße, Ecke Vorbergstraße, und um mich über das laufende Programm zu informieren, brauchte ich nur aus dem Fenster eines meiner Mitbewohner zu schauen. Irgendwann stand *Stalker* auf der Anzeigetafel des Kinos zu lesen, was keine Überraschung war, denn der Film war gerade angelaufen und wurde in einem halben Dutzend Berliner Programmkinos gezeigt. Er spielte in einer düsteren, von Pflanzen und Unkraut überwachsenen, industriell-verseuchten Landschaft, wo es tropfte und dampfte und wo rostige Abwasserrohre aus dem Boden ragten. Sollte Tarkowski einen Schauplatz im Süden suchen, ich könnte ihm die Salzlagune von Sant'Antioco empfehlen. So etwas hatte ich damals natürlich nicht gedacht. Mir fehlte der Sinn für diese Art Ironie. Ich war übermüdet und zugleich voller Hoffnung auf die Schönheiten des Südens. Die Schönheiten Südsardiniens. Cristina war ja auch eine Schönheit Südsardiniens. Schön und ebenfalls übermüdet, was ihr aber sehr gut stand. Also konzentrierte ich mich lieber auf sie, statt aus dem Fenster zu schauen. Und ignorierte den Damm und das tümpelartige Meer dahinter. Ich war schließlich nicht David Herbert Lawrence, der zwar vieles von dem, was er in Sardinien sah, schrecklich fand, es dann aber umso nachdrücklicher preisen konnte: »Ich liebte die unzähmbar rauhen Männer der sardinischen Bergwelt wegen ihrer Strumpfmützen und wegen ihrer großartigen, tierischen Beschränktheit.« Liebte ich den Damm, der die Insel Sant'Antioco mit Sardinien verband, wegen seiner großartigen Beschränktheit beziehungsweise Hässlichkeit? Nein. Ich versuchte, ihn gar nicht erst zur Kenntnis zu nehmen, schloss die Augen, überließ mich der Müdigkeit und schlief sogar ein, bis wir unser Ziel endlich erreichten.

IV.

Der Bus hielt direkt neben der Kirche, einem schmucklosen, weiß gestrichenen Bau neueren Datums. Vielleicht gab es ja noch andere Kirchen im Ort. Wir stiegen aus, zusammen mit den wenigen verbliebenen Passagieren, die nicht bereits in Carbonia den Bus verlassen hatten, und machten uns auf den Weg zu Cristinas Bruder. Cristina brauchte sich nicht zu orientieren. Sie wusste, wo wir waren, und sie wusste auch, wo wir hingehen mussten. Es dauerte keine Viertelstunde, bis wir vor der Haustür des Bruders standen. Enrico und seine Frau Chiara empfingen uns mit großer Herzlichkeit. Nicht nur Cristina, sondern auch mich, was mich ein wenig in Verlegenheit brachte. Enrico wiederum war so gerührt, Cristina wiederzusehen, dass ihm bei ihrer Begrüßung ein paar Tränen die Wangen hinunterliefen. Aber sie war ja schließlich auch seine kleine Schwester, und ausgerechnet die kleine Schwester hatte aus welchen Gründen auch immer den Weg in die Emigration antreten müssen, während er zu Hause geblieben war und es zu einem eigenen Haus, einer Landschafts- und Gartenbaufirma einschließlich eines Einzelhandelsgeschäfts für Garten- und Gartenbaubedarf und einer beinahe kompletten Familie gebracht hatte. Beinahe komplett deshalb, weil Chiara schwanger war. Eine hoch ersehnte Schwangerschaft, da sie bereits eine Fehlgeburt hinter sich hatte, wie sie uns noch am selben Abend während des Essens erzählte. Sie freue sich auf nichts mehr als auf ihr erstes Kind. Und sie freue sich auch darauf, dass ihr Kind nun eine Tante habe. Am liebsten eine Patentante, hatte sie noch ergänzt, worauf Cristina sofort einwilligte mit einem »Nichts lieber als das«, was ohne Zweifel von Herzen kam, aber auch ein wenig bitter klang. Es war eine Bitterkeit, die sozusagen ebenfalls von Herzen kam, was wir anderen, Chiara, Enrico und ich, wohl gleichermaßen spürten. Dies wäre ein guter Moment für unsere Gastgeber gewesen, Cristina und mich nach allem auszufragen, was unser Zusammensein und unsere Lebensumstände anging. Ich sah es Enrico und Chiara geradezu an, wie in ihren Köpfen ein stattlicher Fragenkatalog aufstieg: Wie lange Cristina und ich uns bereits kannten? Ob wir heiraten wollten? Und Kinder haben? Und falls ja, um dann gemeinsam auf Sardinien zu leben? Denn dass Cristina Berlin verlassen und nach Sardinien zurückkehren würde, schien für ihren Bruder und seine Frau bereits eine ausgemachte Sache. Natürlich hätten beide auch sehr gern gewusst, wann und wie wir uns kennengelernt hatten. Und was ich von Beruf war. War ich eine gute Partie oder eine schlechte? Meinte ich es überhaupt ernst mit Cristina? Hatte ich ein sicheres Einkommen? Kam ich aus einer wohlhabenden Familie? War ich vielleicht sogar reich? Ein Erbe? Oder doch nur ein armer deutscher Schlucker, der in Sardinien sein Glück machen wollte? Auch diese Frage sah ich in den Köpfen von Enrico und Chiara aufsteigen. Wobei sie sich einige der Fragen wohl schon selbst beantwortet hatten: Reich war ich sicher nicht, sonst hätte Cristina sich gar nicht erst darauf eingelassen, über eine Rückkehr nach Sardinien und einen Job im Geschäft ihres Bruders nachzudenken. Dass wir nicht verheiratet waren, wussten beide. Cristina hatte mich ihnen bereits brieflich als ihren *fidanzato* vorgestellt, was mir eher ein wenig peinlich war. So etwas wie »Verlobte« gab es in Westberliner Wohngemeinschaften nicht. Das gab es möglicherweise in ganz West-Berlin nicht mehr. Das war spätestens 1968 abgeschafft worden. Ich kannte zumindest niemanden, der mit irgendjemandem verlobt war. Und auch bei der Begrüßung nach der Ankunft in Sant'Antioco hatte Cristina mich ihren »Verlobten«, »il mio fidanzato«, genannt. Anders hätten wir wohl nicht bei ihrem Bruder wohnen können. Das durfte nur ein Paar, das so gut wie verheiratet war. Wegen der Nachbarn und der Sitten und Gebräuche. Vor allem wohl aber wegen der Nachbarn. So war es zumindest in meiner Heimat in Westfalen gewesen, wo ein geballter Repressions- und Unterdrückungsapparat gegen einen jungen Menschen in Stellung gebracht wurde. Dieser Repressions- und Unterdrückungsapparat nannte sich »Sitten und Gebräuche«, es handelte sich aber lediglich um die engstirnigen Lebensregeln der Nachbarn. In Westfalen hätte ich mir so ein Verlobtsein allerdings niemals gefallen lassen. Das hätte noch gefehlt. Dem Unterdrückungsapparat musste getrotzt werden. In Sardinien war das etwas anderes. In Sardinien akzeptierte ich mein Verlobtsein. Es war mir zwar peinlich, aber ich akzeptierte es. Zumal es mich auch ein wenig stolz gemacht hatte, als Cristina mich »il mio fidanzato« nannte. Es hörte sich für mich wie eine Liebeserklärung an. Fast wie ein Heiratsantrag. Und das war nicht gerade typisch für sie, die sich mit Liebeserklärungen eher zurückhielt. Allerdings hatte sie mich gleich nach diesem »il mio fidanzato« mit dem dunkelsten und undurchdringlichsten Blick angesehen, den sie zur Verfügung hatte. Mit ihrem Afrika-Blick. Der verschluckte alles. Und war zugleich undurchdringlich. In diese Augen zu sehen, das war so aufschlussreich, als würde man mitten in Uganda in einer sternenlosen Nacht in einen leeren Brunnen schauen.

Wir durften im ersten Stock des Hauses wohnen, in dem es mehrere Räume gab, die nicht benutzt wurden. Enrico und Chiara wünschten sich nicht nur eines, sondern mehrere Kinder. Und hier sollten sie ihre Zimmer haben. Auch das hatten unsere Gastgeber noch am ersten Abend erzählt. Und dass Chiaras Fehlgeburt wahrscheinlich eine Folge ihrer Mitarbeit im Geschäft ihres Mannes gewesen war. Sie hatte sich übernommen, sich nicht nur auf Büroarbeiten und Kundengespräche beschränkt, sondern auch körperliche Arbeit verrichtet, was in einem Gartenbaubetrieb ja nichts Besonderes war. Da Enrico keine Angestellten hatte, sondern nur von Fall zu Fall Helfer anheuerte, war seine Frau eben zur Stelle, wenn er Hilfe brauchte. Auch während ihrer Schwangerschaft. Zwar verrichtete sie in dieser Zeit nur Tätigkeiten, die sie für unproblematisch hielt. Aber das war ein Irrtum. Laut

Auskunft ihres Arztes war das Heben von Zehn-Kilo-Säcken mit Blumenerde für ihre Konstitution zu viel gewesen. Oder das Tragen von Werkzeugen und Gartengeräten, obwohl sie all das, wie sie meinte, nicht als besonders schwer empfunden hatte. Jetzt war ihr jede Art von körperlicher Tätigkeit verboten, um nicht auch die neue Schwangerschaft zu gefährden, und selbst Enrico würde es nicht mehr zulassen, dass sie sich um mehr kümmerte als die Buchführung. Auch die Arbeit im Ladengeschäft war ihr nicht mehr zuzumuten. »Warum habt ihr niemanden angestellt?«, wollte Cristina wissen. »Zu teuer«, sagte Enrico, »die Auftragslage ist zu unsicher, und außerdem haben wir schlechte Erfahrungen gemacht. Man kann niemandem vertrauen.« Er arbeite nur noch mit Aushilfen, die er je nach Auftragslage einstelle. Und dann sagte er zu Cristina: »Wir brauchen dich.«

Es war ohne Zweifel dieser Satz, der Cristina schließlich davon überzeugte, in ihre Heimat zurückzukehren. Sie konnte sich zudem sehr gut vorstellen, sowohl Kunden zu bedienen als auch im Außendienst mitzuarbeiten, obwohl sie keine Ahnung vom Gartenbau hatte. Aber das konnte man lernen. Und Kunden hatte sie in Berlin schließlich auch bedient. Ob sie nun Chinotto und Espresso verkaufte oder aber Blumenerde und Gartengeräte, war eigentlich egal. Außerdem wäre sie die Nachtarbeit und das Bar- und Spielermilieu los, wovon Enrico und Chiara allerdings nichts erfuhren. Ebenso wenig wie von ihrem angehäuften Schatz aus Spielbankjetons. Sie wussten nur, dass Cristina »in der Gastronomie« arbeitete, was sie sich kommentarlos angehört hatten. Mir allerdings war der kurze, aber vielsagende Blickwechsel zwischen beiden nicht entgangen: Sie befürchteten offenbar Schlimmeres. Als wäre die kleine Schwester beziehungsweise Schwägerin im Berliner Nachtleben auf Abwege geraten. Aber sie war nicht auf Abwege geraten. *Traviarsi* hieß das entsprechende Verb. Sich verirren. Vom rechten Weg abkommen. Verdi-Kenner kannten das Verb. Doch Cristina war keine Traviata. Aber unglücklich war sie schon. Das hatte sie mit Verdis Violetta gemein. Irgendeine Last beschwerte sie. Das wusste ich. Aber ich hütete mich, sie noch länger danach zu fragen. Einige Male hatte ich es versucht, aber immer nur erfahren, zu welchem geradezu niederschmetternden Sarkasmus sie fähig war, wenn es darum ging, unangenehme und indiskrete Fragen abzuwehren. Jetzt fragte ich sie nicht mehr. Und jetzt war sie auch nicht sarkastisch. Auf den Satz ihres Bruders »Wir brauchen dich« hatte sie ohne zu zögern geantwortet: »Ich helfe euch. Ich komme zurück.« »Und Berlin?«, hatte Chiara darauf gefragt. Worauf sie nur eine dieser wegwerfenden Handgesten machte, die sie virtuos beherrschte und die gleichsam weltvernichtend waren. Berlin? Eine lästige Fliege. Wenn überhaupt. Die Fliege war verscheucht. Weggewischt. Vielleicht war sie auch schon tot. Jetzt lebte Sant'Antioco. Wobei ich mich angesichts dieser schnellen Entscheidung Cristinas für Sardinien und gegen Berlin fragte, ob ich jetzt auch tot war. Der deutsche Verlobte. Auch eine tote Fliege? Es war zuerst Chiara, die meine Verlegenheit bemerkte und wie zum Trost zu Cristina sagte: »Du arbeitest im Geschäft, und Hans bekommt ein Büro am Corso.« Sie nannte mich

Hans, wie alle Italiener, die mich näher kannten, womit ich aber einverstanden war. Nur Cristina nannte mich nicht so. Was mir ebenfalls recht war. Die Trostworte von Chiara taten mir gut. Sie war überhaupt eine Person, die mir guttat. Allerdings war sie ein anderer Typ als Cristina. Weniger Nordafrika und etwas mehr Mittelitalien. Umbrien sozusagen. Mütterlicher. Was kein Wunder war bei einer schwangeren Frau, dass sie eine mütterliche Ausstrahlung besaß. Mütterlich und mädchenhaft zugleich. Man musste nicht gleich an Peruginos oder gar Bellinis Madonnen denken. Aber ich dachte daran. Ich konnte mich, um die Wahrheit zu sagen, gar nicht sattsehen an ihr. Zum ersten Mal in meinem Leben machte ich die Erfahrung, dass ich eine schwangere Frau besonders anziehend fand, weil sie schwanger war. Bisher hatte ich eine schwangere Frau allenfalls anziehend gefunden, obwohl sie schwanger war. Und dass ich ihr sympathisch war, bemerkte ich auch. Zum Glück. Bei Enrico war ich mir da nicht so sicher. Er betrachtete mich eher skeptisch. Er brauchte Cristina, aber mich brauchte er nicht. Und er brauchte auch sicherlich keinen zweiten Mann im Haus. Der zudem mit Wohlgefallen auf seine junge, schwangere Frau blickte. Was ich mir natürlich nicht anmerken lassen wollte. Enrico wird es trotzdem bemerkt haben. Hinzu kam, dass ich mit Chiara über Literatur reden konnte. Sie hatte sogar mehrere Semester Italienische Literatur und Geschichte in Cagliari studiert, dies aber sehr unregelmäßig und über einige Jahre verteilt, um am Ende das Studium abzubrechen, weil sie sich für Enrico, sein Geschäft und die Familie entschieden hatte. Aber für Literatur interessierte sie sich weiterhin. Sie kannte zwar das Buch von Lawrence nicht, aber sie machte mich auf zwei Sardinienbücher aufmerksam, die ich wiederum nicht kannte: Das eine stammte von Carlo Levi, den Titel wusste sie nicht mehr, und das andere von Elio Vittorini. Es hieß *Sardegna come un'infanzia*. Ich fragte mich, wie es wohl auf Deutsch heißen würde: *Sardinien wie eine Kindheit*? Das klang nicht besonders gut. Gleich nach unserer Rückkehr besorgte ich mir beide Bücher in Berlin. Levis Buch hieß *Tutto il miele è finito* und war in Deutschland unter dem Titel *Aller Honig geht zu Ende* erschienen. Vittorinis Buch wiederum hieß auf Deutsch *Sardinien –Ein Land der Kindheit,* was besser als jede wörtliche Übersetzung klang, aber auch missverständlich war, wenn man es auf den Autor bezog. Schließlich war Vittorini in Syrakus geboren und hatte seine Kindheit in Sizilien verbracht. Vittorinis *Sardegna come un'infanzia* war darum auch kein Buch über Vittorinis sardische Kindheit, sondern ein literarisch durchaus ambitionierter, in dreiundvierzig meist kürzere und kurze Erzählabschnitte gegliederter Reisebericht, der einmal mehr mit der Ankunft im damaligen Terranova begann und dort auch wieder endete. Vittorini war im Jahr 1932 nach Sardinien gereist, wobei es keine private Reise, sondern eine mit einem Literaturwettbewerb verbundene Exkursion war, die die Zeitschrift *Italia letteraria* organisiert hatte. Eine Gruppe von italienischen Autoren machte sich mit Fähre und Reisebus auf, um Sardinien zu erkunden, darüber zu schreiben und sich anschließend prämieren zu lassen – oder auch nicht. Vittorini gehörte zusammen mit Virgilio Lilli zu den Preisträgern, und für seinen zuerst *Quaderno Sardo* genannten Text erhielt er dreitausend Lire. 1936 publizierte er den Reisebericht unter dem Titel *Nei Morlacchi. Viaggio in Sardegna*. Nei Morlacchi? Ich musste im Wörterbuch nachschlagen. Aber ich fand keine *morlacchi*. Ich suchte weiter und entdeckte dann in einem Lexikon, dass die Morlaken ein dalmatinischer Volksstamm waren und dass sich das Wort vom Lateinischen *morovlachi* herleitete, mit dem die Gebirgshirten des Balkans bezeichnet wurden. Woraus sich sogleich die Frage ergab, was die Sarden mit einem dalmatinischen Volksstamm zu tun hatten? Betrachtete Vittorini die Sarden als die Morlaken Italiens? Und war das eher abfällig oder anerkennend gemeint? Barbarisches Bergvolk oder edle Wilde? Ich wusste es nicht. Das ganze titelgebende Morlaken-Thema bezog sich ohnehin nur auf einen an den Reisebericht angehängten Text mit dem Titel *Nei Morlacchi*. Wenige Seiten lyrische Prosa, die in allen deutschen Ausgaben weggelassen wurden. Ich konnte das Morlaken-Thema wieder zu den Akten legen. Das interessierte niemanden, und irgendwann wohl auch den Autor nicht mehr, der alle späteren Ausgaben dann auch unter dem Titel *Sardegna come un'infanzia* erscheinen ließ.

Was mich allerdings schon interessierte, war die Frage, ob sich bei Vittorini ähnlich krasse Charakterisierungen der Sarden finden würden wie bei D. H. Lawrence, was aber nicht der Fall war. Einzig in dem Kapitel über Nuoro, wo er Menschen aus der Barbagia begegnet, nennt er diese »wolfsäugig«, was an Lawrence' »halbwilde Hunde« erinnerte. Natürlich ist auch Vittorinis Sardinien ein vor allem ländliches, wo es in den Kirchen nach »Streu und

Hühnerstall« riecht und wo er »ziegenhirtengesichtige« Heiligenstatuetten erblickt. Doch für diese Wahrnehmungen braucht man keinen Balkan, genauso wenig wie für die Erfahrung der sardischen Einsamkeit, die mich im Grunde mehr als alles andere interessierte. Denn sosehr ich mich darauf freute, Berlin und vor allem Berlin-Schöneberg zu verlassen und zumindest zeitweise ein sardisches Leben zu führen, so sehr ängstigte mich der Gedanke an diese spezielle sardische Einsamkeit. Ich kannte die Berliner Einsamkeit. Und auch die westfälische. Beide waren deprimierend, allerdings war die Berliner Einsamkeit die schlimmere, weil aussichtslosere. Aus Westfalen konnte man immerhin flüchten. Vorzugsweise nach Berlin. Aber wohin flüchtete man aus Berlin? Nach Hannover? Nach Tübingen? Gegebenenfalls nach Sardinien.

Die sardische Einsamkeit, diese »Einsamkeit jedes Dings, jedes Felsens, jedes Baums«, wie Vittorini schrieb, kannte ich nicht. Aber ich hatte des Öfteren eine Ahnung davon bekommen, wenn ich Cristina in die Augen sah. Anfangs hatte ich ihren manchmal geradezu verlorenen Blick der Emigration und dem Leben in der Fremde zugeschrieben. Je länger ich sie aber kannte, umso mehr vermutete ich, dass sie die Einsamkeit nicht erst in Berlin erworben, sondern nach Berlin mitgebracht hatte. Die Einsamkeit war womöglich mit ihr emigriert. Und jetzt würde die Einsamkeit wieder mit ihr nach Hause zurückkehren.

Der spätere Titel von Vittorinis Buch ohne die Nennung der Morlaken war nicht nur verständlicher, sondern auch poetischer. Allerdings erschloss er sich dem Leser erst ganz am Ende des Buches, wo Vittorini bereits wieder zu Hause ist und von Florenz aus noch einmal auf die Reise zurückblickt und Bilanz zieht: »Ich bin wieder in meinem Frieden, in meinem Zimmer, wo das Fenster die ganze Nacht über offen geblieben war. Und mir steht klar vor Augen: Sardinien ist für mich zu Ende gegangen, ich werde es nie wieder haben, für die Zeit meines Daseins ist es auf immer vorbei.« Dieses unwiderrufliche Vergangensein machte Sardinien mit der Kindheit vergleichbar. Aber wichtiger als das Vergängliche war für Vittorini das Unvergessliche daran: »... es war ein unvergessliches Stück Leben von mir. Wie eine Kindheit. An meiner Kindheit hat es jetzt teil ...« Dies war der vielleicht schönste und tiefste Gedanke des Buches: dass wir unserer Kindheit auch als Erwachsene noch etwas hinzufügen, dass wir das Glück der Kindheit, wenn es denn ein Glück war, auch im Erwachsenenleben noch vermehren können. Mich rührten die Gedanken Vittorinis. Dies aber nicht, weil sie mir vertraut waren, sondern weil ich solchen Überlegungen hier zum ersten Mal bewusst begegnete: dass wir uns im Laufe unseres Leben nicht nur von unserer Kindheit entfernen, sondern ihr auch noch immer entgegengehen. Im Unterschied dazu war mein Hauptimpuls immer nur ein einziger gewesen: der Kindheit zu entkommen.

Und allen Müttern ebenfalls. Nichts wie weg. Wenn ich jedoch Cristinas Schwägerin Chiara betrachtete, fühlte ich diesen Impuls nicht. Im Gegenteil. Doch so gern ich mich in ihrer Nähe aufhielt und so gern ich mich mit ihr über Literatur ausgetauscht hätte, so sehr merkte ich schon nach dem ersten Tag unseres Aufenthalts, dass es besser war, mich zurückzuhalten. Ich wollte Enrico keinerlei Anlass zur Eifersucht oder auch nur zu Irritationen geben, zumal er sich für alles Mögliche interessierte, nur nicht für Literatur. Enrico gehörte zu den Männern, für die Literatur Frauensache war. Er kannte sich dafür bestens mit allem aus, was sein eigenes Gewerbe betraf. Landwirtschaft, Naturschutz, Pflanzen, Tiere, Ökologie, Umweltschutz, Straßenbau oder Bergbau. Sogar über Archäologie und natürlich auch die Nuraghen konnte man mit ihm reden. Und je weniger ich mit seiner Frau redete, umso gesprächiger und umgänglicher wurde er. Einmal nahm er mich sogar mit auf eine seiner Baustellen, irgendwo außerhalb des Ortes, wo er mit der Bepflanzung einer neu gebauten Verkehrsinsel beschäftigt war. Die Arbeit war bereits getan, er inspizierte nur noch einmal die Bepflanzungen, bevor er sie zur Abnahme durch die Gemeinde freigab. Alles sah bestens aus. Die Straße war neu asphaltiert, die Mittelinsel bepflanzt und mit einer weiß gekalkten Einfassung gesichert. Nur der Verkehr fehlte. Zumindest während der halben Stunde, in der wir uns dort aufhielten, fuhr kein einziges Auto vorbei.

Ich fragte mich, warum hier eine Verkehrsinsel gebaut worden war. Solche Verkehrsinseln dienten doch dazu, den Verkehr an Kreuzungen zu beschleunigen. Hier brauchte nichts beschleunigt zu werden. Hier bewegte sich ohnehin nichts. Nicht einmal das Gras und die Macchia bewegten sich hier. Und die paar verholzten, staubigen Kaktusfeigen, die am Straßenrand standen, schon gar nicht. Die hatten sich schon seit Jahren nicht mehr bewegt. Ich dachte an Vittorinis »Einsamkeit jedes Dings, jedes Felsens, jedes Baums« und fügte noch die Einsamkeit der Verkehrsinseln hinzu. Auf meine Frage, warum diese Verkehrsinsel hier überhaupt gebaut worden war, meinte Enrico nur, dass die Gemeinde dafür Geldmittel von der Regionalverwaltung erhalten hatte und dass das Geld auch ausgegeben werden musste. Allerdings sei im Sommer das Verkehrsaufkommen größer. Wenn die Touristen kamen. »Kommen viele nach Sant'Antioco?«, wollte ich wissen. »Manchmal mehr, manchmal weniger«, sagte er, »aber die meisten tanken in Sant'Antioco nur, trinken einen Kaffee auf dem Corso und fahren dann weiter nach Calasetta beziehungsweise Carloforte.«

Carloforte war mir vertraut. Über Carloforte hatte ich mich bereits informiert. Carloforte war eine genuesische Gründung mit weiß gekalkten Häusern und lag auf der Insel San Pietro. Wenn Sant'Antioco der Süden des Südens war, dann war San Pietro der Süden des südsardischen Südens. Und zugleich der schönste Ort der Gegend, wenn die Reiseführer recht hatten. »Hast du Lust auf einen Abstecher nach Calasetta?«, fragte Enrico. Er müsse dort etwas besorgen. Natürlich hatte ich Lust. In Calasetta war die Fährstation, von der aus man nach Carloforte übersetzen konnte. Ernst Jünger war hier gewesen. Und auch Vittorini, der in Carloforte dem Glück des Müdeseins und der Schläfrigkeit begegnete: »Die grünen Binsenmatten an den Fenstern sind heruntergelassen. Eine Katze schläft auf einer vor der Tür stehengelassenen Chaiselongue, auf der ein glücklicher Mensch den ganzen Vormittag mit Lesen und Dösen zugebracht hat. Glückliche Frauen, stelle ich mir vor, liegen in den Häusern im tiefen Nachmittagsschlummer, im Warmen, Dunklen, während die Sonne in den Binsenmatten brütet.«

Ich freute mich auf Carloforte, ich hatte mich schon in Deutschland auf Carloforte gefreut, auch wenn ich heute nur bis Calasetta kommen würde. Aber das war in Ordnung. Ich wollte mir ohnehin mit allem Zeit lassen und während unseres jetzigen Aufenthaltes Sardinien nur mit einem Fuß beziehungsweise einer Sandale betreten. Ich wollte gar nicht so vieles gesehen haben. Ich wollte auch Carloforte nicht unbedingt gesehen haben. Ich würde ja wiederkommen. Und konnte mich also weiterhin auf Carloforte freuen. Jetzt war es Ende April. Schon sonnig und frühlingshaft warm, aber zwischendurch auch immer wieder regnerisch und kühl. *Marzo pazzo* nannten die Italiener das, was für uns das Aprilwetter war. Und das herrschte hier normalerweise im März. Doch jetzt war auch der April noch einigermaßen verrückt und bescherte uns Kälte und Wärme, Sonne und Regen zugleich und in raschem Wechsel. Umso besser war es, erst im Sommer nach Carloforte überzusetzen. Wenn die Katzen im Schatten dösten und die glücklichen Frauen ihren Mittagsschlaf hielten.

Allerdings spürte ich schon jetzt Sehnsucht nach solchen heißen und müden Tagen. Am liebsten mit Cristina zusammen. Nur aus dem Mittagsschlaf würde dann nichts werden. Mit einer Nymphe an der Seite konnte man schlecht einschlafen. Zumindest nicht sofort. Da waren die Mittagsdämonen davor. Ich hatte ein Buch von Roger Caillois darüber gelesen. Allerdings auf Italienisch, da es keine Übersetzung gab und Italienisch für mich leichter war als Französisch. Das Buch hieß *I demoni meridiani*, und ich habe möglicherweise nicht alles verstanden, aber immerhin so viel, dass die Mittagshitze des Südens auch meine Hitze war. Die Temperatur, die mir, aus welchen Gründen auch immer, am ehesten entsprach. Sechsunddreißig Grad. Es durften auch siebenunddreißig sein.

Diese Mittagshitze war die Stunde der Mattheit und Trägheit einerseits und die Stunde der wirren Träume und der Wollust andererseits. Ein schönes Paar sozusagen, die Trägheit und die Wollust, und eben am besten im Süden zu haben. Bei den alten Kirchenvätern sind beide unter dem Namen Acedia und Luxuria bekannt. Erstere zählt zu den sieben Hauptlastern. Letztere zu den sieben Hauptsünden. Was will man mehr. Ich freute mich schon darauf, dass es bald August sein und ich nach Sardinien zurückkehren würde. Aber nur mit Cristina. Denn allein und ohne Nymphe konnte das alles zur Qual werden. Dann verwandelte sich die Welt in eine Wüste und der Mittagsdämon in einen Teufel, der einen plagte und in die Depression trieb. Das kannte ich aus Westfalen. Diese Sommerverzweiflung, wenn alles erstarb. Die Felder, die Gärten, die Wege. Wenn alles in der Gluthitze erstickte und die Welt zu einem Grab wurde. Ich hatte es Sommer für Sommer erlebt. Speziell im August. Der August war der grausamste Monat. Aber zugleich auch der verheißungsvollste. Zumindest für mich, denn ich war im August geboren worden. An einem glühend heißen Tag. Das wusste ich von meiner Tante, die bei der Geburt dabei war, denn es war eine Hausgeburt, und die Tante fungierte als eine Art Hebamme. Und warum sonst hätte ich mich schon von frühen Jahren an nach dem Süden gesehnt? Wegen Rom? Wegen Goethe? Wegen der Römischen Elegien? Das wäre ein bisschen viel verlangt. Die Römischen Elegien sind mir nicht in die Wiege gesungen worden. Mir ist überhaupt nichts in die Wiege gesungen worden. Ich habe irgendwann damit begonnen, mir selber etwas vorzusingen. Ich wurde mir selbst die Mutter, die mir etwas vorsingt. Mein Italien waren nicht die Römischen Elegien, vielleicht aber war es der Wilde Wein, der an unserer Hauswand wuchs und in dem die Spinnen hausten, die Eidechsen auf Jagd gingen und der Zaunkönig ein Nest hatte. Der Wilde Wein trug sogar Früchte. Groß wie Rosinen, grün wie Erbsen und hart wie Kieselsteine. Wein ließ sich aus diesen Trauben nicht pressen. Aber für eine Sehnsucht nach dem Süden reichten sie allemal.

Ich hätte gern Enrico von meiner Sardiniensehnsucht erzählt. Aber ich war mir nicht sicher, ob er Verständnis dafür gehabt hätte, dass ich mich nach Sardinien sehnte. Ich hätte ja auch kein Verständnis dafür gehabt, wenn er sich nach Nordrhein-Westfalen gesehnt hätte. Beispielsweise. Außerdem wollte er ganz andere Dinge von mir wissen. Meine Berufsaussichten interessierten ihn. Und meine Herkunft. Er quetschte mich auf der Fahrt nach Calasetta regelrecht aus. Aber was sollte ich sagen? Was hatte ein studierter Germanist, der an seiner Doktorarbeit über Wolfgang Koeppen schrieb, schon für Berufsaussichten? Da hätte ich lieber mein Referendariat machen sollen. Dann hätte ich ihm was erzählen können.

Deutschlehrer – das war eine Berufsaussicht. Aber ich machte kein Referendariat. Ich hatte keine Berufsaussichten, sondern eine Aussicht auf den Doktortitel. Und nach dem Doktortitel hatte ich Aussicht auf die Habilitation. Das wusste ich jetzt schon, dass ich mich habilitieren wollte. Und danach? Ganz einfach: eine C4-Professur. Wobei für den Anfang auch eine C3-Professur genügen würde. Hahaha.

Aber das war genau das, was ich Enrico erzählte. Und alles schön der Reihe nach: zuerst das Erste Staatsexamen für das Amt des Studienrats. Das hatte ich bereits. Dann der Doktortitel. So gut wie in der Tasche. Schließlich die Habilitation. War schon in geistiger Planung. Und als krönender Abschluss: die Professur. Alles klar? Enrico nickte dazu. Sah mich aber trotzdem skeptisch an. So glatt konnte er sich meine Karriere wohl nicht vorstellen. Aber vielleicht kam ich aus gutem Hause. Akademikerhaushalt. Bürgerlich. Wohlhabend. Rosen im Garten und ein Klavier im Salon. Vielleicht sogar ein Flügel. Und schon kam sie auch aus seinem Mund, die Frage nach meiner Familie. Was meine Eltern denn so gemacht hätten, wollte er wissen. Ich hätte jetzt zwei Geschichten erzählen können: Die eine handelte von schwäbischen Emigranten, die irgendwann zu Zeiten der Kaiserin Maria Theresia nach Osteuropa ausgewandert waren. Die Geschichte handelte außerdem von dem Ort Bryszcze in der Ukraine und von dem Ort Anatolin in Polen, wo meine Eltern geboren worden waren. Von dem bisschen Landwirtschaft, das gerade mal zum Leben reichte, von einem Pferd, das gestorben war, von einem zweiten Pferd, das den Tod des ersten beweint hatte, von den zwölf Geschwistern meiner Mutter, von Kinderarbeit, von unzureichender Schulausbildung, von Not, Armut, Krieg und dem verlorenen Arm meines Vaters. Von Flucht, Vertreibung und Vergewaltigung, von einem verlorenen Kind, von Trauma, Schmerz und Scham, vom immer beantragten und niemals bewilligten Lastenausgleich sowie von dem viel zu frühen Tod des Vaters und der lebenslangen Trauer der Mutter. Das war die eine Geschichte.

Die andere handelte von einem Haus in der Ortsmitte meines Geburtsortes in Westdeutschland, von einem Ladengeschäft für Tabakwaren, von zwei Ladengeschäften für Tabakwaren, von zwei Ladengeschäften plus einem Großhandel für Tabakwaren, von Zigaretten, Zigarren und Raucherbedarfsartikeln, von Zigarettenautomaten, von sehr vielen Zigarettenautomaten, von einem VW-Bulli zum Transport der Waren, mit denen die Zigarettenautomaten gefüllt wurden, von zwei VW-Bullis zum Transport der Waren, mit denen die Zigarettenautomaten gefüllt wurden, von einem Ford Taunus für die Sonntagsausflüge, von einem Opel Kapitän für die Sonntagsausflüge, vom Umbau des Wohnhauses, vom Kauf eines zweiten Hauses, von der Mutter im schwarzen Pelzmantel und vom Vater im Anzug, mit Mantel und Hut, Arm in Arm auf dem Weg zur Kirche, mit drei ebenso ordentlich gekleideten Söhnen im Schlepptau und von allen Nachbarn und Kirchgängern respektvoll gegrüßt.

Ich erzählte nur die zweite Geschichte und konnte erleben, wie die Skepsis zunehmend aus Enricos Miene wich. Einzelhandel, Großhandel, VW-Bullis – das waren alles

Dinge, die ihm behagten, ebenso wie die Tatsache, dass meine Eltern drei Söhne hatten. Und da ihm dies alles so sehr zu behagen schien, erzählte ich ihm darüber hinaus, wie groß meine eigene Bindung an die geschäftlichen Aktivitäten meiner Eltern noch immer war. Dass ich mich im Grunde meines Herzens mehr als Geschäftsmann denn als Akademiker fühlte und dass ich sowohl mit den berufspraktischen Erfordernissen des Einzelhandels als auch mit denen des Großhandels vertraut war. Und nicht nur das. Neben dem Kaufmännischen war ich auch zeit meines Lebens, oder zumindest solange ich im Elternhaus lebte, technisch-handwerklich aktiv gewesen. Ich konnte beispielsweise Zigarettenautomaten reparieren. Ich konnte Münzprüfer aus Zigarettenautomaten aus- und wieder einbauen. Ich konnte nicht nur einen defekten gegen einen funktionierenden Münzprüfer austauschen. Ich konnte auch einen defekten Münzprüfer in einen funktionierenden Münzprüfer zurückverwandeln. Mit einem Fläschchen Maschinenöl, einem Schraubenzieher und ein paar Ersatzfedern konnte mir so etwas durchaus gelingen.

Enrico schien zufrieden. Er hatte zu allem genickt und immer mal wieder ein paar anerkennende Worte gemurmelt. Für Rückfragen blieb zum Glück keine Zeit mehr, da wir inzwischen Calasetta erreicht hatten. Calasetta war nicht sehr weit von Sant'Antioco entfernt. Zehn, fünfzehn Kilometer vielleicht. Die Strecke konnte man auch mit dem Fahrrad bewältigen. Das würde ich mir für den Sommer vornehmen. Das würde mein Sport sein. Dreimal in der Woche Sant'Antioco–Calasetta und zurück. Ich fuhr ja auch in Berlin mit dem Fahrrad. Wir hielten an einem Parkplatz direkt gegenüber der Anlegestelle, auf dem nur wenige Autos parkten. Darunter ein Camper mit einem Berliner Nummernschild, den ich mir gleich einmal etwas genauer ansah. Auf dem Beifahrersitz lag eine *BZ*. Aufgeschlagen. Und daneben eine Packung Ernte 23. Das reichte. Meine Neugier war gestillt. Als wir über den fast leeren Parkplatz in Richtung Anlegestelle gingen, sagte Enrico: »Im Sommer ist hier alles voll«, was sich wie eine Rechtfertigung anhörte. Ich sagte nichts dazu. Ich hatte während der Fahrt genug geredet und mich ja auch genug gerechtfertigt. Jetzt war Enrico dran, sich zu rechtfertigen, und es bereitete mir ein gewisses Vergnügen, zu sehen, dass ihm der beinahe leere Parkplatz peinlich war. Mich störte der leere Parkplatz nicht. Je leerer, desto echter. Und ich hatte auch nicht die Erwartung gehabt, hier einen besonderen Ostertourismus zu erleben. Calasetta war schließlich nicht Rom. Calasetta war das Ende der Welt. Eigentlich galt dies auch schon für Sant'Antioco. Aber da die Welt bekanntermaßen rund ist und nie endet, lässt sich hinter jedem Ende auch immer noch ein weiteres finden. Enden ohne Ende. Enrico ließ mich am Hafen zurück, um Besorgungen zu machen. Im Hafen lag eine Fähre, aber es waren weder Passagiere noch die Besatzung zu sehen, obwohl laut ausgehängtem Fahrplan von morgens bis in die Nacht stetiger Fährbetrieb herrschte. Ich schaute aufs Meer hinaus, sah aber auch dort kein einziges Schiff. In nicht allzu weiter Ferne konnte ich jedoch einen Küstenstreifen der Isola di San Pietro erkennen. Carloforte, das weiter nördlich lag, war nicht zu sehen. Ich fragte mich, ob die Meerenge zwischen Carloforte und Calasetta der Schauplatz der sogenannten *mattanza* war, über die ich bei Jünger gelesen hatte. Statt *mattanza* könnte man auch *massacro* sagen, denn es handelte sich hierbei um das Abschlachten der Thunfische während des Thunfischfangs. Die *mattanza* war das blutige Finale des jährlichen Fangzuges, bei dem die Thunfischschwärme, »aus den Tiefen des Weltmeeres kommend«, so Ernst Jünger, in abgesteckte, von Netzen und Booten gesäumte Reviere getrieben und anschließend mit Haken und Spießen aufgeschlitzt, fixiert und in die Boote gehoben wurden.

Jünger hatte in einem 1957 erschienenen und der Isola di San Pietro gewidmeten Text über die *mattanza* geschrieben. Er kannte sich aus, war während seines Aufenthaltes auf San Pietro mit einem Fischer hinausgefahren, um das Abschlachten mitzuerleben: »Als wir uns dem Fanggrund näherten, drang Freudengeschrei herüber, und der padrone sagte: ›Sie haben das Banner aufgesteckt.‹ Er meinte damit den roten Wimpel, der anzeigt, daß die Fische in die Todeskammer eingetreten sind, aus der es kein Entkommen gibt.« Nun galt es, die Netze, die am Grund der Todeskammer lagen, an die Wasseroberfläche zu hieven, und mit ihnen die zusammengetriebenen Fische. Was man sich als eine üble Abschlachterei vorstellen muss, war für Jünger ein Fest, das er zudem noch in sakrales Licht tauchte: »An sechzig in graue Kittel gekleidete Gestalten standen mit gesenktem Haupte auf den Bänken der Fangboote. Sie schienen vor dem Hintergrund des Meeres wunderbar erhöht. Das Licht umfaßte, durchdrang sie wie Figuren eines alten Kirchenfensters; hier war noch väterliche Spende und kindliche Dankbarkeit.« Die väterliche Spende – das waren die Fische. Die kindliche Dankbarkeit wiederum waren die Gebete, die während der *mattanza* gesprochen wurden. Insofern hatte Jünger die Szene mit einem gewissen Recht sakral erhöht. Die Tradition der *mattanza* sah es so vor. Es wurde zu Beginn der »Metzelei« gebetet, unter anderem wurde ein Gebet an den heiligen Petrus gerichtet, den Schirmherrn der Fischer und eben auch der Insel San Pietro. Das von Rufen und Gesängen der Fischer begleitete Hieven der Netze und Zusammendrängen der Tiere wurde von Jünger eine Arbeit genannt, die sich »zum Tanz, zum Reigen vereinfacht«. »Wie in der Oper« erschien ihm der ganze Vorgang, »der Geist spürt Glanz und Schrecken der irdischen Vollkommenheit«. Die toten oder sterbenden Tiere beschrieb er so detailliert wie ungerührt: Der Fisch »lag ganz reglos, nur zwei Schlitze, die an der Kehle im V zuliefen, hoben und senkten sich. Bei jeder Hebung leuchteten die Kiemen als ein Gewebe blutschwerer Spitzen auf. Das Maul stand offen; die Zunge, fleckig grau, rosa gerandet, lag unter einem Gaumen, der wellig geriffelt war. Das kobaltblaue Auge blickte starr.« Der letzte Akt dieser Oper ist die Agonie der Tiere auf dem Holzboden der Boote, auf den die zuckenden Schwanzflossen der Fische klopfen, sodass ein »dunkles, hölzernes Pochen« ertönt. Das war die Schlussmusik. Mit den Worten Jüngers: »Dem roten Feste folgte nun die Trauer: die Boote waren große Särge, auf ihren Bohlen trommelte der Tod. Dann wurde es still.« Der Text über San Pietro endete mit einem historischen Rückblick auf das Jahr 1909, das sozusagen ein Rekordjahr war, in dem »mit einem einzigen Fischzug zweitausendundsiebenundvierzig Thune getötet« wurden. Man stelle sich das Blutbad vor. Oder, um es mit Jünger zu sagen: »An solche Tage denkt man gern zurück.«

Ich hatte genug vom Ausblick über das Wasser und auf die Felsen von San Pietro, die sich im Abendlicht langsam schwarz färbten, und ging in die Bar, die direkt neben dem Parkplatz lag. Vielleicht würde ich hier die Berliner sehen, deren Camper auf dem Parkplatz stand. Der einzige Gast war eine junge blonde Frau in knapp sitzenden Shorts aus Jeansstoff, einem weißen T-Shirt und Turnschuhen. Typ Leichtathletin. Das war sicherlich eine Deutsche, aber sie sah nicht so aus, als würde sie Ernte 23 rauchen und die *BZ* lesen. Ich hätte jetzt gern ein wenig Deutsch geredet. Schon das Berliner Nummernschild hatte bei mir einen Anflug von Heimweh ausgelöst. Die Frau stand an der Bar und trank Cola, doch noch ehe ich mich auch nur räuspern, geschweige denn sie ansprechen konnte, erschien ihr Gefährte. Er war auf der Toilette gewesen. Ein Zweimetermann mit Lederweste und Motorradstiefeln, dem eine Harley gut angestanden hätte. Doch statt mit einer Harley fuhren die beiden mit einem rollenden Wohnzimmer durch die Gegend und lasen die *BZ* dabei. Ich holte mir ein Eis, trollte mich wieder und begann mich zu langweilen: ein Parkplatz, das Meer, die Bar und die Küste von San Pietro. Und dazu ein kühler Wind, der vom Meer kam. Es war eben doch noch nicht Sommer, auch wenn die blonde Berlinerin hier in knappen Shorts herumlief.

Was ihrem Freund sicherlich gut gefiel. Mir hatte es auch gut gefallen. Aber ich wollte mich jetzt nicht weiter mit blonden Berlinerinnen beschäftigen. Vielleicht kam sie ja sogar aus Schöneberg. Ich würde sie einfach fragen, wenn sie von der Bar zurück zu ihrem Camper ging. Ihr Freund, der Wikinger, würde mich schon nicht gleich aufspießen.

Aber sie kam nicht aus der Bar. Stattdessen erschien Enrico zusammen mit einem jüngeren Mann. Beide trugen sie ein mehr als mannshohes und ziemlich breites Holzgitter. »Für einen meiner Kunden«, sagte Enrico, während sie das Gestell am Wagen abstellten. Der jüngere Mann verschwand sofort wieder mit einem knappen »Ciao«. Enrico nickte ihm nur zu und sagte gar nichts. Die beiden mussten sich gut und lange kennen, wenn sie so wortkarg miteinander umgehen konnten. Dann sagte Enrico zu mir: »Hilf mir mal, das Gitter muss auf den Wagen.« Enricos Wagen war ein Pick-up-Truck, aber die italienische Variante davon. Die Italiener nannten so etwas *camioncino*, Lastwägelchen. Enrico hatte einen *camioncino* der Marke Piaggio. Enricos Piaggio war nicht so klein wie die berühmte dreirädige Ape, die auch von der Firma Piaggio stammte und die durch jede noch so enge neapolitanische Gasse passte. Aber allzu geräumig war die Ladefläche seines Wagens auch nicht. Das Holzgitter, das offensichtlich als Kletterwand für Pflanzen gedacht war, passte jedenfalls nicht auf die Ladefläche. Es ging nur, wenn man das Gitter mit einer Ecke schräg aufsetzte, sodass es über die Ladefläche hinausragte, dabei aber äußerst instabil war. Enrico sagte: »Ich gehe mit auf die Ladefläche und halte das Gitter fest. Und du fährst.«

Enricos Vorschlag überraschte und freute mich zugleich. Wer vertraute einem Fremden schon seinen Wagen an. Ich empfand dies als einen echten Vertrauensbeweis. Fast als einen Beweis dafür, dass ich in die Familie aufgenommen war. Allerdings hatte ich keinen Führerschein. Was mir peinlich war. Aber es half nichts. Ich musste es ihm sagen: »Ich habe keinen Führerschein.« Aber Enrico verstand nicht. Zumindest nicht richtig. Er glaubte, dass ich keinen Führerschein *dabei*hatte, und sagte nur: »Das macht doch nichts. Mich kontrolliert niemand.« Also musste ich ihm sagen, dass ich nicht nur keinen Führerschein *dabei*hatte, sondern auch keinen besaß – und jetzt begriff er. Er schaute mich an, als ob ich gesagt hätte, dass ich in Wahrheit ein Findelkind aus dem Kongo sei. Oder versehentlich ohne männliche Genitalien geboren worden war. Oder etwas in der Art.

Mit anderen Worten: Er konnte es nicht glauben. Kein Führerschein! Er musste sich regelrecht fassen. Es war ja auch nicht zu glauben. Ich, der Mann der Praxis. Versiert im Groß- und Einzelhandel. Der Zigarettenlieferant. Der Techniker. Der Spezialist für defekte Münzprüfer. Kein Führerschein! Ich fühlte mit ihm. Ich hatte es selbst jahrelang als peinlich und geradezu unmännlich empfunden, keinen Führerschein zu haben. Und wie gern wäre ich einmal mit einem dunkelblauen Alfa Romeo durch die Toskana gefahren. Oder auch nur durch Berlin. Aber was sollte ich machen? Immerhin hatte ich es versucht. War aber nach unzähligen und kostspieligen Fahrstunden in Anwesenheit eines besserwisserischen und hassenswert dämlichen Fahrlehrers durch die Prüfung gefallen und davon so entmutigt gewesen, dass ich es kein zweites Mal versucht hatte. Und schuld daran war neben dem Fahrlehrer in gewisser Weise auch Italien.

Ich hatte als Nebenfachstudent in Italianistik vom Berliner Italienischen Konsulat ein Stipendium für einen Sommerkurs an der Università per Stranieri in Perugia bekommen. Vom 1. August bis zum 30. September. Etwas Besseres konnte mir gar nicht passieren: zwei Sommermonate Umbrien. Eine Woche vor Antritt des Stipendiums war die Fahrprüfung. Das war mein Plan gewesen: mit dem neuen Führerschein in der Tasche nach Italien zu gehen. Stattdessen fiel ich durch, verzichtete auf die Wiederholung der Prüfung, weil ich auf Perugia nicht verzichten wollte, und ging ohne Führerschein nach Italien. Als ich Anfang Oktober wieder in Berlin war, stellte ich fest, dass mir der Führerschein gar nicht fehlte. In Berlin brauchte ich keinen Führerschein. Allenfalls, um zu dem damals gerade neu eröffneten Ikea in Spandau zu fahren und die Einkäufe nach Hause zu transportieren. Alles andere ließ sich auch mit U- und S-Bahn erledigen.

Der Transport des Pflanzengitters war jetzt auch so etwas wie ein Ikea-Transport. Wir einigten uns darauf, dass Enrico fuhr und ich auf die Ladefläche stieg. Was auch funktionierte. Meine Aufgabe als Festhalter des Holzgitters bewältigte ich ohne Probleme und kam mir sogar ein wenig abenteuerlich vor, wie ich so auf der Ladefläche des Transporters über die Insel fuhr. Hinter mir eine Staubwolke, vor mir die untergehende Sonne, in den Händen das hoch aufragende und schwankende Blumengitter, das ich wie ein Segel mal in die eine und mal in die andere

Richtung navigierte, wobei ich eine Zeit lang von kreischenden Möwen begleitet wurde, die den Piaggio offenbar mit einem Fischkutter verwechselten, bis sie begriffen, dass hier nichts zu holen war, und Richtung Meer abdrehten.

Unser Ausflug nach Calasetta hatte zur Folge, dass mir Enrico in den nächsten Tagen zumeist mit einem skeptischen Blick begegnete. Er traute mir nicht mehr so recht über den Weg. Ein Mann ohne Führerschein! Ich dagegen verhielt mich umso zuvorkommender – was auch hieß, dass ich versuchte, so wenig Aufheben wie möglich von mir und meiner Person zu machen. Ich wollte der unsichtbare Gast sein und der perfekte Schwager. Chiara gegenüber verhielt ich mich vollkommen neutral, was gar nicht so einfach war, denn sie wurde von Tag zu Tag nicht nur ein wenig runder, sondern auch schöner. Und sie hatte ein gewisses Gefallen daran gefunden, mir von ihren Literaturstudien zu erzählen. Irgendwann hatte sie mir sogar eine zerlesene Taschenbuchausgabe von Vittorinis *Sardegna come un'infanzia* auf den Küchentisch gelegt. Als ob sie mir beweisen wollte, dass sie mehr als nur eine Hausfrau und werdende Mutter war. Meine Autorität hatte bei ihr also nicht gelitten. Im Gegenteil, sie suchte offenbar nach Anerkennung, wobei es für mich auf ihre Literaturinteressen gar nicht so sehr ankam. Ich hatte sie bereits anderweitig anerkannt: als eine besonders attraktive werdende Mutter. Meine Madonna der bevorstehenden Geburt. Schöner als die von Piero della Francesca in Monterchi, die ich einmal während eines Toskana-Aufenthaltes gesehen hatte und die wohl weltberühmt und ob ihrer Schönheit auch viel gerühmt, mir so schön aber auch wieder nicht vorgekommen war. Im Gegenteil: Pieros Madonna del Parto schien mir, neben den beiden Engeln, die ihr den Vorhang aufhielten und sie der staunenden Welt präsentierten, monströs groß geraten und zugleich auch ein wenig griesgrämig dreinzuschauen, mit hängenden Augenlidern und heruntergezogenen Mundwinkeln. Und auch die Engel sahen trübsinnig aus. Das mag theologische Gründe gehabt haben: Vielleicht wusste sie bereits, dass ihr Kind eines Tages den Opfertod sterben würde. Griesgrämig war Chiara nicht. Im Gegenteil. Ihr Wesen war heiter, und das allein hätte mir schon gereicht, um sie zu schätzen, meinetwegen brauchte sie nicht einige Semester Literatur in Cagliari studiert zu haben. Ich blätterte den Vittorini-Band natürlich trotzdem mit der gehörigen Aufmerksamkeit durch und würdigte auch die Anstreichungen, die ich darin fand, und damit die Tatsache, dass sie das Buch nicht nur besaß, sondern auch gelesen hatte.

Die wenigen Tage, die uns noch blieben, verbrachte ich entweder im Haus oder mit Spaziergängen durch den Ort. Cristina sah ich nicht sehr oft. Sie war schon jetzt zum Helfer ihres Bruders geworden und begleitete ihn mehrmals zu irgendwelchen Kunden oder half im Geschäft. Es hatte nur zwei oder drei Tage gedauert, und schon war für Cristina der sardische Alltag eingekehrt. Touristische Interessen hatte sie keine, zumindest im Moment nicht, obwohl ich gehofft hatte, dass wir wenigstens ein oder zwei Ausflüge machen würden. Zu den Nuraghen oder auch nach Cagliari. Aber sie schien keine Lust mehr dazu zu haben, und ich drängte sie nicht. Wenn man sie zu etwas drängte, machte es ohnehin keinen Spaß mehr. Und offenbar war sie glücklich damit, Chiara im Haushalt und Enrico bei seiner Arbeit zu helfen. Sogar ihrem Sarkasmus gönnte sie eine Pause, so zufrieden schien sie zu sein. Nur ich lief ein wenig ziellos durch die Gegend. Ich vermied es, mich zu lange im Haus aufzuhalten, um Chiara und auch mich selbst nicht zu kompromittieren. Draußen aber war es noch zu kühl und das Wetter zu wechselhaft, um nach Touristenart stundenlang herumzuspazieren oder im Straßencafé zu sitzen. Außerdem gab es nicht allzu viele Straßencafés. Zwei befanden sich am Corso Vittorio Emmanuele, der auch hier wie in so vielen italienischen Städten die Hauptstraße darstellte, wo die Menschen sich trafen, flanierten und die Bars aufsuchten. Ich kannte einige italienische *corsi*. Allerdings keinen wie in Sant'Antioco. Der Corso Vittorio Emmanuele von Sant'Antioco war der dunkelste, den ich je gesehen hatte. Keine Straße, sondern ein Tunnel. Ein von mächtigen Steineichen mit ausladenden Baumkronen gebildeter Tunnel, in dem es auch im Hochsommer noch dunkel und kühl war. Nichts war darum auch schöner, als hier an einem glühend heißen Augusttag zu sitzen und den Schatten, die Kühle und das sanfte Rauschen der Blätter zu genießen. Das sollte ich allerdings erst im Sommer erleben. Jetzt musste ich die Erfahrung machen, dass es nichts Deprimierenderes gab, als das Gleiche an einem kühlen, verregneten Frühlingstag zu tun. Dann war es auf dem Corso so gemütlich wie in einem Alpentunnel, in dem es zudem beständig von der Decke tropfte. Selbst wenn es nicht regnete, tropfte der Regen von den Bäumen. In den dichten Baumkronen hatte sich so viel Wasser angesammelt, dass jede kleine Erschütterung, jeder Windhauch, jeder Vogel, der sich auf einen Zweig setzte oder davon abstieß, für eine weitere Dusche sorgte. Also setzte ich mich gar nicht erst an einen der Tische auf dem Bürgersteig, um den Süden so zu genießen, wie es sich eigentlich gehörte, sondern stellte mich gleich an die Bar. Aber wie lange kann man an so einer Bar stehen? Die Einheimischen standen dort allenfalls eine Zigarettenlänge. Oder so lange, wie man brauchte, um einen Espresso zu trinken und zu bezahlen. Manche tranken mit der einen Hand und bezahlten gleichzeitig mit der anderen. Dann war der Barbesuch in zwei Minuten erledigt. Länger als zehn oder fünfzehn Minuten blieb niemand. Fünfzehn Minuten waren schon viel. Ich blieb meistens länger, was aber irgendwann auffiel. Ich wollte nicht auffallen. Ich wollte wie ein Fisch im Wasser sein. In Berlin fiel ich ja auch nicht auf. Egal, was ich machte. Ich war in Berlin noch nie aufgefallen. In Berlin konnte ich rumstehen, wo ich wollte und solange ich wollte. Das kümmerte niemanden. Hier fiel ich schon nach fünfzehn Minuten auf, und ich sah den Leuten an, dass sie sich Gedanken machten über mich.

Ich wollte nicht auffallen, und ich wollte erst recht nicht, dass sich jemand über mich Gedanken machte. Wenn ich merke, dass ich auffalle oder sich jemand über mich Gedanken macht, fühle ich mich nicht mehr wohl. Das ging mir schon als Kind so. Als Kind war ich allerdings des Öfteren aufgefallen. Ununterbrochen eigentlich. Vor allem als Kleinkind. Man kann als Kleinkind gar nicht unauffällig bleiben. Außer im Schlaf. Entsprechend unwohl hatte ich mich als Kleinkind gefühlt. Und entsprechend unwohl fühlte ich mich auch jetzt in den Bars und Cafés von Sant'Antioco. Da konnte ich meine Nase noch so tief in die Zeitung oder ein Buch stecken. Ich fiel trotzdem auf. Ich hätte ins Museum gehen oder mit dem Bus nach Carbonia fahren und ins Upim-Kaufhaus gehen können. Aber was sollte ich dort schon kaufen. Ich hatte doch alles. Das Einzige, was mich nach Carbonia gelockt hätte, wären deutsche Zeitungen gewesen. Aber die gab es dort nicht. Die gab es weder in Sant'Antioco noch in Carbonia. Die gab es nur in Cagliari. Das hatte ich im Tabakladen erfahren, wo es auch Schreibwaren und Zeitungen gab. Aber keine deutschen.

Obwohl ich nicht rauchte, war ich gleich bei meinem ersten Corso-Bummel in den Tabakladen gegangen, der von einem Ehepaar geführt wurde, einem hageren, äußerst korrekt gekleideten Mann mit Anzug und Weste um die vierzig und einer um einiges jüngeren, sehr schlanken und zugleich sehnig wirkenden Frau, die ein enges schwarzes Kleid trug. Solche Kleider trugen die Frauen in den neorealistischen Filmen von Rossellini oder Visconti. Mir gefiel die Frau. Wegen des Kleides. Wegen ihrer sportlich-sehnigen Figur. Aber auch, weil sie einen erschöpften, müden und traurigen Eindruck machte. Eine müde Leichtathletin. Eine erschöpfte Langstreckenläuferin. Sie erinnerte mich an meine Mutter, wie ich sie als Kind manchmal von der Straße aus und durch die Schaufensterscheiben unseres Ladens gesehen hatte: eine noch sehr junge, sehr schlanke, erschöpfte und traurige Frau hinter der Theke eines Zigarettenladens. Bis zu unserer Abreise ging ich jeden Tag in den Zigarettenladen. Natürlich nicht nur wegen der Frau, sondern wohl auch aus einer Art Heimweh heraus. Heimweh nach einem Zigarettenladen. Es war das erste Mal, dass ich solch ein Heimweh verspürte. Und weil ich feste Angewohnheiten brauchte. Einen Tagesrhythmus. Chiara, Enrico und Cristina hatten ja auch einen Tagesrhythmus. Also ging ich irgendwann aus dem Haus und drehte meine Runde. Erst die Bar. Dann der Tabakwarenladen, wo ich die *L'Unione Sarda* kaufte. Wenn schon eine Tageszeitung, dann auch eine sardische. Ich tat es, um der Tabakwarenhändlerin meine Verbundenheit mit der Insel zu zeigen. Ich weiß allerdings nicht, ob sie es bemerkte. Sie hätte mich wahrscheinlich genauso freundlich bedient, wenn ich die *Repubblica* gekauft hätte. Was ich dann irgendwann auch tat. Eine Woche hielt ich mich an die *L'Unione Sarda*, und dann stieg ich auf die *Repubblica* um. Die hatte ich auch während meiner Sprachkurse in Perugia gelesen. Oder es zumindest versucht. Die war so etwas wie die *Frankfurter Rundschau* Italiens. Die *L'Unione Sarda* dagegen erinnerte mich eher an das *Spandauer Volksblatt*, was die regionale Ausrichtung anging. Die politische Orientierung hatte ich nicht durchschaut. Weder die von der *L'Unione Sarda* noch die vom *Spandauer Volksblatt*. In Berlin hatte ich mich manchmal gefragt, ob auch Berliner, die nicht in Spandau wohnten, das *Spandauer Volksblatt* kauften. Unvorstellbar eigentlich. Man stelle sich einen Kreuzberger vor, der sich das *Spandauer Volksblatt* kaufte.

Falls es das Blatt überhaupt an einem Kreuzberger Kiosk gab. Mit der *L'Unione Sarda* oder auch der *Repubblica* in der Hand ging ich dann in die zweite Bar. Beziehungsweise setzte mich draußen an einen der Tische, sofern es das Wetter zuließ, um mit der Zeitung in der Hand das Treiben auf dem düsteren Corso zu beobachten. Und den Staren zu lauschen, die die Bäume bevölkerten. Irgendwann waren sie da, mit ihren wispernden, von Knackgeräuschen und Krächzlauten unterbrochenen Rufen. Ganze Schwärme ließen sich auf den Bäumen nieder, rauschten zwischendurch mächtig auf und beruhigten sich dann ebenso plötzlich wieder. Ich nahm es als gutes Zeichen. Ich brauchte auch einen Baum, auf dem ich mich niederlassen konnte. Ich musste mit Cristina darüber sprechen. Den heimatlos umherziehenden Fremden wollte ich nicht länger spielen. Das ging mir schon nach wenigen Tagen nicht nur auf die Nerven, sondern auch aufs Gemüt. Ich wurde traurig in Sant'Antioco, während Cristina zusehends aufblühte. Ich sehnte mich nach einem Zigarettenladen, obwohl ich gar nicht rauchte. Ein Zigarettenladen war bis dahin so ziemlich das Letzte gewesen, wonach ich mich gesehnt hatte.

Als ich eines Abends während des Essens darüber sprach, dass ich regelmäßig im Zigarettenladen meine Zeitungen kaufte und mir aufgefallen sei, wie erschöpft doch die zugleich so sympathische Frau des Zigarettenhändlers aussehe, wussten alle gleich Bescheid und erzählten, dass die Frau an Thalassämie erkrankt sei. Auch Mittelmeeranämie genannt. Eine Fehlbildung der roten Blutkörperchen, die zu Blutarmut führte. Ich hatte nicht gewusst, dass es eine spezielle Mittelmeerkrankheit gab. Und noch weniger, dass diese Krankheit Thalassämie hieß. Enrico und Chiara kannten sich mit der Krankheit aus und ließen mich wissen, dass sie mit Bluttransfusionen behandelt werde und auf einem Gendefekt beruhe, der das Wachstum der roten Blutkörperchen hemme. Der Gendefekt wiederum verdanke sich möglicherweise der Malaria, da die Krankheit in ehemaligen Malariagebieten besonders häufig vorkomme. Enrico konnte auch gleich von einem halben Dutzend Bekannten erzählen, die unter der Krankheit litten. Aber nicht allen ging es so schlecht wie der Frau des Zigarettenhändlers. Auch Chiara hatte sich schon mehrmals untersuchen lassen, nicht zuletzt wegen der Schwangerschaft. Ohne Befund glücklicherweise. Seit den Fünfzigerjahren gab es auf Sardinen keine Malaria mehr, obwohl es in manchen Gegenden zwischen Cagliari und Sant'Antioco auch jetzt noch ziemlich sumpfig aussah und man sich einen Mücken- und Malariabefall hier bestens vorstellen konnte. Wenn man in Italien auf die Malaria zu sprechen kam, dann dauerte es nicht lange, bis der Name Mussolini fiel. Was Hitler für die Autobahnen in Deutschland war, das war Mussolini für die Malariabekämpfung in Italien. Kein Wunder, dass auch Enrico diese Verdienste Mussolinis erwähnte, sich ansonsten aber nicht sonderlich für ihn interessierte. Was ich allerdings auch nicht vermutet hatte, denn Enrico schien insgesamt kein besonders politischer Mensch zu sein. Seine Leidenschaft waren das Geschäft sowie die Familie – und allenfalls die Lokalpolitik, soweit sie ihm beruflich nutzen konnte, indem er kommunale Aufträge ergatterte. Auch Cristina sagte zu dem ganzen Malaria-Thema nichts. Und zur Frau des Zigarettenhändlers auch nicht. Nur ein karges *poveretta* rang sie sich ab. Was so viel hieß wie »die Ärmste«. Das war schon alles, was ihr zu der kranken Frau einfiel. Während ich möglicherweise ein Übermaß an Empathie für die Frau aufbrachte, war mir Cristinas *poveretta* deutlich zu kalt. Ich reagierte gereizt und zischte ihr ein »Die Leute hier scheinen dich ja nicht besonders zu interessieren« zu, worauf sie eine dieser verächtlichen italienischen Handbewegungen machte, die einen bis ins Mark demütigen konnten. Wegen so einer Handbewegung waren schon Morde passiert. Auch ich geriet in eine Art mörderische Stimmung, hätte am liebsten den Tisch umgeschmissen und wäre hinausgerannt. Aber wohin? Ich hatte ja noch nicht mal ein eigenes Zimmer. Und Enrico und Chiara konnten nichts dafür, dass mich plötzlich das Schicksal der Frau des Zigarettenhändlers so rührte. Es hatte wahrscheinlich mit meiner Mutter zu tun. Es hatte ganz sicher damit zu tun. Auch die Wut, die jetzt in mir aufstieg, hatte damit zu tun. Erst kam die Kränkung, dann die Wut und schließlich die Depression. Mein psychologisches Drei-Gänge-Menü. Das kannte ich schon. In Berlin war das nicht so schlimm. Und in der Wohngemeinschaft erst recht nicht. Da waren wir in gewisser Weise alle gleich. Da hatte jeder seinen Kindheitsschaden und seine Überreiztheiten. Das nahmen wir psychoanalytisch. Aber hier? Enrico war der antipsychologischste Mensch, den man sich vorstellen konnte. Der würde mir nie verzeihen, dass ich keinen Führerschein hatte. Und Chiara war zu zurückhaltend, um sich einzumischen, obgleich ich ihrem Blick ansah, dass sie ahnte, was in mir vorging. Aber sie sagte nichts. Und ich tat ja auch nichts. Ich bekam keinen Wutanfall, ich schmiss den Tisch nicht um, ich rannte nicht hinaus. Stattdessen sagte ich mit vollkommen ruhiger Stimme: »Ich könnte doch eigentlich mal für alle kochen.« »Und was?«, fragte Cristina so aufgeräumt und interessiert zurück, dass ich mich ein weiteres Mal provoziert fühlte, aber so ruhig wie möglich antwortete: »Chinesisch. Schweinefleisch süß-sauer. Mit Ananas, Zwiebeln und Paprika.« Der Vorschlag kam ungefähr so gut an, als wenn ich den Esstisch umgeworfen hätte. Alle blickten mit steinernen Mienen vor sich hin. Ich musste mir etwas anderes einfallen lassen. Paella! Paella konnte ich doch auch kochen. Mit einem Paella-Essen hatte ich mein Erstes Staatsexamen gefeiert. Mein Erstes Staatsexamen für das Amt des Studienrats. Der ich gar nicht werden wollte. Gefeiert hatte ich das Examen aber trotzdem. Also sagte ich: »Paella.« Und ergänzte: »Mit Safranreis, Erbsen und Muscheln.« Wieder reagierte niemand, bis Enrico aufstand und sagte, dass er mal telefonieren müsse. Als Enrico draußen war, meinte Chiara, dass Paella eine wunderbare Sache sei, aber dass Enrico jeden Tag seine Pasta brauche. Einschließlich der von ihr persönlich gekochten und in Einmachgläsern konservierten Soße. *Il sugo*. Nach dem Rezept der Mutter. Es gebe Familien in Italien, die vererbten ihre Essigbakterien, die sogenannte Essigmutter, sodass es über Generationen immer den gleichen Essig gebe. In ihrer beziehungsweise Enricos Familie wurde nicht die Essigmutter, aber die Nudelsoße vererbt. Ihr

Keller sei voll mit Nudelsoße in Gläsern. Und davon brauchte Enrico jeden Tag seine Portion. Darum, so Chiara, schlage sie auch etwas ganz anderes vor: Statt Enrico mit Paella oder Schweinefleisch süß-sauer die Laune zu verderben, so gut es auch gemeint sei, sollten Cristina und ich lieber einen Ausflug machen. Wir hätten ja noch gar nichts gesehen von Sardinien, und bis zu unserer Abreise sei nicht mehr viel Zeit. Ob wir uns nicht die Nuraghe Su Nuraxi in der Nähe von Barumini ansehen wollten. Die bedeutendste Nuraghen-Anlage ganz Sardiniens.

Barumini, das kannte ich. Dem Namen nach. Und ich sagte: »Das machen wir«, noch bevor Cristina etwas sagen konnte, so froh war ich, das Thema Kochen los zu sein, auch wenn ich mir von den Nuraghen nicht allzu viel versprach. Sardinien war eben nicht Ägypten. Und die Nuraghen waren keine Pyramiden. Wobei Letztere im Grunde auch nur Grabmäler waren, aber sehr von ihren sogenannten Geheimnissen profitierten. Ob die Nuraghen auch ein Geheimnis hatten? Ich wagte es nicht zu hoffen. Und musste noch recherchieren. Einiges hatte ich schon bei Ernst Jünger darüber gelesen und war gespannt darauf, Jüngers Nuraghen-Eindrücke mit der Wirklichkeit zu vergleichen. Jünger nannte die Nuraghen »Sippenburgen« und schrieb den Menschen der Nuraghen-Kultur ein Leben zu, das »wie jene Türme in der Gefährdung von Grund auf gesichert war«. In den Rundungen der Nuraghen-Bauten entdeckte er »weibliche Züge«, und Baustil und Form der Nuraghen verwiesen seiner Ansicht nach »auf eine geschichtslose, träumende Welt«, was insofern irritierte, als es sich bei manchen Nuraghen geradezu um

Bollwerke handelte, mit denen man wohl nicht nur imaginäre Feinde abzuwehren trachtete. Doch Cristina stand nicht der Sinn nach Nuraghen. Sie schlug dagegen vor, nach Carbonia zu fahren. Da könne sie auch gleich im Upim ein paar Besorgungen machen, und die Fahrt sei nicht so aufwendig. Der Bus fuhr mehrmals am Tag. Ich gab mich geschlagen. Das Führerschein-Thema drohte. Wenn ich mich jetzt gegen Carbonia wehrte, dann würde uns Chiara ihren Wagen anbieten, denn nach Barumini fuhr kein Bus, und ich müsste ein weiteres Mal bekennen, dass ich keinen Führerschein hatte. Der Führerschein war zwischen Cristina und mir bisher kein Thema gewesen. Da wir in Berlin beide kein Auto besaßen, hatte sich auch nie die Frage nach dem Führerschein gestellt. Wobei es für sie mit Sicherheit eine Selbstverständlichkeit war, dass ein Mann einen Führerschein hatte. Jeder Mann. Nicht nur der italienische. Für mich war es in gewisser Weise ja ebenfalls eine Selbstverständlichkeit. Umso mehr hatte ich keine Lust auf das Thema. Enrico war zum Glück auch nicht mehr darauf zurückgekommen, und so verzichtete ich ohne Umstände auf Su Nuraxi und erklärte mich mit der Busfahrt nach Carbonia einverstanden. Zumal Cristina hinzufügte, dass wir die Nuraghen doch in aller Ruhe im Sommer besuchen könnten. Dabei schaute sie mich wieder einen Moment lang mit diesem düsteren Brunnenblick an, ergänzte ihn aber mit einem verschwörerischen Blinzeln. Eine eher paradoxe Kombination von Signalen, deren Entschlüsselung mich denn auch überforderte. Aber es war offenbar nett und versöhnlich gemeint, und ich blinzelte so gut ich konnte zurück.

Nach Carbonia fuhren wir dann doch nicht mehr. Chiara hatte sich nicht gut gefühlt, der Arzt hatte ihr Bettruhe verordnet, und Cristina führte fast schon wie selbstverständlich Enricos Ladengeschäft, während der mit seinem Lastwägelchen unterwegs war. Am Tag unserer Abreise allerdings bestieg er nicht in aller Herrgottsfrühe und in seiner Arbeitskluft den Transporter, sondern erschien mit Anzug und Krawatte zum Frühstück. Zu viel der Ehre, sagte Cristina, und dass das doch nicht nötig sei, nur weil wir heute abreisten. Natürlich scherzte sie. Und der Einzige, der diesen Scherz nicht gleich verstand, war ich. Sie wusste längst, dass Enrico einen Termin im Rathaus hatte. Beim Bürgermeister. Beziehungsweise beim Bauausschuss. Es ging um einen Auftrag. Die Hafenpromenade sollte neu gestaltet werden. Aus einer eher verkommenen und tristen Hafenmole, auf der ausgemusterte Fischerboote vor sich hin schimmelten und illegal Sperrmüll entsorgt wurde, sollte eine Promeniermeile werden. Mit neuen Sitzbänken, Straßenlaternen und einem ausgeklügelten landschaftsgärtnerischen Konzept: Palmen, Sträucher, Rasen- und Blumenbeete sowie eine Spielfläche für Kinder, für deren Aufbau nicht Enrico zuständig war, die aber landschaftsplanerisch gestaltet und eingepasst werden musste. Das Projekt war schon vor längerer Zeit ausgeschrieben worden, Enrico hatte sich beworben, war in die engere Auswahl gekommen und hatte nun und bevor entschieden wurde noch einen Termin beim Bauausschuss. »Um die Details zu klären«, wie er sagte. Offenbar hatte er wenig Sorge, den Auftrag nicht zu bekommen.

V.

Enrico bekam den Auftrag. Und Chiara ihr Kind. Eine Tochter. Das erfuhr Cristina nach unserer Rückkehr in Berlin. Was die Tatsache, dass sie in Sant'Antioco gebraucht wurde, noch befestigte. Enrico würde mit dem neuen Auftrag alle Hände voll zu tun haben und womöglich ein oder zwei Helfer zusätzlich einstellen müssen. Doch war sie ohnehin entschlossen, Berlin zu verlassen. Das hatte Cristina mir bereits in Sant'Antioco und ein weiteres Mal auf der Fähre gesagt. Hier allerdings mit dem Zusatz: »Und zwar für immer.« Worauf ich geradezu erschrocken fragte: »Und ich?« Dabei hatte ich sie selbst zu einer Rückkehr ermutigt. Und nun erschreckte mich ihre Entschlossenheit. Sie blieb allerdings vollkommen gefasst und antwortete ohne auch nur eine Sekunde zu zögern mit einem entschiedenen »Du kommst mit«. Was mich freute. Vor allem diese Entschiedenheit freute mich. Aber was mich auch irritierte. Glaubte sie wirklich, ich könnte für immer nach Sardinien gehen? Andererseits kam mir ihr selbstverständliches »Du kommst mit« wie ein Liebesbeweis vor. Es war ein Liebesbeweis. Obwohl es zurzeit mit unserer Liebe für mein Gefühl nicht gerade zum Besten bestellt war. Oder genauer: mit unserer Leidenschaft. Während des Aufenthaltes in Sant'Antioco hatten wir nur ein einziges Mal miteinander geschlafen. Cristina wollte keinen Sex im Haus ihres Bruders. Das gehörte sich ihrer Ansicht nach nicht. Was mir aber gar nicht so ungelegen kam. Auch ich hatte wenig Lust dazu, auch ich wollte keinen Sex mit ihr im Haus ihres Bruders, was ohne Zweifel an der Familienatmosphäre lag. Ein einziges Mal hatte ich sie dazu überredet, aber mehr aus Gründen der Tarnung meiner Unlust als aus Lust. Und sie hatte sich wohl aus den gleichen Gründen dazu überreden lassen. In Berlin würde alles besser werden, so hoffte ich jedenfalls.

Und es wurde auch besser. Zumindest kehrte Cristinas alter Spieltrieb wieder, mit dem sie mich verführte und der mich dazu nötigte, sie zu verführen. Besonders, wenn sie ihn mit ihrem fatalistischen Gleichmut paarte, der sich bei ihr auch körperlich ausdrücken konnte und mich wiederum zu speziellen Anstrengungen anstachelte, denen sie auch meistens nachgab. Warum das so war, wusste ich nicht. Weder, warum es bei ihr so war, noch, warum es bei mir so war. Ihre Indifferenz und ihr Somnambulismus banden mich auf besondere Weise an sie. Vor allem im sexuellen Bereich. Irgendetwas faszinierte mich an dieser Mischung aus Lüsternheit und Müdigkeit, die sie ausstrahlen konnte. Das ging bei ihr manchmal so weit, dass sie selbst ihr eigener Orgasmus, dem sie sich durchaus hingeben konnte, nicht wirklich zu interessieren schien. Mit dem Effekt, dass ich mich umso mehr dafür interessierte. Es gab Phasen meiner Verliebtheit, da hatte ich sozusagen nichts anderes im Kopf als ihren Orgasmus.

Ob man so etwas eine neurotische Bindung nannte? Ich war nicht genug Psychologe, um solche Fragen zu beantworten. Und mit meinen Wohngemeinschaftsgenossen wollte ich darüber nicht diskutieren. Obwohl eine meiner Mitbewohnerinnen gerade dabei war, ihr Psychologiestudium abzuschließen. Was wollte man mehr? Eine eigene Diplompsychologin am Küchentisch. Schon beim Frühstück psychologische Fachgespräche. Dafür wäre ich normalerweise immer zu haben gewesen. Psychologisieren machte Spaß. Stundenlanges Psychologisieren machte noch mehr Spaß. Aber nicht, wenn es um Cristina ging. In Bezug auf Cristina konnte ich gleichsam zum Enrico werden. Der antipsychologischste Mensch überhaupt. Es durfte kein Millimeter analytischer Abstand zwischen Cristina und mir entstehen. Obwohl und weil uns in Wahrheit Abgründe trennten. Aber das wusste ich damals noch nicht. Damals wollte ich sozusagen Haut an Haut mit ihr existieren. Im psycho-physischen Dauerkontakt.

Umso schmerzhafter war für mich die körperliche Distanz zu Cristina in Sant'Antioco geworden. Was ich der Familienatmosphäre zuschrieb. In der Familie wird alles zum Inzest. Also vermeidet man besser jede Berührung. Das gilt irgendwann sogar für Eheleute. Und umso mehr sorgte ich in Berlin dafür, diese Distanz wieder vergessen zu machen. Ich wollte mich nicht nur keinen Millimeter von Cristina entfernen. Ich wollte mich auch keinen Millimeter von Sardinien entfernen. Denn diese zwei Wochen auf der Insel hatten in Wahrheit vollkommen ausgereicht, meine so sorgsam kultivierte Sardiniensehnsucht zu zermürben. Wenn ich ein wenig ehrlicher mit mir selbst gewesen wäre, dann hätte ich zugeben müssen, dass meine Sardiniensehnsucht enttäuscht worden war. Von wegen Goethe und Italien. Die Römischen Elegien. »Erotica Romana« hatte sie Goethe eigentlich nennen wollen. Es war nicht zuletzt »des geschaukelten Betts lieblicher knarrender Ton«, den Goethe in Rom besang und den wir auf Sardinien vermeiden wollten. Was sollten unsere Gastgeber denken. Mit anderen Worten: Sardinien hatte ich als enorm unerotisch in Erinnerung. Ödeste Provinz. Das Ostwestfalen Italiens. Wenn überhaupt. Aber das durfte nicht sein. Ich musste mir gut zureden. Und überzeugte mich selbst davon, dass ich von Sardinien ja noch gar nichts gesehen hatte. Ich hatte den Hafen von Cagliari gesehen, eine Bushaltestelle in Carbonia, irgendwelche Salzseen und Sumpfgebiete zwischen Cagliari und Sant'Antioco. Und viele Menschen hatte ich auch noch nicht kennengelernt. Nur Chiara, in die ich auf gewisse Weise verliebt war, aber so, wie ein Gläubiger in sein Madonnenbild verliebt ist. Außerdem Enrico. Der Herr im Hause, der Arbeiter und Redliche, der Meister und Macher, der mir unaufhörlich auf den Zahn fühlte und mich auf Lebenstauglichkeit prüfte und vor dem ich mich in Acht nehmen musste. Sowie die Frau des Tabakwarenhändlers, die mir so gefiel, weil sie aussah, als käme sie direkt aus einem frühen Rossellini-Film. Bis ich erfuhr, wie krank sie war. Danach gefiel sie mir immer noch, und ich war auch danach noch regelmäßig in den Laden gegangen, nun aber immer ein wenig beklommen.

Das also war mein Sardinien. Ein winziger Ausschnitt. Wer Berlin kennen will, der darf sich ja auch nicht mit Reinickendorf begnügen. Mit anderen Worten: Ich hatte Sardinien noch vor mir. Ich musste mich nur besser vorbereiten. Und ich konnte Cristina vertrauen. Die hatte gesagt: Du kommst mit! Ohne auch nur eine Sekunde zu zögern. Mehr an selbstverständlicher Zusammengehörigkeit konnte es gar nicht geben. Also sollte ich mich auf den Sommer in Sardinien freuen. Es würde ja nur der Sommer sein. Zumindest vorerst. Und es würde ohnehin nur funktionieren, wenn ich ein eigenes Zimmer hätte. *A room of one's own. Una stanza tutta per sé.* Als Gast in einem fremden Haus würde es nicht gehen. Ich brauchte ein eigenes Zimmer, ein eigenes Bad und einen eigenen Haustür- beziehungsweise Wohnungstürschlüssel. Den hatte ich nämlich dort nicht. Die Haustür stand meistens offen. Und wenn sie nicht offen stand, dann musste ich klingeln. Nach einem Schlüssel zu fragen, hatte ich nicht gewagt. Aber es war ja für die kurze Zeit auch nicht nötig gewesen. Darum würde sich Cristina kümmern. Das hatte sie mir versprochen. Sie konnte ja nicht ewig bei ihrem Bruder leben. Insofern war ich zuversichtlich und begann wieder von meinem Berlin-Sardinien-Pendelleben zu träumen. Ein interessanteres Leben konnte ich mir gar nicht wünschen. Das war doch ein Privileg. Davon hätte Goethe geträumt, von so einem Pendelleben. Der musste sein Leben lang davon zehren, dass er ein Mal in Italien gewesen war. Wenn auch für längere Zeit. Aber eben doch nur ein Mal. Was wäre wohl aus Goethe geworden, wenn er gependelt wäre. Weimar–Rom. Sechsmal im Jahr. Nicht auszudenken. Das hätte einen ganz neuen Goethe ergeben. Geburtstage noch und noch. Vielleicht aber, auch das ist nicht auszuschließen, wäre ihm dabei das ganze Rom und das ganze Italien zu Asche geworden.

Wir wissen es nicht. Ich weiß nur, dass mich Cristina in den folgenden Wochen und bis zur erneuten Abreise nach Sardinien des Öfteren doppelt und manchmal auch dreifach beglückte. Der bevorstehende Abschied von Berlin hatte aus welchen Gründen auch immer ihre Leidenschaft beflügelt, obwohl diese spezielle Form von Schläfrigkeit nie ganz von ihr wich. Selbst im Zustand der höchsten Lust schien sie ihr eigenes Vergnügen zwar zu empfinden, aber zugleich auch zu verpassen. Trotzdem war es eine gute Zeit. Für uns beide. Die wir wohl der Tatsache verdankten, dass es eine Schwellenzeit war. Wir waren nicht mehr in Deutschland und noch nicht in Italien. Nicht mehr in Berlin und noch nicht in Sardinien. Alles wurde leicht. Nichts musste von Dauer sein. Alles war Zukunft. Auch die Liebe wurde leicht. Dass Cristina noch einmal für drei Monate ihre Arbeit in der Bar wiederaufnahm, war auch nicht weiter schlimm. Sie hatte sich vorgenommen, die verbleibende Zeit in Berlin so gut wie möglich zu nutzen, und arbeitete vor allem nachts. Und brachte wieder reichlich Spielbankjetons nach Hause. Ihre Kaffeetasse füllte sich von Woche zu Woche. Offenbar liefen die Geschäfte in der Bar wie gewohnt. Zwar hatten mal wieder die Eigentümer gewechselt, doch auch das gehörte zum Gewohnten. Nur dass ich Cristina nicht mehr in der Bar besuchen sollte, war neu. Sie wollte es nicht. Und ich respektierte ihren Wunsch, auch wenn ich die Mittagsstunden dort vermisste, die Siestazeit, in der mir das Summen der Neonröhren zum Zikadengesang wurde. Mitten in Schöneberg. Kein Gast ließ sich blicken, und wir waren oft längere Zeit allein in der Bar. Ich saß an einem der Tische gleich neben dem Tresen, blätterte in den italienischen Zeitungen, die dort liegen geblieben waren, und gab wie ein italienischer Ehemann meine Kommentare zum politischen Geschehen ab. Und Cristina beschäftigte sich mit dem Polieren von Gläsern. Ganz wie eine Hausfrau. Und wenn es keine Gläser mehr zu polieren gab, setzte sie sich mit zwei Tassen Cappuccino zu mir an den Tisch, und wir steckten wie die Teenager die Köpfe zusammen und alberten herum. Wobei auch der Cappuccino zu seinem Recht kam. Zwei Verliebte können mit Milchschaum und Kakaopulver durchaus einiges anfangen. Wir beschäftigten uns so lange miteinander, bis irgendwann die Tür aufging und der erste Nachmittagsgast hereinkam. Dann sprang Cristina auf, wischte sich mit einer Serviette den Mund ab, während sie hinter den Tresen eilte, um den Gast zu bedienen. Ich blieb noch einige Zeit sitzen und las in den Zeitungen. Manche der Gäste kannte ich bereits. Es waren zumeist Leute, die in der Gastronomie beschäftigt waren, Kellner oder Köche, und die auf dem Weg zu ihrer Schicht noch in der Bar vorbeischauten. Noch einmal Gast sein, bevor es ans Bedienen ging. Die Berufsspieler kamen erst am späteren Abend oder gar nach Mitternacht. Letztere konnte man zuweilen auch noch am nächsten Morgen hier antreffen. Bleich, verschwitzt, übernächtigt und noch immer vollgepumpt mit Adrenalin, ganz gleich, ob sie in der Nacht zuvor verloren hatten oder gewonnen.

Nun ging ich nicht mehr während der Mittagsstunde in die Bar, hatte allerdings einen Ersatz gefunden. Inzwischen hatte Giovanni seine Eisdiele in der Akazienstraße eröffnet. Der Laden lief noch nicht besonders, und Giovanni freute sich, wenn ich vorbeikam. Man kann nicht behaupten, dass er ein passionierter *gelataio* war. Viel lieber politisierte und philosophierte er. An ihm war ein Intellektueller verloren gegangen. Im Grunde war er ein Uni-Mensch, so wie ich selbst auch. Seit Beginn meines Studiums hatte ich gewusst, dass ich an der Uni bleiben wollte. Nach der Schulzeit, die ich als bedrückend empfunden hatte, erschien mir die Universität als Reich der Freiheit. Ich ging gern in Seminare, ich aß gern in der Mensa, ich hockte auch noch abends, wenn sich die Seminargebäude leerten, in den Cafeterien herum und las Broschüren und Flugblätter. Wenn man wollte, konnte man an der Uni nicht nur studieren und endlose Diskussionen führen, man konnte dort auch ein bisschen Revolution spielen. Manchmal hatte ich sogar mitgespielt, aber es behagte mir nicht. Es entsprach mir einfach nicht, Flugblätter zu verteilen oder bei Demonstrationen mitzulaufen. Zumal dann, wenn man dabei Reihen bildete und sich an den Händen fasste. Da wurden meine Hände schweißnass vor lauter Verlegenheit. Wer will schon Hand in Hand mit einem bärtigen Soziologieassistenten durch die Straßen laufen. Ich saß lieber in der Bibliothek und las. Oder bibliografierte. Ich war ein Mensch, der gern im Eppelsheimer-Köttelwesch blätterte. Und wenn ich dabei einer hübschen Kommilitonin am Nachbartisch beim Lesen zuschauen konnte, umso besser. Dann las ich im Eppelsheimer-Köttelwesch und träumte von der Kommilitonin und genoss mein privilegiertes Leben als FU-Student. Hier konnte ich ungehindert meinen Neigungen nachgehen. Und die Prüfungen waren auch zu schaffen. Man musste nur darauf achten, die Prüfungsthemen so zu wählen, dass sie den eigenen Interessen entsprachen. Ich ließ mich beispielsweise über »Rombilder in der deutschen Literatur nach 1945« prüfen. Was wollte ich mehr? Damit hätte ich mich sowieso beschäftigt. Auch ohne Studium. Mit Rombildern in der deutschen Literatur nach 1945 hätte ich mich wahrscheinlich auch beschäftigt, wenn ich den Tabakwarenladen meiner Eltern übernommen hätte. Dann hätte ich in der Mittagspause oder während ich auf Kundschaft wartete, Koeppens *Der Tod in Rom* gelesen. Oder Ingeborg Bachmanns *Was ich in Rom sah und hörte*. Und mir Gedanken über die jeweiligen Rombilder gemacht. Ich hoffe zumindest, dass ich das gemacht hätte. Aber wer weiß, was aus einem geworden wäre in so einem Tabakwarenladen. Ein ostwestfälischer Tabakwarenladen ist schließlich keine Freie Universität. Eine Eisdiele in der Akazienstraße ist auch keine Freie Universität. Obwohl die Gespräche mit Giovanni durchaus Seminarcharakter annehmen konnten. Dafür, dass er sein Studium abgebrochen hatte, wusste er ziemlich viel. Er wusste mehr als ich. Zumindest in politischen Dingen. Er kannte sich beispielsweise bestens mit Antonio Gramsci aus, den er bewunderte. Auch wenn er, wie er betonte, kein Gramscianer war. Sondern Anarchist. Giovanni bezeichnete sich frank und frei als Anarchist, obwohl er meines Erachtens nicht unbedingt so aussah mit seinem zu einem Zopf gebundenen Haar und der runden John-Lennon-Brille. Dass Giovanni kein Gramscianer war, sagte mir nicht allzu viel, da ich gar nicht wusste, was einen Gramscianer im Einzelnen überhaupt auszeichnete. Ich musste mich kundig machen. Ich musste Gramsci lesen. Ich hätte mich mit Gramscis Theorien beschäftigen und außerdem seine Gefängnistagebücher lesen müssen. Das alles erfuhr ich jetzt von Giovanni, der die Gefängnistagebücher natürlich kannte, zumindest in Auszügen, immerhin handelte es sich hierbei um mehr als dreitausend Seiten, und der mir zudem erklärte, was es mit Gramscis Kultureller Hegemonie und dem Historischen Block auf sich hatte, und der auch wusste, dass Gramsci aus Sardinien stammte. Gramsci war 1891 in dem Örtchen Ales in der Nähe von Oristano geboren worden. Ich könnte doch im Sommer das Örtchen Ales besuchen, ich wollte ohnehin eine Rundfahrt machen, ich musste endlich die Insel kennenlernen. Das hatte ich Cristina noch gar nicht erzählt, dass ich eine Rundfahrt machen wollte, aber ich hoffe, dass sie nicht nur an die Arbeit dachte, sondern auch an mich, und dass wir die Fahrt dann gemeinsam machen konnten. Und falls nicht, würde ich eben allein reisen. Was vielleicht sogar besser war. Zweisamkeit lenkte nur ab, und nach Ales würde ich auf jeden Fall reisen. Das sagte ich auch zu Giovanni, der ganz begeistert davon war. Überhaupt war Giovanni von Sardinien begeistert, obwohl er selbst vom Festland stammte, aus einem Ort namens Frosinone. Frosinone war der Hauptort der Ciociaria, traditionell eine Auswanderergegend. Auch Giovanni war ausgewandert, aber nur nach Salerno, um dort Politikwissenschaft zu studieren, hatte das Studium dann aber aus finanziellen Gründen abgebrochen, sich auf eine Stelle bei der italienischen Staatsbahn beworben und diese Stelle auch erhalten. Als Streckenwärter. Irgendwo an der Bahnstrecke zwischen Rom und Neapel. Zwei Jahre lang, so Giovanni, habe er die Arbeit gemacht, die nicht gut bezahlt, aber auch nicht allzu schwierig gewesen sei. Und die ihm Zeit zum Lesen gelassen habe. Er habe noch nie so viel gelesen wie in diesen zwei Jahren. Auch Gramscis Briefe aus dem Gefängnis. In gewisser Weise sei er ja selbst ein Gefangener gewesen. Gefangen in seinem Streckenwärterhäuschen beziehungsweise in dem Streckenabschnitt, für den er zuständig war und den er regelmäßig ablief, um nach dem Rechten zu sehen. Das sei, neben dem Bedienen von Weichen und Signalen, seine Hauptarbeit gewesen. Und wäre seine Freundin nicht irgendwann nach Berlin gegangen, dann wäre er wahrscheinlich noch immer als Streckenwärter tätig.

Giovannis Freundin hieß Anna und hatte ebenfalls Politikwissenschaft studiert, aber erfolgreicher als er, und war nun am Otto-Suhr-Institut der Freien Universität als Wissenschaftliche Mitarbeiterin beschäftigt. Es gab dort einen Italienschwerpunkt, denn einer der dortigen Professoren war Italiener beziehungsweise Südtiroler aus dem Valle di Cadore und hatte Anna nach Berlin geholt. Ich hatte Anna bisher nur ein einziges Mal getroffen, in

Giovannis Eisdiele, sie war auf dem Weg zur Uni dort vorbeigekommen. Eine schlanke, nervöse, gehetzt wirkende Frau mit einer ebenso runden Brille, wie sie auch Giovanni trug, und mit dünnen und strähnigen Haaren. Ganz im Unterschied zu Giovanni, der seine dunklen Locken bändigen und zu einem Zopf binden musste. Anna hatte ein Glas Wasser getrunken, eine Zigarette geraucht und war wieder verschwunden, um in den 48er Richtung FU zu steigen und zum Otto-Suhr-Institut zu fahren. Obwohl sie nur für eine Zigarettenlänge in der Eisdiele geblieben war, hatte die Zeit ausgereicht, sowohl eine Diskussion über den Historischen Kompromiss, das Buch *Padre padrone* von Gavino Ledda als auch über die Gewerkschaften in Sardinien zu beginnen. Von *Padre padrone* hatte ich gehört, vom Historischen Kompromiss natürlich auch, mit den sardischen Gewerkschaften hatte ich mich bisher nicht beschäftigt. »Ziemlich temperamentvoll, deine Freundin«, hatte ich zu Giovanni gesagt, nachdem Anna gegangen war, wobei ich eigentlich gar nicht »temperamentvoll« meinte, sondern eher »hektisch und nervös«. In gewisser Weise erinnerte sie mit ihrer Brille, dem dünnen, strähnigen Haar, der offenbar ständigen Diskutierbereitschaft und dem Gehetztsein an eine Terroristin auf der Flucht. Übernervös, überpolitisiert, übertheoretisiert und schlecht ernährt. Und außerdem nikotinsüchtig, denn ich sah durch die Scheiben, dass sie sich auf der Straße sofort die nächste Zigarette anzündete. Nicht politisch, aber vom Temperament her war sie das Gegenteil von Giovanni. Den schien nichts aus der Ruhe zu bringen. Er ruhte anscheinend vollkommen gefestigt in seinem anarchistischen Glauben. Ganz egal, ob er nun Student, Streckenwärter, Eisdielenpächter oder der für Filmabende zuständige Mann im Circolo Carlo Levi war. Normalerweise würde so ein Anarchist ja eher Bahnstrecken in die Luft sprengen als darauf aufpassen. Nicht so Giovanni. Ihm fiel auch gleich ein Programm für die nächsten Filmabende ein: Sardinien. Er würde einen Sardinienschwerpunkt planen. Er hatte bereits andere Schwerpunkte organisiert: einen Romschwerpunkt und einen Sizilienschwerpunkt. Für den Sardinienschwerpunkt fielen ihm allerdings nur zwei Filme ein. *Die Banditen von Orgosolo* und *Padre padrone*, der noch ziemlich neu war. Eine Verfilmung des gleichnamigen Romans. *Padre padrone* stand ohnehin auf meiner Liste. Meiner Sardinienliste. Und zwar in der richtigen Reihenfolge. Erst das Buch und dann der Film. Wenn man die Verfilmung eines Buches bereits gesehen hat, ist jede Lektüre verdorben. Man wird die Bilder nicht mehr los, ganz gleichgültig, ob es eine gute oder schlechte Verfilmung ist. Das Buch über die Banditen von Orgosolo, das dem gleichnamigen Film als Vorlage gedient hatte, stammte von Franco Cagnetta. Teile des Buches hatte Cagnetta bereits 1953 und 1954 in der von Alberto Moravia herausgegebenen Zeitschrift *Nuovi Argomenti* publiziert und damit für einigen Unmut gesorgt. Unter anderem wurde gegen ihn und die Herausgeber der *Nuovi Argomenti* eine Klage wegen »Verunglimpfung des Heeres und der Polizei« angestrengt. Die deutsche Ausgabe erschien 1964 mit dem Titel *Die Banditen von Orgosolo – Porträt eines sardischen Dorfes*. Ich hatte mir das Buch irgendwann in der Bibliothek besorgt und mir zuallererst die darin abgebildeten Fotos angesehen: »Orgolesen beim Tanzen des *ballu tondu*«, »Frauen beim Strecken von Wolle«, »Kinder, die Banditen spielen«, »Frauen in der kostbaren Festtracht von Orgosolo« sowie ein Foto, das in der Barbierstube von Orgosolo aufgenommen worden war. Nichts gegen spielende Kinder – aber Wollestrecken und Festtrachten waren nicht gerade mein Interessenschwerpunkt. Einzig die Szene in der Barbierstube schien wirklich interessant. Auf dem Foto waren mehrere jüngere Männer zu sehen. Unter ihnen Cagnetta selbst sowie ein Mann mit umgebundenem weißen Frisierumhang, der im Vordergrund auf einem Frisierstuhl sitzt und über den es heißt: »Der Mann im weißen Frisierumhang lebt noch heute als ›Gesetzloser‹ im Maquis.« Allerdings hatte der Mann mit den großen Ohren, der brettartigen Kurzhaarfrisur, einer breiten Lücke in den oberen Schneidezähnen und einem etwas blöd-verlegenen Lächeln nicht die Aura eines Desperados. Er sah eher aus wie ein Schafhirte oder Knecht. Wie der Knecht eines Schafhirten. Dagegen machten die anderen Männer einen geradezu eleganten Eindruck. Ländliche Eleganz. Allesamt mit Jacketts, bequemen Cordhosen und Schirmmützen bekleidet, die Hände lässig in den Hosentaschen, sahen sie eher wie Söhne von Grundbesitzern als wie Schafhirten oder gar Gesetzlose aus. Junges ländliches Bürgertum aus Orgosolo. Vielleicht las der eine oder andere von ihnen sogar die *Nuovi Argomenti*.

Anders dagegen die »historischen Banditen von Orgosolo«, die in dem Buch abgebildet waren und Namen wie Porcu, Sotgiu, Cobgiu oder Succu trugen. Die sahen nicht wie *Nuovi Argomenti*-Leser aus. Denen mochte man nicht im Maquis beziehungsweise in der Macchia begegnen. Auch nicht dem Schäfer Marrosu Gangas, der aus der Barbagia, dem ›barbarischen‹ sardischen Hochland südlich von Nuoro, stammte. Als ich Gangas' Lebensgeschichte las, hätte ich die Lektüre am liebsten an der Stelle abgebrochen, wo er Cagnetta erzählt, wie er ohne jegliches Mitgefühl auf wahrhaft barbarische Weise einen Hund gequält hat: »... den Hund habe ich lebendig gehäutet. Und er ist weggelaufen, nach Haus. Und als er da ankam, war sein Herr ganz erschrocken. Er wußte nicht, wie das gekommen war. Der Hund hat noch vier oder fünf Tage gelebt. Warum ich das getan habe? Nur so. Aus Spaß.«

Alberto Moravia nennt die Schäfer von Orgosolo in seinem Geleitwort »so etwas wie einen ethnischen Überrest aus der Steinzeit«. Und erklärt damit auch »die Unempfindlichkeit dieser Menschen gegenüber dem kriminellen Charakter ihrer Institutionen« wie der Blutrache beispielsweise, die sich einer »natürlichen Treue zu den alten Überlieferungen« verdanke. Moravia bringt dieses »Festhalten an steinzeitlichen Sitten und Bräuchen« mit einer frühgeschichtlichen Traumatisierung des sardischen Volkes zusammen, »einer alten, unheilbaren Wunde, die es in einer entscheidenden Phase seiner Entwicklung erlitten hat«. Das war noch lange kein Grund, einen Hund bei lebendigem Leibe zu häuten. Hatten nicht viele Menschen solch eine alte, unheilbare Wunde?

Vielleicht hätte ich das einmal mit Giovanni diskutieren sollen. Warum nannte er sich Anarchist? *Anarchico* auf Italienisch. Was hatte Giovanni verwundet? Oder dessen Lebensgefährtin Anna erst? Die immer auf der Flucht war, ohne verfolgt zu sein. Das OSI war ihr Untergrund. Aber beide hatten mir noch kein einziges Wort über ihr Seelenleben erzählt. Sie redeten viel lieber über die Geschichte des Anarchosyndikalismus und solche Dinge. Auch in der Eisdiele. Die sich ohnehin zu einem Studententreffpunkt entwickelte. Wofür nicht zuletzt Anna gesorgt hatte, die bei ihren OSI-Studenten kräftig Werbung für die Eisdiele machte, zumal viele Studenten und natürlich auch solche vom OSI in der Gegend um die Akazienstraße, die Eisenacher und die Apostel-Paulus-Kirche herum wohnten. In der Nähe der Apostel-Paulus-Kirche hatte ich einige Male auch Annas Doktorvater gesehen, der gewiss kein Kirchgänger, sondern ein unorthodoxer Linker und so etwas wie ein anarchistischer Marxist war. Allerdings verbeamtet. Einmal stand er vor einem Buchladen, der sich Dharma nannte und in dem es buddhistische Literatur zu kaufen gab. Der Laden befand sich gleich gegenüber der Apostel-Paulus-Kirche, und der Besitzer des Buchladens konnte regelmäßig die Glocken läuten hören. Ebenso wie die Sozialpädagogen der Fachhochschule für Sozialarbeit und Sozialpädagogik in der Goltzstraße. Wenn man noch die Studenten der Fachschule für Sozialarbeit und Sozialpädagogik hinzunahm, dann war dies eine traumhafte Gegend für Giovannis Eisdiele. A-Lage. Zumal es darüber hinaus noch ein Literatencafé gab, das sich allerdings »Forum unbekannter Autoren« nannte. Meines Erachtens keine sehr glückliche Namenswahl. Wenn ich damals ein Autor gewesen wäre und ein unbekannter dazu, dann wäre ich doch niemals in ein Café mit dem Namen »Forum unbekannter Autoren« gegangen. Da hätte ich mir doch eher die Schreibhand abgehackt, als in solch ein Café zu gehen. Gelegentlich hatte ich dort durch die Scheiben geschaut und mir die Gäste angesehen. Zumeist junge Männer, die allein an ihren Tischen saßen und lasen oder gar schrieben. So jung und schon so unbekannt, sagte ich mir dann. Um gleich darauf einmal mehr diesem Witz nachzugrübeln, den ich bei Karl Kraus gelesen, aber im Grunde nie verstanden hatte.

Anna hatte in der Uni nicht nur Werbung für Giovannis Eisdiele gemacht, sondern auch für die Filmabende im Circolo Carlo Levi. Als ich Giovanni vorschlug, dass Cristina ja auch in der Bar für die Filmabende werben konnte, winkte er ab. Auf die Bar und ihre Stammgäste war er nicht gut zu sprechen. Für ihn war die Bar so etwas wie ein Mafia-Treffpunkt. Im Kleinen. Auf Schöneberger Art. Aber trotzdem kriminell. Und dafür war er nicht zu haben. Sich gegenseitig beim Glücksspiel auszunehmen und womöglich zu ruinieren, und ein paar ausgewählte und nichts ahnende Gäste dazu, das war für ihn nichts als Raffgier. Nicht nur unmoralisch, sondern auch ohne jede Produktivität. Parasitär und spießig. Für Cristina hingegen war die Bar ein Arbeitsplatz. Was Giovanni auch akzeptierte. Zumal er Cristina mochte. Obwohl sie das genaue Gegenteil von Anna war. Oder gerade deshalb. Während Anna so wirkte, als würde in ihrer Aktentasche eine Bombe ticken, die sie selbst dort hineingelegt hatte und vor der sie zugleich wegzulaufen versuchte, schien Cristina die Ruhe in Person. Nichts konnte sie erschüttern. Kein Mafioso und kein Anarchico. Und ihr wurzelloses Berliner Emigrantendasein offenbar auch nicht. So schien es zumindest. Nur wer ihr sehr nahe war, der spürte, dass ihre Ruhe kein Ausdruck eines gesicherten Lebensgefühls war, sondern Erstarrung. Erstarrung und Fatalismus. Die Ruhe nach der Katastrophe. Postdiluvial. Cristina war wie eine Überlebende. Aber was hatte sie überlebt? Sardinien? Dann würde sie wohl schwerlich wieder dorthin zurückkehren. Vielleicht gehörte sie zu der Sorte Mensch, über die ich einmal in einer psychoanalytischen Zeitschrift einen Aufsatz mit dem Titel »Die Unerreichbaren« gelesen hatte. Allerdings machte genau diese Unerreichbarkeit auch einen Teil ihrer Attraktivität aus. Zumindest für mich: je unerreichbarer, desto anziehender. Besonders wenn sie erwachte. Dann wirkte sie nicht wie die meisten Menschen zerknittert oder irgendwie verklebt. Im Gegenteil: Sie sah aus, als habe sie im Schlaf geduscht. Obwohl sie doch Nachtarbeiterin war. Aber das lag vielleicht an ihrem Teint. Arabischer Wüstensand. Unzerstörbar. Und wenn ich, der ich morgens zu den Zerknitterten und Verklebten gehörte, sie nach dem Aufwachen betrachtete, holten mich pathetische Gefühle ein, und ich dachte des Öfteren, dass der schönste Morgen der Menschheitsgeschichte der Morgen nach der Sintflut war.

Ob Giovanni Cristinas spezielle Ausstrahlung auch bemerkt hatte? Wahrscheinlich nicht. Er ging immer ganz kumpelhaft mit ihr um. Genossenschaftlich. Im Unterschied zu den Alfa-Fahrern, Restaurantbesitzern und Berufsspielern aus der Bar, von denen einige ganz versessen auf Cristina waren. Aber ich brauchte mir keine Sorgen zu machen. An Cristina war kein Herankommen. Wer wusste das besser als ich. Obwohl ich doch wunderbarerweise alle Alfa-Fahrer, Restaurantbesitzer und Berufsspieler aus dem Feld geschlagen hatte. Obwohl ich doch jetzt ihr Liebhaber war, ihr *fidanzato* und vielleicht sogar ihr Mann fürs Leben. Giovanni mochte an Cristina sicherlich auch, dass sie Sardin war. Er selbst stammte aus der Ciociaria, war aber ein Sympathisant der sardischen Sache. Ein bekennender *terzomondista*. Für den auch Sardinien zur Dritten Welt gehörte. Und befreit werden musste. Fragte sich nur, wie.

Terzomondista. Ich benutzte das Wort gelegentlich in der Uni, was nicht zuletzt die politologischen Kommilitonen beeindruckte. Bis auf einen, der es nicht mit der Dritten Welt oder gar Sardinien in Verbindung brachte, sondern mit dem *Terzo Mondo*, einer Kneipe in der Grolmanstraße, die einem Griechen gehörte, der in ganz Deutschland bekannt werden sollte, weil er in der *Lindenstraße* einen griechischen Kneipenbesitzer spielte. Aber den spielte er in gewisser Weise in seiner eigenen Kneipe auch schon vorher. Obwohl er ja zugleich ein echt griechischer Kneipenbesitzer war. Er spielte den, der er war. Auch ohne Fernsehen. Im Fernsehen würde er dann den spielen, den er spielte, der er war.

Was Sardinien als Dritte Welt anging, da war Giovanni sich einig mit dem Verleger Giangiacomo Feltrinelli, für den Sardinien eine italienische Kolonie gewesen war, der man zu ihrem Recht verhelfen musste. Den Namen Feltrinelli kannte ich natürlich. Wegen des Verlags und der

Buchhandlungen. Jedes Mal, wenn ich in Italien und vor allem in Rom war, führte mich einer meiner ersten Wege in eine Feltrinelli-Buchhandlung. Wobei ich wusste, dass die Bücher, die ich mir dort kaufte, irgendwann halb gelesen im Regal landeten. Es waren eben keine deutschsprachigen Bücher. Italienische Bücher konnte ich nicht einfach lesen, die musste ich mir erarbeiten. Besonders die literarischen. Ein Sachbuch über die Mafia las ich noch ohne besondere Anstrengungen. Aber Erzählungen oder Romane? Das war sozusagen Knochenarbeit. Giulio Andreottis *A ogni morte di papa*, in dem er von seinen Begegnungen mit mehreren Päpsten berichtete, hatte ich halbwegs flüssig gelesen. Und einiges dabei gelernt. Schon der Titel hatte meine Italienischkenntnisse erweitert, denn bei »a ogni morte di papa« handelt es sich um eine Redewendung, die man benutzt, um auszudrücken, dass man etwas nur sehr selten tut: etwa die Schwiegermutter besuchen oder in die Oper gehen. Man tut es »a ogni morte di papa«. Immer wenn ein Papst stirbt. In Deutschland würde man sagen: alle Jubeljahre.

Auch die italienische Ausgabe von *Padre padrone*, die ich nicht in Italien, sondern in Berlin in der Romanischen Buchhandlung gekauft hatte, stellte ich nach ein paar Seiten ins Regal und beschloss, auf die deutsche Übersetzung zu warten, die auch bald erschien. Sie trug den Titel *Mein Vater, mein Herr,* was wie eine Wendung aus der Bibel klang. »Erlöse uns, Herr, allmächtiger Vater.« Die Zeile spukte noch aus Konfirmationszeiten in meinem Kopf herum. Auch mein Vater war mein Herr gewesen. Statt »Erlöse uns, Herr, allmächtiger Vater« hätte ich besser beten sollen: »Erlöse mich von meinem Herrn, meinem allmächtigen Vater.« Aber solche Gebete hatte mich niemand gelehrt. Und auch nicht das folgende: Lieber Gott, rühre mich nicht an!

Mein Vater war ein Bauer gewesen, vor dem Krieg, in dem er dann an der russischen Front seinen rechten Arm einbüßte. Danach wurde er Tabakwarenhändler. Groß- und Einzelhandel. Aber in Wahrheit war er immer noch ein Bauer. Ein Gutsbesitzer. Ein Bauer, der seine Familie nach Gutsherrenart regierte. Wie sehr hätte ich mich wohl vor ihm gefürchtet, wenn er noch beide Arme zur Verfügung gehabt hätte? Insofern waren mir die *Lehrjahre eines Schafhirten*, wie Leddas Buch im Untertitel hieß, durchaus nahe gewesen. Ich las das Buch hemmungslos identifikatorisch und konnte in der Kindheit des jungen Ledda meine eigene Kindheit wiederentdecken. Auch wenn ich mit Schafen nie etwas zu tun gehabt hatte. Aber Leddas Lebensgefühl kannte ich sehr wohl. Und seinen Vater kannte ich auch. Sein Vater war mein Vater. Der gleiche Zorn, die gleiche Übermacht. Nur eben ohne Schafe. Und dass mein Vater in dem Dorf Bryszcze in der Ukraine geboren worden war und nicht im Bergland Sardiniens. Ansonsten war Leddas Welt auch meine Welt. Meine Dritte Welt. Ich selbst war die Dritte Welt. Vom übermächtigen Vater kolonisiert und expropriiert. Ich erinnerte mich an einen Klospruch in der Uni-Mensa, der dort neben den üblichen vulgären Sprüchen und Zeichnungen zu lesen war. Es war mehr ein Zitat als ein Spruch und lautete: »Die Expropriation der Expropriateure«. Das Zitat war nicht nachgewiesen. Das war bei Klosprüchen auch nicht nötig. Aber ich gehe mal davon aus, dass zumindest die Geisteswissenschaftler unter den Toilettenbenutzern wussten, dass es sich um eine Formulierung von Karl Marx handelte. Ein Zungenbrecher. Wer den Satz ohne Verhaspler bei einer Prüfung über die Lippen bekam, der hatte schon halb bestanden. Von Giovanni erfuhr ich, dass der berühmte linksradikale und schwerreiche Verleger Feltrinelli für die Befreiung Sardiniens eingetreten war. Er wollte aus Sardinien das Kuba des Mittelmeeres machen. Er wollte die Enteigner Sardiniens enteignen. Und hatte sich vorgestellt, sich hierbei mit den sardischen Banditen aus der Gegend von Orgosolo und Nuoro verbünden zu können. Die Banditen sollten Guerilleros werden. Giovanni erzählte mir auch von Graziano Mesina, einem legendären sardischen Banditen, der aus Orgosolo stammte. Was Salvatore Giuliano in Sizilien war, das war Graziano Mesina in Sardinien. Feltrinelli wollte Mesina für sein sardisches Kuba gewinnen. Es heißt, er habe sich auch persönlich mit ihm getroffen, ohne sich zu erkennen zu geben, und ihm Geld und Waffen angeboten. Zu einer sardischen Revolution kam es allerdings nicht, weder mit noch ohne Banditen, aber immerhin zu einer Besetzung des Rathauses von Orgosolo durch sardische Separatisten, die die Republik Orgosolo ausriefen. Und zu einem Buch im Verlag Feltrinellis von Giuliano Cabitza, der in Wahrheit Eliseo Spiga hieß, mit dem Titel: *Sardegna – rivolta contro il colonialismo.* Ich kannte das Buch nicht. Sollte ich es lesen? Giovanni meinte, das sei nicht nötig, obwohl er das Buch auch nicht kannte. Nur davon gehört hatte. Er hielt nichts von der ganzen Angelegenheit. Weil er nichts von Kuba hielt. Kuba war für ihn eine Diktatur. Ein autoritärer Staat. Jemand wie er, so Giovanni, würde in Kuba im Gefängnis sitzen. Statt eine Eisdiele zu betreiben. Lieber eine Eisdiele im Kapitalismus als eine Gefängniszelle im real existierenden Sozialismus. Für einen Anarchisten dachte er manchmal ziemlich pragmatisch. Aber wenn das Buch noch zu haben war, würde ich es trotzdem lesen. Im Sommer. In Sant'Antioco. Aus historischem und anekdotischem Interesse. Und ich würde so bald wie möglich nach Orgosolo fahren. Mit oder ohne Cristina. Vielleicht lieber ohne. Sie wollte sich ja noch nicht mal die Filme anschauen. Weder *Padre padrone* noch *Banditi a Orgosolo*. Sie zog es vor, an den Filmabenden zu arbeiten. Ihren Worten zufolge *musste* sie arbeiten. Aber ich hatte den Eindruck, dass sie es auch wollte. Die Banditen von Orgosolo interessierten sie nicht. Und das Sardinien Gavino Leddas auch nicht. In ihren Augen war das etwas für deutsche Studenten und Touristen. Was sie nicht ohne eine gewisse Geringschätzung um die Mundwinkel herum sagte: deutsche Studenten und Touristen.

Dass Cristina sich nicht für die Banditen interessierte, konnte ich verstehen. Ich interessierte mich ja auch nicht für die Kriminalität in Ostwestfalen. Aber Gavino Ledda? Schließlich hatte sie ihre Kindheit und Jugend in Sardinien verbracht. Und einen Vater wird sie auch gehabt haben. Was war überhaupt mit ihrem Vater? Und mit ihrer Mutter? Ich wusste nur, dass beide früh gestorben waren. Mehr war nicht zu erfahren gewesen. Und auch jetzt, als ich mich mit ihrem Unwillen nicht zufriedengeben wollte und sie darauf hinwies, dass sie schließlich auch eine sardische Kindheit gehabt habe, sagte sie nur: »Lass es!« Sie sagte es leise. Aber manchmal ist leise lauter als laut. Ich fügte mich. Und schwieg lieber, denn ich hatte das Gefühl, dass jedes weitere Wort ein unkalkulierbares Risiko wäre. Das ist bei den Unerreichbaren so. Wenn ihre Unerreichbarkeit gefährdet ist, dann stehen sie auf und gehen. Das traute ich Cristina ohne Weiteres zu. Dass sie aufstand und ging.

Möglicherweise war ihre Emigration auch so ein Aufstehen und Gehen gewesen. Ich würde also allein nach Orgosolo fahren. Vielleicht kam sie mit nach Sassari oder nach Olbia. Oder an die Costa Smeralda. Ich würde mir auch gern Santa Teresa Gallura anschauen, ein Badeort ganz im Norden. Ich kannte einen Maler, der in Berlin und in Rom lebte und jedes Jahr zusammen mit seiner römischen Frau in Santa Teresa Gallura seinen Sommerurlaub verbrachte. Ich hatte für den Maler sogar einmal Modell gestanden, obwohl ich nicht so der Modelltyp war. Zusammen mit einem weiteren Freund und Mitstudenten. Für ein Kreuzigungsbild. Wir stellten zwei Schergen dar, in Jeans und Unterhemd, die auf den Gekreuzigten einschlugen. Der Gekreuzigte war ein junger Palästinenser, der ebenfalls Modell gestanden hatte. Aber nicht mit uns zusammen. Der Maler hatte erst den Gekreuzigten gemalt und dann uns, die Schergen. Allerdings konnte der Betrachter des fertigen Bildes nicht erkennen, dass der Gekreuzigte ein Palästinenser war. Man konnte allenfalls sehen, dass er aus der Weltgegend stammte, aus der auch Jesus kam. Wenn überhaupt. Man hätte ihn aber auch für einen Italiener halten können. Das Bild wurde meines Wissens später von der Evangelischen Landeskirche Berlin gekauft und in einem ihrer Verwaltungsgebäude aufgehängt. Wer weiß, ob es überhaupt öffentlich zugänglich war.

Cristinas Zurückweisung und ihre Rede von »Studenten und Touristen« hatte mich nicht nur dazu gebracht, nicht weiter in sie zu dringen, sondern auch gekränkt. Wenn auch mit Verspätung. Erst am nächsten Tag merkte ich, dass ich mich beleidigt fühlte. Ich interessierte mich für Land und Leute, für ihr Land und ihre Leute, und anstatt sich darüber zu freuen, wertete sie mein Interesse als das von Studenten und Touristen ab. Dann würde ich mich eben nicht mehr für ihre beschränkten Hirten und Banditen interessieren, und für den Rest noch weniger. So ein Weltwunder war Sardinien auch wieder nicht, dass man sich unbedingt dafür interessieren musste. Man konnte auch sehr gut leben, ohne sich für Sardinien zu interessieren. Man konnte nicht gut leben, ohne sich für Rom zu interessieren. Rom war existenziell. Sonst wäre Goethe ja auch nicht nach Rom gefahren. Der hatte doch genug zu tun. Schreiben, zeichnen, sich um den Bergbau kümmern, Minister sein, Napoleon begegnen, mit Schiller eine Zeitschrift herausgeben, den *Faust* endlich abschließen, Leute empfangen von morgens bis abends und so weiter und so fort. Der hätte nicht nach Rom fahren und dazu noch monatelang dort bleiben müssen. Musste er offensichtlich aber doch. Und gleich zweimal. Erster und zweiter römischer Aufenthalt nannte sich das bei Goethe. Meinen zweiten sardischen Aufenthalt hatte ich noch vor mir. Vielleicht sollte ich ihn verschieben. Und in Schöneberg bleiben. Ein Sommer in Schöneberg? An der Hauptstraße? Der Reichsstraße 1? Alle zehn Minuten donnerte der 48er vorbei und spie dabei blaue Abgasschwaden aus. Und störte mich bei meiner Arbeit über den Schriftsteller, der nicht schrieb. Aber Cristina allein in ihre Heimat zurückkehren lassen?

Solche Gedanken trieben mich um, bis Cristina mich nach einigen Tagen, an denen wir uns nicht gesehen und auch nicht telefoniert hatten, geradezu instinktsicher erstens besonders zärtlich umgarnte, sodass wir schneller als sonst im Bett landeten, und mich zweitens nach meiner Familie ausfragte. Sie wollte alles wissen. Woher meine Eltern stammten. Wann mein Vater gestorben war. Was meine Brüder taten. Wie das Leben in Ostwestfalen war. Und wie ich zu meiner Mutter stand. Sie wollte mehr wissen, als ich selbst wusste. Wann mein Vater gestorben war, wusste ich. 1964. Noch vor meinem zwölften Geburtstag. Woher meine Eltern stammten, wusste ich und wusste es nicht. Aus dem Osten. Mein Vater stammte aus der Ukraine. Der Ort hieß Bryszcze. Unaussprechlich. Zumal für Sarden. Meine Mutter stammte aus einem Ort in Polen. Ich hatte sie nie gefragt, wie der Ort hieß. Und sie hatte niemals darüber gesprochen. Erst nach ihrem Tod erhielt ich Auskunft. Umgekehrte Zeitzeugenschaft. Die Lebenden schweigen. Die Toten reden. Hätte ich damals gewusst, was ich später wusste, hätte ich Cristina viel erzählen können. Von Anatolien beispielsweise. Wo meine Mutter laut Personalausweis geboren wurde. Was aber falsch war. Ein Schreibfehler. Der unkorrigiert blieb.

Meine Mutter stammte nicht aus Anatolien und erst recht nicht aus der Türkei oder Vorderasien. Sie stammte vielmehr aus Anatolin. Das war ein Ort in Polen, in der Nähe von Kutno. Aber das konnte ich Cristina nicht erzählen. Ich wusste es damals nicht. Ich konnte ihr noch nicht mal erzählen, dass meine Mutter *nicht* aus Anatolien stammte. Geschweige denn, dass sie dort geboren worden war. Ich wusste damals weder, wo sie geboren worden war, noch, wo sie nicht geboren worden war. Und ich wusste schon gar nicht, warum ich das alles nicht wusste. Und konnte ihr darum auch nicht viel erzählen. Ich konnte ihr nicht mehr erzählen, als sie mir erzählen konnte. Insofern führten ihre Befragungen nach meiner Familie nicht sehr weit. Aber sie gab nicht nach und steigerte ihr Interesse noch: »Wir sollten hinfahren«, sagte sie plötzlich und während wir noch in den Kissen lagen und ich am liebsten an ihrer Seite eingeschlafen wäre. Mich hatte das Gespräch über meine Eltern erschöpft. Mein Nichtwissen hatte mich erschöpft. »Wenigstens zwei Tage. Dann lerne ich deine Mutter und auch deine Heimat kennen. Das ist doch nur normal.«

Sie hatte recht. Eigentlich war es normal. Aber ich war müde. Und wollte schlafen. Und sie musste bald arbeiten. Es war später Nachmittag, und ich wollte trotzdem schlafen. Wenigstens eine halbe Stunde. »Ich nehme mir zwei Tage frei«, sagte Cristina, »und dann fahren wir. Mit dem Zug bis Gütersloh. Und dann mit dem Bus.« Offenbar hatte sie sich schon kundig gemacht. »Woher kennst du Gütersloh?«, fragte ich sie zurück. Das Wort Gütersloh passte nicht in den Mund einer Frau aus Sant'Antioco. Zumal einer mit arabischer Anmutung. »Ich habe mich erkundigt«, sagte sie nur. Ich schwieg und war zugleich gerührt. So viel Interesse und so viel Engagement für meine Heimat. Und andererseits wollte sie sich nicht mal *Die Banditen von Orgosolo* anschauen. Doch was für sie die Banditen von Orgosolo waren, das war für mich der Bus in Gütersloh. Ich wollte nicht in diesen Bus steigen. Was sollte ich mit Cristina in meiner Gegend anfangen? Ihr die Externsteine zeigen? Die Nuraghen Westfalens? Oder das Hermannsdenkmal? Das einzigartige, unvergleichliche? Sie ins städtische Freibad führen? Wo das Wasser blauer war als an der Costa Smeralda? Ein paar hübsche Fleischfabriken hatten wir auch noch zu bieten. Nur wurden dort keine Schafe geschlachtet, sondern Schweine. Lehrjahre eines Schlachters.

Aber da war ja noch meine Mutter. Meine arme, alte Mutter, hätte ich beinahe gesagt. Aber sie war gar nicht arm und alt. Und freute sich über jeden Besuch. Sie wäre geradezu glücklich gewesen, wenn ich sie mit Cristina besucht hätte. Sie hätte mich so gern versorgt gesehen. Nicht materiell. Das hätte sie im Notfall sogar selbst übernommen. Sondern emotional. Das hätte sie glücklich gemacht. Aber ich war für das Glück meiner Mutter nicht geschaffen. Vielleicht war ich auch für mein eigenes Glück nicht geschaffen. Aber für das meiner Mutter erst recht nicht. Also sagte ich Nein zu Cristina, als sie mich während des Sommers und kurz vor unserer Abreise nach Sardinien noch einmal darauf ansprach. Ich hatte Cristina bisher noch nie einen Wunsch abgeschlagen. Sie hatte mir auch wenig Gelegenheit dazu gegeben, weil sie so selten einen Wunsch äußerte. Und wenn, dann tat sie mir damit einen Gefallen. Ein Wunsch von ihr war geradezu ein Fest für mich. Nur dieser eine eben nicht. Kein Gütersloh. Keine Busfahrt. Und auch keine Mutter. Zumindest nicht jetzt und in diesem Jahr. Außerdem war es ohnehin schon zu spät. Die Abreise nach Sardinien stand bevor. Allerdings hätte ich nun, wo es so weit war, auch noch ein paar Wochen länger in Berlin bleiben können. Mit Cristina die Stadt erkunden. Hinausfahren. An den Grunewaldsee. Zum Schlosspark Glienicke. Oder auf die Pfaueninsel. Zur Pfaueninsel fuhr ich öfter. Auch allein. Die Pfaueninsel beruhigte mich. Und schließlich war die Insel ja auch eine Art Italien. Wenn auch kein Sardinien. Einmal war Cristina mitgekommen. Dabei war es allerdings geblieben. Ich konnte bei ihr keine Sehnsucht nach der Pfaueninsel wecken. Lieber ging sie in den Tiergarten. An den Außengehegen des Zoos vorbei. Und um in der Gaststätte an der Schleuse deutschen Kaffee zu trinken und ein deutsches belegtes Brötchen zu essen.

Ich wäre jetzt gern noch einmal auf die Pfaueninsel gefahren, bevor es Richtung Sardinien ging. Ich wäre auch gern noch einmal durch Kreuzberg gezogen. In Kreuzberg war immer etwas los. Selbst in Schöneberg, obwohl ich da ja wohnte. Dort, wo man wohnte, war meistens weniger los als dort, wo man nicht wohnte. Aber hier gab es alles, was das Herz eines jüngeren Großstadtbewohners begehrte: Kneipen, Kinos, Galerien, Cafés. Seit einiger Zeit aber hatten mich Schöneberger Kneipen, Kinos, Galerien und Cafés gelangweilt. Ödeste Berliner Provinz. Doch plötzlich war nichts interessanter als Schöneberg.

Aber das kannte ich schon: Ich sehnte mich fort. Doch wenn es so weit war, hatte ich Blei in den Schuhen. Wurde bewegungsunfähig. Schleppte mich regelrecht zur Bahn oder zum Flughafen. Und kam des Öfteren auch zu spät. Was bei der Bahn nicht so schlimm war, bei Flugreisen aber bedeutete, dass die Reise ausfiel. Auf diese Weise hatte ich ein Wochenende in London verpasst und mir eine Woche Lissabon vermasselt.

Diesmal aber gab es kein Blei in den Schuhen. Diesmal reiste ich nicht allein, sondern begleitete Cristina. Was meiner Neigung zu plötzlichen Reisehemmungen deutliche Grenzen setzte. Und für Cristina gab es ohnehin kein Zurück mehr. Sie hatte alles vorbereitet: den Arbeitsplatz gekündigt und auch die Wohnung. Eine Nachfolgerin für die Bar war auch schon gefunden. Wiederum eine Italienerin. Wer diese Italienerin war und ob sie eventuell auch eine Sardin war, wusste Cristina nicht. Und es interessierte sie auch nicht. Mich hätte es schon interessiert. Für ihre Wohnung stand ebenfalls ein Nachmieter bereit. Der Vermieter, eine Wohnungsbaugesellschaft, musste nur noch zustimmen. Der Nachmieter war einer der Stammgäste aus der Bar. Ein bleicher, manchmal geradezu grüngesichtiger und zudem sehr hagerer Mensch, den man weniger für einen Italiener, sondern eher für einen magenkranken Finnen gehalten hätte. Er war einer derjenigen, die nichts anderes taten, als Karten zu spielen. Ein Berufsspieler. Er war auch bereit, die Möbel zu übernehmen. Kostenlos natürlich, denn sie waren ja auch nichts wert. Aber noch benutzbar. Und Cristina sparte sich den Sperrmülltransport. Ich wusste nicht, ob ihr in der Bar ein Abschiedsfest bereitet wurde. Ich wusste auch nicht, ob sie sich von irgendwelchen Freunden oder Bekannten in Berlin verabschiedete. Sie erzählte mir nichts, und ich fragte sie nichts. Nicht, weil es mich nicht interessierte, sondern weil ich sie nicht in Verlegenheit bringen wollte. Ich nahm an, dass sie alle meine Fragen nach Freunden, Bekannten oder gar einem Abschiedsfest mit einem Nein beantwortet hätte. Ein Haustier hatte sie auch nicht. Als ich ihr anbot, ihr beim Packen zu helfen, lehnte sie ab. Aber ich bestand darauf. Was bedeutete, dass ich am Tag vor der Abreise bei ihr auf der Couch saß und zusah, wie sie einen Koffer und eine Reisetasche packte. Nicht nur die Möbel, auch alles andere, was den Haushalt betraf, ließ sie in der Wohnung. So war es mit ihrem Nachmieter vereinbart. Die Bücher ebenfalls. Zwei Regalbretter mit Büchern. Romane zumeist. Und allesamt auf Italienisch. Sie ließ alles stehen. Die Bücher konnte der Grüngesichtige dann lesen, woran ich aber meine Zweifel hatte. Nur das Buch über Südengland nahm sie mit. *Inghilterra del Sud*. Was wollte sie nur mit diesem Buch? Ich hatte sie schon einmal danach gefragt und keine Antwort erhalten. Also sagte ich nichts. Irgendwann würde ich darauf zurückkommen. Das Buch hatte ich vollkommen vergessen, genauso wie die Kaffeetasse mit den Jetons. Jetzt vergewisserte ich mich, ob sie noch da war. Sie stand noch im Schrank, allerdings ohne Jetons. Cristina hatte natürlich alle Jetons, die sich seit unserer Rückkehr angesammelt hatten, eingewechselt. Und das Geld in ihrer Brieftasche. Geldüberweisungen nach Italien waren umständlich. Und kosteten. Aber ich fragte sie nicht nach dem

Geld. Ich wusste nur, dass es ein kleines Vermögen war und dass sie, die stolze Berberin, wie ich sie für mich manchmal nannte, auf keinen Fall nach Sardinien gegangen wäre, ohne sich finanziell unabhängig zu fühlen. Zumindest für die erste Zeit.

Die einzigen Menschen, von denen wir uns gemeinsam verabschiedeten, waren Giovanni und Anna. Giovanni umarmte mich so herzlich, als würde auch ich für alle Zeiten emigrieren. Dabei fuhr ich doch nur für einen ganzen oder auch halben Sommer nach Sardinien. Allerdings reiste ich als Cristinas *fidanzato*. Ein *fidanzato* war jedoch nichts anderes als ein zukünftiger Ehemann. Und ein Ehemann und eine Ehefrau lebten normalerweise zusammen. Und dies nicht nur in Sardinien. Aber dort erst recht. Das war ein Widerspruch, den ich verdrängte. Auf den mich aber Giovannis Umarmung aufmerksam machte. Je mehr er mich an sich drückte, sodass mir seine krausen Anarchistenlocken die Wangen kitzelten, umso mehr wurde mir dieser Widerspruch bewusst. Giovanni drückte mich nicht nur an sich, er drückte mich zugleich Richtung Sardinien. Er presste mich regelrecht in meine zukünftige sardische Heimat hinein. Endlich nach Hause! Er dagegen musste bleiben. Für ihn gab es keine Remigration. Er hatte seine Eisdiele, die er spätestens im Oktober in eine Pizzeria verwandeln wollte. Mit Pizza stückweise vom Blech und zum Mitnehmen. Und mit einem Stehtisch. Für diejenigen, die es sich bei ihm gemütlich machen wollten. Er hatte aber gar keinen Pizzaofen. Der würde noch kommen, meinte Giovanni. Gebraucht und zum halben Preis. Und Erfahrung als Pizzabäcker hatte er auch keine. Aber dafür war er Italiener. Jeder Italiener war ein Pizzabäcker. Erfahrung als *gelataio* hatte er ja ebenfalls keine gehabt. Aber er war auch kein wirklicher *gelataio*. Keiner, der das Eis selbst herstellte. Was er die Kundschaft allerdings glauben machte, wenn er immer mal wieder mit einem übergroßen Holzstab, der an ein Ruder erinnerte, in den Eisbehältern rührte. Das Eismachen musste Schwerarbeit sein, denn er hielt das Ruder mit beiden Händen wie ein Gondoliere, der eine schwere Last durch die Lagune bewegte. Seine theatralische Rührarbeit verrichtete er aber vorzugsweise dann, wenn Kundschaft im Laden war oder sich näherte. Mir konnte er nichts vormachen. Ich hatte miterlebt, wie einmal mit Fertigeis gefüllte Behälter bei ihm angeliefert und gegen leere Eisbehälter ausgetauscht wurden. Die Pizza würde er wahrscheinlich auch anliefern lassen, tiefgekühlt. Mich störte sein Fertigeis nicht. Giovanni musste überleben. Auch die Verabschiedung von Anna war herzlich. Sie war eigens zum verabredeten Zeitpunkt in die Eisdiele gekommen. Wie immer mit Aktentasche in der einen und einer brennenden Zigarette in der anderen Hand. Und wie immer in Eile, sodass sie weder die Tasche noch die Zigarette aus der Hand legte, während sie mich umarmte, und ich fürchten musste, zum Abschied ein paar Brandflecken davonzutragen.

VI.

Die neuerliche Reise nach Sardinien verlief ebenso wie die Ankunft in Sant'Antioco beinahe schon routiniert. Cristina schien erleichtert, endlich Berlin hinter sich zu lassen. Und zugleich spürte ich, dass sie mir dankbar dafür war, dass ich mit ihr reiste. Sie war zwischendurch und speziell während der Überfahrt auf der Tirrenia-Fähre geradezu fröhlich gewesen, alberte herum, nannte mich des Öfteren ihren *fidanzatino*, ihren kleinen Verlobten, und hatte auch nichts dagegen, nach der Ausfahrt aus dem Hafen von Genua an der Reling zu stehen, auf das Meer zu schauen und mit mir lange und immer längere Küsse auszutauschen, in schönem Gleichklang mit den gleichmäßig rollenden Wellen des Tyrrhenischen Meeres, dem milden Wind und der sich bereits rötlich verfärbenden Nachmittagssonne.

Wir hatten nie darüber gesprochen, wie lange ich genau bleiben würde. Auch während der Überfahrt nicht. Zwei Wochen? Zwei Monate? Ein Leben lang? Ich hatte ihr nur irgendwann einmal gesagt, dass ich mir auch ein Pendelleben vorstellen konnte. Die einen pendelten zwischen Berlin und New York. Und die anderen zwischen Berlin und Sant'Antioco. Warum eigentlich nicht? Sie hatte daraufhin nur »si vedrà« gesagt. Man wird sehen. Und dieses »si vedrà« war meines Erachtens das Losungswort, unter dem unsere Reise, Cristinas Rückkehr nach Sardinien und vielleicht auch unser gemeinsames zukünftiges Leben stand. Unter Vorbehalt. Wir wussten es beide, sprachen aber nicht darüber, sondern wollten uns vorerst dem neuen Alltag in Sant'Antioco überlassen. Zu tun gab es genug. Zuallererst mussten wir eine Wohnung finden. Dann wollte ich mich so schnell wie möglich wieder an meine Arbeit setzen. *Der Tod in Rom* wartete. Und Cristina musste sich in Enricos Betrieb einarbeiten. Die Wohnungssuche dürfte nicht zu schwierig sein. Sant'Antioco war schließlich nicht überbevölkert. Ich kannte keine Statistiken, war mir aber sicher, dass der Ort nicht gerade von Zuziehenden überrannt wurde. Wie auch Sardinien insgesamt. Wer ging schon nach Sardinien? Von Urlaubern und Sommerresidenzlern einmal abgesehen. Sardinien war vielleicht keine Auswandererinsel mehr, wie noch in den Fünfziger- und Sechzigerjahren. Aber eine Insel zum Einwandern eben auch nicht. Es reichte eine Busfahrt von Cagliari nach Sant'Antioco, um zu sehen, wie viel Platz es hier gab. Und mit Enricos Hilfe würde es noch einfacher sein, eine Wohnung zu finden. Wenn jemand sich damit auskannte, dann er.

Allerdings wurde daraus nichts. Schon am ersten Abend nach unserer Ankunft teilte uns Enrico mit, dass wir keine Wohnung zu suchen brauchten. Den Grund dafür würden wir später erfahren. Erst einmal bewunderten wir in aller Ausführlichkeit die neugeborene Tochter von Chiara und Enrico, die auf den Namen Maria Cristina getauft worden war. Cristina war dankbar und geradezu gerührt von dieser Geste, denn natürlich war sie die Namensgeberin. Nun war sie die Patin eines Kindes, das ihren Namen trug, und als sie das Kind das erste Mal auf den Arm nahm, strahlte sie es geradezu an. Und der Säugling strahlte zurück. Was ihre Freude und Begeisterung nur noch vergrößerte. Ich kannte mich mit Säuglingen nicht aus. Und mit Müttern beziehungsweise Patentanten mit Muttergefühlen auch nicht. Und schon gar nicht mit dem Jubel, der anscheinend bei Mutter und Kind gleichermaßen über die Existenz des jeweils anderen ausbrechen konnte. Diesen Jubel sah ich jetzt in Cristinas Gesicht. Sowohl ihren eigenen als auch den des Kindes, der sich in ihrem Gesicht zu spiegeln schien. Und dies so lange, bis sie das Kind wieder ihrer Schwägerin in die Arme legte und zu ihrem üblichen melancholischen und immer ein wenig abwesend wirkenden Gesichtsausdruck zurückkehrte. Zum ersten Mal hatte ich den Gedanken, dass ein Kind vielleicht ein Glück für sie wäre.

Doch ehe ich länger solchen Gedanken nachsinnen konnte, erläuterte uns Enrico, warum wir keine Wohnung zu suchen brauchten. Er tat dies mit einer gewissen Verlegenheit. Es war ihm offensichtlich peinlich. Bisher war ihm nie etwas peinlich gewesen. Er war der Chef, der Mann der Tat. Der Mann mit den drei Führerscheinen. Motorrad, Pkw und Lkw. Der Mann, der bisher noch jedes Problem gelöst hatte. Jetzt aber wirkte er kleinlaut. Kurzum: Es ging ums Geld. Er hatte zwar den Auftrag von der Kommune, was die landschaftsgärtnerische Gestaltung des Lungomare anging. Der größte Auftrag, den er je erhalten hatte. Aber er hatte nicht genügend Mittel, um den Auftrag durchzuführen. Er brauchte Material, Werkzeug und neue und spezielle Arbeitsgeräte, wofür er Vorkasse leisten musste. Er brauchte zwei weitere Helfer, die ihn zumindest zeitweise unterstützten, und er brauchte einen neuen, größeren Transporter. Er hatte bisher alles mit seinem Piaggio-Transporter bewältigt. Der war groß genug, um darauf Arbeitsgeräte wie Spaten und Harken sowie ein paar Säcke Sand, Steine oder Erde zu transportieren. Doch schon für das Blumengitter war er zu klein gewesen. Insgesamt schien Enrico eine größere Summe Geld zu benötigen, die er nicht hatte. Und die ihm die Kommune auch nicht vorschießen würde. Die Kommune zahlte, wenn er geliefert hatte.

Man hatte ihn schon darauf eingestimmt, dass alles seine Zeit brauchen würde. Die Gelder kamen von Rom, einschließlich diverser europäischer Fördermittel, die erst einmal Rom erreichen mussten. Dann wurden sie nach Sardinien beziehungsweise an die Regierung der »Regione Autonoma della Sardegna« transferiert. Und von hier aus mussten sie die Kommunalverwaltung von Sant'Antioco erreichen. Da konnte viel schiefgehen. Selbst wenn nichts schiefging, waren hier zahlreiche Verwaltungsakte, Stempel, Unterschriften, Gebührenmarken und wieder Stempel, Unterschriften und weitere Gebührenmarken notwendig. Schließlich war das Weiterleiten von Geld immer ein schmerzlicher Akt. Da zögerte jeder, der damit zu tun hatte. Da zögerte zuerst der Beamte in Brüssel, der die Gelder nach Rom schickte. Zumal auch der politische Vorgesetzte dieses Beamten und die Kommission, zu der dieser Vorgesetzte gehörte, gezögert hatten. Dann zögerte der entsprechende Beamte in Rom. Rom war zwar voller Brunnen, aber aus ihnen sprudelte kein Geld, sondern Wasser. Die Quellen, aus denen die Brunnen Roms gespeist wurden, waren keine Einnahmequellen. Rom war verschwenderisch. Einzig der Trevi-Brunnen verdiente gewissermaßen sein eigenes Trinkgeld. Rom konnte das Geld selbst brauchen. Was ging Rom denn die Schafsinsel Sardinien an? Das schöne Europageld, sagte sich der Beamte im römischen Finanzministerium. Rom war herrlich und prächtig. Und es wollte auch herrlich und prächtig bleiben. Das kostete Geld. Der Beamte im römischen Finanzministerium in der Via XX Settembre machte erst einmal Pause, bevor er sich um die Überweisung für Sardinien kümmerte. Kaffeepause. Espressopause. Die Mittagspause hatte er ja bereits hinter sich. Aber noch nicht die Espressopause. Manche tranken den Espresso gleich nach dem Mittagessen. Er nicht. Er wartete ab. Und gönnte sich seinen Espresso später. Die Überweisung gefiel ihm nicht. Keine der Überweisungen, die er kraft seines Amtes zu tätigen hatte, gefiel ihm. War das nicht ungerecht? Nichts blieb in Rom. Alles floss durch Rom hindurch. Der Tiber genauso wie die Geldströme für die unterentwickelten Regionen Italiens. Er schob die Überweisung zur Seite und widmete sich der *Gazzetta dello Sport*. Es war ohnehin gleich Feierabend. Er hatte genug gearbeitet. Er führte die Überweisung auch in den nächsten Tagen nicht aus. Er führte die Überweisung so lange nicht aus, bis sein Vorgesetzter ihn auf die Überweisung nach Cagliari ansprach, da das Ministerium eine Anfrage aus Cagliari erreicht hatte. Wo das Geld bleibe, wollte Cagliari beziehungsweise die Regierung der autonomen Region Sardinien wissen. Das ärgerte den Finanzbeamten, dass Sardinien nachgefragt hatte. Und darum log er seinen Vorgesetzten an und sagte »Längst erledigt«, obwohl es gar nicht erledigt war. Er wollte Sardinien noch ein wenig schmoren lassen. Nur ein paar Tage noch. Er wollte Sardinien zeigen, dass es gar nicht autonom war. Sardinien war abhängig. Von Brüssel. Von Rom. Und von ihm. Aber er wollte auch nicht riskieren, dass sein Vorgesetzter noch einmal nachfragen musste. Denn er war leider Gottes auch nicht autonom. Also setzte er irgendwann seinen Stempel und seine Unterschrift unter die Überweisung und schickte sie auf den Weg. Und mit ihr das Geld, das irgendwann auch in Cagliari ankam. Doch je länger die sardische Finanzbehörde auf das Geld warten musste, desto schmerzlicher wurde es ihr, das Geld wiederum weiterzuleiten. Unter anderem nach Sant'Antioco. Ausgerechnet. Ans Ende der Welt. Der Finanzbeamte der autonomen sardischen Regionalverwaltung, der das Geld weiterzuleiten hatte, war noch nie in Sant'Antioco gewesen. Was sollte er dort? Und was kümmerte ihn der neue Lungomare. Es gab genug in Cagliari zu reparieren. Die Festung zum Beispiel. Das Castello. Das bröckelte an allen Ecken und Enden. Und nicht nur die Festung selbst. Das ganze Viertel bröckelte. Wofür brauchte Sant'Antioco eine Strand- und Hafenpromenade? Konnte ihm das mal jemand erklären? Nein, das konnte ihm keiner erklären. Lächerlich, dachte der Finanzbeamte, und er dachte auch daran, wie verfallen das Treppenhaus des Hauses war, das er mit seiner Familie bewohnte. Er wohnte im vierten Stock. Ohne Aufzug. Lebensgefährlich war das. Aber mit Aufzug wäre es auch lebensgefährlich gewesen. Die ganze Altstadt von Cagliari war lebensgefährlich und musste dringend saniert werden.

Der Beamte ärgerte sich. Aber es gab Vorschriften. Ihn ärgerten auch die Vorschriften. Er verschob die Überweisung auf den nächsten Tag. Und am nächsten Tag verschob er die Überweisung auf die nächste Woche, denn es war ein Freitag. Er würde Sant'Antioco schmoren lassen. Wenigstens ein paar Tage. Wenigstens eine Woche oder auch zwei. Im Grunde genommen konnte er die Überweisungsanordnung auch einen Monat liegen lassen. Sie lag in einem hölzernen Kasten mit der Aufschrift »Eingang«. Sie war direkt aus dem Büro seines Vorgesetzten bei ihm eingegangen. Damit er sie hinausgehen ließ. Eingang, Ausgang, Ablage – das war die ganze Kunst der Verwaltung. Alle Kästen waren voll. Am vollsten war der Eingangskasten. Die Überweisungsanordnung für Sant'Antioco lag ganz oben. Da lag sie gut. Da konnte sie liegen bleiben. Denn der Finanzbeamte wusste ja nicht, dass in Sant'Antioco ein Kind geboren worden war mit dem Namen Maria Cristina und dass das Kind einen Vater hatte, der schon bald nichts nötiger brauchen würde als genau diese Geldanweisung, um seine Auslagen und Rechnungen zu bezahlen. Dann würde er auch Cristina das Geld zurückerstatten, um das er sie jetzt bitten wollte.

Aber Enrico traute sich nicht. Enrico zögerte. Und

auch auf ein mehrmaliges Nachfragen von Cristina, die zunehmend ungeduldiger wurde, reagierte er nicht. Wir warteten. Cristina wartete und schaute ihren Bruder an. Ich wartete und schaute Enrico ebenfalls an. Zum ersten Mal, seit ich ihn kannte, wich er einem direkten Blickkontakt mit mir aus. Offenbar war ihm meine Anwesenheit unangenehm, und ich schlug vor, dass ich einen kleinen Spaziergang machen und irgendwo einen Cappuccino trinken würde. Niemand hatte etwas dagegen. Ich verabschiedete mich, ging auf den Corso in die erste der beiden Bars, trank zwei Cappuccini und blätterte mit spitzen Fingern in einem Exemplar der *L'Unione Sarda*, das an diesem Tag schon durch viele Hände gegangen war. Ich trank die Cappuccini so langsam wie möglich, und ich las auch die Zeitung so langsam wie möglich. Studierte sogar die lokalen Sportseiten. Cagliari Calcio, zurzeit in der Serie B, hatte verloren.

Als ich nach gut anderthalb Stunden wieder zurückkehrte, stand Cristina vor der Haustür und rauchte. Ich wusste, dass sie manchmal rauchte. Aber immer nur eine einzige Zigarette. Und dann tagelang oder vielleicht auch wochenlang gar nicht. Aber ich wusste nicht, ob das irgendetwas zu bedeuten hatte, wenn sie es tat. Stress? Besorgnis? Ein unlösbares Problem? Ich machte mich auf Letzteres gefasst. Auf eine Familienkrise. Ein persönliches Zerwürfnis. Vielleicht war ich sogar schuld daran. Ich schloss nicht aus, dass wir wieder abreisen würden. Die Rückwanderung war beendet. Aus welchen Gründen auch immer. Nach der gescheiterten Emigration nun die gescheiterte Remigration. Nur dass Erstere mehrere Jahre und Letztere einen Tag gedauert hatte. Doch zum Glück antwortete Cristina auf meine Frage »Gibt es Probleme?«, die ich ihr schon von Weitem zugerufen hatte, mit einem »Nein, alles bestens« beziehungsweise »Tutto a posto!«.

Als wir wieder im Haus und in unserem Zimmer waren, erläuterte sie mir dann, was sie unter »Alles bestens« verstand. Enrico hatte sie nicht nur um Geld gebeten. Er war darüber hinaus auch verschuldet. Das Haus war noch nicht abbezahlt. Und er hatte geschäftliche Probleme gehabt. Eine Insolvenz. Mit einer Baufirma. Ich fragte Cristina, woher Enrico überhaupt wusste, dass sie Geld hatte? Sie war doch nur eine gescheiterte Migrantin. Die mit nichts als einem Koffer und einer Reisetasche aus der Fremde zurückgekehrt war. Und mit einem *fidanzato* ohne Führerschein. »Von mir«, sagte sie nur. Sie hatte ihm zwar nichts von den Jetons erzählt, wohl aber davon, dass sie genügend Ersparnisse hatte, um ein neues Leben in Sant'Antioco zu riskieren. Er sollte wissen, dass sie ihm nicht zur Last fallen würde. Er sollte sich keine Sorgen um seine kleine Schwester machen müssen. Für den Fall, dass es Probleme gab. Entweder persönliche Probleme, die es zwischen Geschwistern durchaus geben konnte. Oder finanzielle Probleme, falls sein Geschäft nicht so lief, wie er sich das vorgestellt hatte, und sie irgendwann ohne Arbeit sein würde. Sie hatte ja nicht geahnt, dass er bereits Sorgen hatte. Sorgen um sich selbst. Für Cristina war es allerdings keine Frage, dass sie ihm half. Zur Not würde sie ihm auch ihre sämtlichen Ersparnisse überlassen. Die waren ohnehin nicht viel wert. Ideell gesehen. Sie hatte dafür ja gar nicht gearbeitet. Das waren nur Plastikchips, die ihr die Spieler zugesteckt hatten. Zehner und Zwanziger, aber manchmal war es auch ein Hunderter oder gar Fünfhunderter. Da war mit den Jahren einiges zusammengekommen. Besonders dann, wenn ihr jemand Avancen machte und sie beeindrucken wollte. Sie war aber gar nicht beeindruckt. Selbst ein ihr nachlässig zugesteckter Tausender-Jeton, auch das gab es, beeindruckte sie nicht. Was war schon ein Tausender, wenn jemand gerade ein ganzes Restaurant in Ku'dammnähe plus dazugehörigem Mercedes-Benz neuester Bauart gewonnen hatte? So etwas kam vor. Sie steckte den Tausender mit dem gleichen nachlässigen Lächeln ein, wie sie ein Fünfmarkstück einsteckte. Sie nahm, was ihr gegeben wurde, und war zugleich unbestechlich. Sie sagte Enrico jede Hilfe zu, und er nahm die Hilfe an. Wenn der Lungomare-Auftrag ausgeführt und er von der Kommune bezahlt worden war, würde er ihr das Geld natürlich zurückerstatten. »Und du vertraust ihm?«, fragte ich sie. »Er ist mein Bruder, und er ist mir noch nie etwas schuldig geblieben«, sagte sie. »Aber du hast ihm ja auch noch nie etwas geliehen«, erwiderte ich. Doch sie wollte keinen weiteren Disput mehr führen, sagte nur, dass sie schon wisse, was sie tue, und gab mir einen Kuss auf den Mund. Wie eine Mutter, die ihr Kind auf zärtliche Weise dazu anhielt, nicht weiter vor sich hin zu plappern.

Ich hatte die Botschaft verstanden und schwieg, obwohl ich nicht wenig Lust gehabt hätte, sie ein wenig misstrauischer zu stimmen, was die Kreditwürdigkeit ihres Bruders anging. Aber sie wollte sich auf keine weiteren Diskussionen einlassen. Also ließ ich es bleiben und hörte mir Enricos und Cristinas Pläne an. Sie würde vorerst keine eigene Wohnung mieten, sondern weiter im Haus ihres Bruders wohnen, bis die Finanzlage sich entspannt hatte. Und natürlich auch ein entsprechend niedrigeres Gehalt ausgezahlt bekommen. Und mir würde Enrico ein leer stehendes Büro überlassen, wo ich auch schlafen konnte. Wenn ich wollte. Das hatte Enrico eigens hinzugefügt. Natürlich sei ich auch jederzeit in seinem Hause willkommen, wie schon im Frühjahr. Das Büro war von der insolventen Baufirma übrig geblieben, ein Maurerbüro, für das er ohnehin noch mehrere Monate Miete zu zahlen hatte. Das Büro bestand aus einem Büroraum mit Schreibtisch und einem zweiten Raum mit einer Schlafgelegenheit. Eine Dusche, ein Waschbecken und eine Toilette seien ebenfalls vorhanden. Eigentlich perfekt, hatte Enrico gesagt. Und Cristina schien der gleichen Ansicht zu sein. Perfekt wofür?, hätte ich am liebsten zurückgefragt. Für unser Liebesleben? Ein Maurerbüro? Aber wer weiß, vielleicht war diese Lösung ja gar nicht so schlecht. So störte ich Enrico und seine Familie nicht, und Kosten verursachte ich auch keine. Die Miete für das Büro wurde ohnehin bezahlt. Und das Liebesleben mit Cristina war unter Enricos Dach ja eher kümmerlich gewesen. Ich stimmte zu und trug schon am nächsten Tag meine Sachen in das Maurerbüro. Cristina begleitete mich. Das Büro lag am anderen Ende des Corso, allerdings schon nicht mehr im Bereich der Bäume, sondern dort, wo es zwar baumlos, aber hell war und die Straße auch nicht mehr Corso Vittorio Emmanuele, sondern Via Roma hieß. Von der Via Roma ging irgendwann die Via Nazionale ab, die dann auf die Strada statale 126 stieß, die wiederum über den Damm aufs sardische Festland führte. Mit anderen Worten: Mein Büro befand sich einerseits noch im Zentrum, andererseits aber zugleich an einer Ausfallstraße. Und entsprechend fühlte ich mich auch: mittendrin im Leben und ganz am Rand.

Mittendrin fühlte ich mich vor allem an dem Tag, als ich in Begleitung von Cristina mein Büro bezog, das von außen wie ein Laden aussah. Mit einer mit Jugendstilelementen verzierten Holztür und einer ebenfalls holzgerahmten Schaufensterscheibe. Die man aber erst zu Gesicht bekam, wenn man das Eisengitter hochschob, das Tür und Fenster sicherte. Das Gitter wiederum war mit einem ebenerdig angebrachten Schloss gesichert. Diese eisernen Rollgitter gehörten zu Italien wie die Brunnen, Plätze und Kirchen. Morgens sah man die Ladenbesitzer ihre Rollgitter hochziehen. Und abends sah man sie die Gitter wieder herunterziehen. Und wer es nicht sah, der hörte es und konnte sich nach dem Rasseln der Rollgitter seinen Tag einteilen.

Jetzt hatte ich selbst so ein Gitter. Und den Schlüssel dazu. Ich war zum Ladenbesitzer geworden. Ich hatte meinen Koeppen-Laden. Ich hatte mein *Tod in Rom*-Büro. Ich zog morgens das Rollgitter hoch und ließ es abends wieder herunter. Wenn auch nicht an der Via del Corso von Rom, so doch am Corso Vittorio Emmanuele von Sant'Antioco, zumindest beinahe. Nur mit Kundschaft hatte ich nicht zu rechnen. Der einzige Mensch, der mich in meinem Büro besuchte, war Cristina. Sie kam in der

Mittagspause. An Werktagen. Und brachte meistens auch etwas zu essen mit. Dann aßen wir gemeinsam belegte Brote und ließen uns, wenn Zeit genug war, auf der Liege nieder. Die wäre zu schmal gewesen, um zu zweit darauf eine ganze Nacht zu verbringen, aber nicht, um darauf miteinander zu schlafen. Liebe im Maurerbüro. Cristina war zum Glück bereit dazu, wenn auch nicht so regelmäßig, wie ich es mir wünschte, aber immer noch regelmäßig genug, um mich mit Fug und Recht als ihr *fidanzato* zu fühlen.

In den ersten Wochen unseres Aufenthalts war ich noch des Öfteren zu ihr beziehungsweise in Enricos Haus gegangen. Aber die alte Befangenheit stellte ich sofort wieder ein, wenn wir uns zurückzogen. Warum ziehen sich zwei Verlobte schließlich auf ihr Zimmer zurück? Es konnte nur einen Grund geben. Cristina hatte das Gefühl, dass Enrico und Chiara uns geradezu ansahen, dass wir miteinander schliefen. Und dafür schämte sie sich. Und ich schämte mich mit ihr. Merkwürdigerweise sah man Enrico und Chiara ihr Intimleben nicht an. Aber sie waren ja auch keine Verlobten, sondern ein Ehepaar. Und Chiara hatte das Kind, Maria Cristina. Aus der Madonna del Parto war eine junge Mutter geworden, die mit rötlich erhitzten Wangen ihr Kind stillte. Wobei ich aber nie zuschauen durfte. Aber wenn sie gelegentlich mit dem Kind auf dem Arm aus dem Schlafzimmer vom Stillen zurückgekehrt war, dann fielen mir ihre erhitzten Wangen auf, die ich als physischen Ausdruck des Mutterglücks interpretierte. Ein Glück, das allerdings von Sorgen überschattet war, die sich zuweilen auch in ihrem Gesicht zeigten, wenn ihr Blick melancholisch und grüblerisch wurde und sie einen Moment lang nicht mehr ansprechbar schien. Schließlich wusste sie um Enricos Geldprobleme. Falls er sie während der Schwangerschaft damit noch verschont hatte, dann hatte er sie spätestens jetzt einweihen müssen. Und dass seine Schwester ihm mit Geld aushalf, wusste sie auch. Es wird ihr nicht gefallen haben. Es schwächte ihre Position. Sie war nicht mehr Herrin im eigenen Haus und auch nicht im eigenen Betrieb, wo sie zumindest den Laden beinahe eigenständig geführt hatte. Jetzt war sie nur noch duldsame Mutter, was sie zwar den von mir verehrten Bernini-Madonnen nur noch ähnlicher machte, aber sie war schließlich nicht auf der Welt, um auf den deutschen Verlobten ihrer Schwägerin als venezianische Frührenaissance-Madonna Eindruck zu machen. Insofern hielt ich mich auch weiterhin zurück, was meine heimliche Neigung zu Chiara anging, und konzentrierte mich ganz auf Cristina. Ich wollte mich nicht selbst verwirren und schon gar keinen Anstoß erregen, hatte aber zuweilen Mühe, mir Chiara nicht als halb nackte, stillende Mutter vorzustellen.

Anfangs aßen wir regelmäßig zusammen. Das war ja auch wichtig für den Zusammenhalt der Familie. Und es gab viel zu besprechen. Schließlich waren Familie und Geschäft eins. Was mich an meine eigene Familie erinnerte. In meiner Familie war jedes Essen eine Geschäftsbesprechung gewesen. Die zudem regelmäßig durch die Ladenklingel unterbrochen wurde, seit mein Vater die Mittagspause abgeschafft hatte, die ja auch nicht vorgeschrieben war. Wer wollte, konnte eine Mittagspause machen. Wer nicht wollte, der machte eben keine Mittagspause. Das war leicht gesagt, lag aber gar nicht im Ermessen des jeweiligen Einzelhändlers, sondern hing von der Konkurrenz ab. Denn wenn die Konkurrenz keine Mittagspause machte, dann machte man selbst auch keine Mittagspause. Sonst würde man Kunden verlieren. Also klingelte die Ladenklingel während des Mittagessens. Zum Glück klingelte es bei Enrico nicht. Enrico machte eine Mittagspause. Ganz Sant'Antioco machte eine Mittagspause. Das war eben der Süden. Von dreizehn bis sechzehn Uhr war geschlossen. Und bis zwanzig Uhr oder länger geöffnet. Das galt auch für den Handel mit Gartenbedarf. Bei Enrico klingelte keine Ladenklingel, dafür brüllte und kreischte Maria Cristina, bei der es sich nicht um ein sanftes, jesushaftes Bernini-Kindlein handelte, sondern um ein äußerst temperamentvolles Wesen, das keinen Aufschub duldete, wenn es um die eigenen Bedürfnisse ging. Störender als Maria Cristinas Kreischattacken war eher die Tatsache, dass sich Cristina, Enrico und Chiara mehr und mehr auf Sardisch unterhielten. Besonders dann, wenn es um Geschäftliches ging. Und es ging beinahe immer um Geschäftliches. Sowohl was den Einzelhandel als auch was Enricos Aufträge draußen und speziell den Lungomare-Auftrag anging. Wobei mich das alles durchaus interessiert hätte. Praktische Landeskunde wäre das gewesen. Sardinien von innen. Zudem waren mir Groß- und Einzelhandelsprobleme ja seit der Kindheit vertraut. Vielleicht hätte ich sogar helfen können. Mit guten Ratschlägen. Aber das wusste Enrico zu verhindern, der fast immer als Erster auf Sardisch umschaltete. Anfangs noch mit einem gelegentlichen »Scusa« in meine Richtung, worauf ich jedes Mal erwiderte, dass das wirklich kein Problem sei, später aber auch ohne sich zu entschuldigen. Die Angelegenheiten, die es zu besprechen gab, waren einfach zu wichtig, und auf Sardisch ging eben alles viel schneller. Zu schnell für mich. Wobei ich auch kein langsames Sardisch verstanden hätte. Ich war froh, dass ich halbwegs Italienisch konnte. Ich hatte keine Lust, mich jetzt auf das Sardische einzustellen. Ich hatte mich in meiner westfälischen Heimat ja auch nicht darum bemüht, Plattdeutsch zu lernen. Oder in Berlin das Berlinerische. Aber das waren ja auch Dialekte und keine Sprachen.

Glaubte man den Sprachforschern, dann handelte es sich beim Sardischen um eine regelrechte Sprache, die selbst über eigene Dialekte verfügte: den logudoresischen, den nuoresischen und den campidanesischen Dialekt. Wobei es daneben auch noch korsisch, katalanisch und ligurisch geprägte Dialekte gab wie das Algharesische, das Galluresische, das Turritanische oder das Tabarchinische. Das Algharesische war mit dem Katalanischen verwandt, das Galluresische mit dem Korsischen, das Turritanische mit dem Logudoresischen und das Tabarchinische mit dem Genovesischen. Das Tabarchinische soll von Genua aus über die tunesische Insel Tabarca nach Sardinien gekommen sein. Die Insel Sant'Antioco wiederum war sprachlich geteilt. In der südlichen Hälfte sprach man Campidanesisch, in der nördlichen, um Calasetta herum, aber Ligurisch, ebenso auf San Pietro. Auf Ligurisch hieß Sant'Antioco dann nicht mehr Isula 'e Sàntu Antìogu, sondern Uiza de Sant'Antióccu. Ein Eldorado für

Sprachforscher also. Und ich musste damit rechnen, dass das Sardisch von Enrico, Chiara und Cristina in Wahrheit Campidanesisch war. Wenn ich das nur damals schon gewusst hätte. Dann hätte ich Enrico auf sein Campidanesisch hinweisen können, das er selbst wahrscheinlich für ganz normales Sardisch hielt. Für Hochsardisch.

Aber ich hatte das alles nicht gewusst. Ich hatte mich erst später damit beschäftigt und einiges von Max Leopold Wagner gelesen, der mehrere Bücher über die sardische Sprache und ein Buch mit dem Titel *Reisebilder aus Sardinien* geschrieben hatte. Darin berichtet er, wie er im Mai 1905 mit dem Fahrrad von Cagliari nach Sant'Antioco fuhr. Was mochte das für ein Fahrrad gewesen sein? Von Sant'Antioco segelte er nach Carloforte, um die *mattanza* mitzuerleben. In seinen Reisebildern heißt es dazu über den Todeskampf der Thunfische: »Sie wehren sich nach ihren Kräften und peitschen die Kähne durch wuchtige Schläge mit den breiten Schwänzen. Aber sie müssen alle ihren unbarmherzigen Schlächtern erliegen. Überallhin spritzen Garben des hellroten Blutes, weithin ist das Meer rot gefärbt, und über dem Wasser lastet in weitem Umfange ein satter Blutgeruch.« Wagner beließ es bei dieser zwar anschaulichen, aber ansonsten sachlichen Beschreibung. Vergleiche mit Tanz und Fest und Oper, wie sie Ernst Jünger anstellte, kamen ihm nicht in den Sinn. Überhaupt besticht Wagner durch Sachlichkeit. Allerdings hatten ihm weder Sant'Antioco noch das Sulcis-Iglesiente, wie die südwestlichen Gebiete genannt werden, denen Sant'Antioco und San Pietro vorgelagert sind, besondere Reiseerlebnisse beschert. Neben einer Zinkmine und einer Grotte besichtigte er nur noch eine Nuraghe namens *Nuraxi de s'orcu mannu*, die Nuraghe vom großen Orkus. Wobei diese Nuraghe offiziell zwar ein Nationaldenkmal, laut Wagner aber nicht mehr als »ein großer, nichtssagender Trümmerhaufen« war.

VII. Trotzdem – so einen Trümmerhaufen würde ich auch gern einmal sehen. Es musste ja nicht die Nuraghe vom großen Orkus sein. Wahrscheinlich war es das Beste, sich Su Nuraxi anzuschauen. Su Nuraxi wurde in allen Reiseführern erwähnt. Und Carloforte wartete auch noch. Was hielt mich eigentlich davon ab, endlich einmal nach San Pietro überzusetzen? Zeit genug hatte ich. Enrico und Chiara besuchte ich nur noch einmal in der Woche, weil ich ihre Gastfreundschaft nicht übermäßig strapazieren wollte. Zudem konnte ich an den auf Sardisch geführten Gesprächen ohnehin nicht teilhaben. Sonntags war ich der Mittagsgast, was mich einerseits freute, andererseits aber auch fast zu viel der Ehre war. Ich hätte lieber samstags am Mittagessen teilgenommen. Ohne weitere Umstände. Ein Teller Spaghetti und etwas Familienatmosphäre – das hätte mir schon gereicht. Sonntags gab es mehrere Gänge. Fleisch als Hauptgericht. Lamm, Kalb oder Schwein. Und manchmal auch Kaninchen. Vorher Pasta. Und davor die verschiedensten Vorspeisen. Eingelegte Artischocken.

Teigtaschen mit Fleisch-, Käse- oder Gemüsefüllung. Oliven mit Knoblauch. Sowie Fladenbrot. *Carta da musica* genannt. Die Vorspeisen schienen allerdings nur für mich gemacht zu sein. Niemand aß von den Vorspeisen. Selbst das dünne und harte Fladenbrot rührte niemand an. Nur ich. Aus Höflichkeit. Mir lag nicht viel an dünnem, hartem Fladenbrot. Und noch weniger an eingelegten Artischocken. Mir lag überhaupt nichts an eingelegten Artischocken. Und auch nichts an eingelegten Peperoni. Kaltes Gemüse in Öl war mir eher unangenehm. Ohne meine Anwesenheit hätte es sicherlich keine Vorspeisen gegeben. Aber jetzt musste ich Vorspeisen essen. Und alle schauten mir dabei zu. Ohne selbst welche zu essen. Enrico sagte, er brauche Platz für die Nudeln. Chiara sagte, sie habe schon beim Zubereiten zu viel davon probiert. Und ermunterte mich zugleich, nachzunehmen. Auch Cristina aß keine Vorspeisen. Sie hatte gleich beim ersten gemeinsamen Sonntagessen gesagt: »Ich esse niemals Vorspeisen.« Damit war für sie der Fall erledigt. Und für die anderen auch. Niemand übte Druck auf sie aus. Enrico und Chiara aßen zwar nicht von den Vorspeisen, aber sie priesen sie in den höchsten Tönen. Sie kannten die Herkunft jeder Paprikaschote und jeder Olive. Und natürlich auch des Olivenöls. Nichts davon war gekauft. Alles stammte von Verwandten oder Bekannten, die auf dem Land lebten. »In campagna«, wie Chiara sagte und wo immer das sein mochte. Auf Sant'Antioco? Oder irgendwo auf Sardinien? Ich konnte mir nicht vorstellen, dass mit ›auf dem Land‹ die Gegend zwischen Sant'Antioco und Calasetta gemeint war. Ich habe da keine Olivenhaine und Gemüsegärten oder gar Bauernhöfe gesehen. Verknöcherte Kaktusfeigen habe ich gesehen und eine Verkehrsinsel. Und jede Menge Himmel darüber. Im Himmel wachsen bekanntermaßen keine Paprikaschoten. Und Artischocken auch nicht. Aber ich durfte mich nicht beschweren. Es galt Vorspeisen zu essen, Chiara und Enrico Komplimente dafür zu machen und dankbar zu sein für die erwiesene Gastfreundschaft. Ich zeigte meine Dankbarkeit zudem dadurch, dass ich Kuchen mitbrachte. Ein ganzes Tablett voller Kuchen, den ich in einer Pasticceria an der Piazza Umberto kaufte. Der Kuchen war eine Pflicht, die ich mir selbst auferlegte. Ich wollte vor allem Enrico nichts schuldig bleiben. Auch nicht das eine Mittagessen am Sonntag. In Deutschland brachte man Kuchen zum Nachmittagskaffee mit. In Italien aber zum Mittagessen. Würde ich in Deutschland zum Mittagessen Kuchen mitbringen, dann würden die Gastgeber dies als Aufforderung betrachten, mit dem Gast auch den Nachmittagskaffee zu trinken. Was unhöflich wäre. Eine Art Nötigung. In Italien war es keine Nötigung, da der Kuchen unmittelbar nach dem Mittagessen verspeist wurde. Der Kuchen war der Nachtisch. Und für den Nachtisch sorgte ich.

Wenn der Kuchen gegessen war, legte sich Enrico auf die Couch und las Comics. Vorzugsweise *Topolino,* wie *Micky Maus* auf Italienisch hieß. Das durfte er, es war das einzig Kindliche, das ich jemals an ihm bemerkte. Und für mich war es das Signal, mich zu verabschieden, denn Cristina kümmerte sich um den Abwasch und Chiara um Maria Cristina, die immer ihren Teil vom Kuchen abbekam, um ihn mit den Händen zu kneten und in Kuchenmatsch zu verwandeln, und zum Dank dafür weniger herumlärmte. Ich hätte Cristina gern beim Abwasch geholfen. Und mich danach mit ihr zum Mittagsschlaf zurückgezogen. Nichts war schöner als so ein gemeinsamer südlicher Mittagsschlaf mit vollem Bauch, bei dem man nicht wirklich schlief, sondern sich einer Mischung aus Sattheit, Dösen und trägen Zärtlichkeiten überließ.

Aber wir durften nicht in Cristinas Zimmer verschwinden. Darüber wachten sardische Sitte und sardischer Anstand. Und ich durfte auch nicht mit Cristina abwaschen. Ich hätte mich lächerlich gemacht. Und Enrico gestört, der in Sichtweite auf dem Sofa lag, in seinem Comic blätterte und dabei zwischendurch einnickte. Bevor er endgültig einschlief und zu schnarchen begann, verließ ich das Haus und kehrte in mein Büro zurück. Jedes Mal traurig, manchmal verzweifelt und immer von Einsamkeitsgefühlen heimgesucht. Und voller Neidgefühle auf Menschen wie Enrico, die nach dem sonntäglichen Mittagessen im Kreise ihrer Familie in aller Seelenruhe auf der Couch liegen und einschlafen konnten. Auch wenn ich mich damit tröstete, dass Cristina mich später besuchen würde. Sie kam zumeist am späten Nachmittag oder auch am frühen Abend in meine Unterkunft, wo ich unterdessen zu arbeiten versuchte. Trotz meines Katzenjammers, für den allerdings nicht allein Sardinien verantwortlich war. Diese Sonntagsschwermut kannte ich seit meiner Kindheit. Später hatte sie mich oft genug auch in Berlin und vor allem in Schöneberg ereilt. Nun lernte ich die sardische Variante davon kennen, und das Einzige, was dagegen half, war entweder eine Gefährtin, mit der man den Tag im Bett verbrachte, oder aber die Arbeit. Also setzte ich mich an den Schreibtisch. Das Rollgitter ließ ich unten, das heißt, ich öffnete es nur in Bodennähe ein wenig. Ich wollte am Sonntag nicht an meinem Schreibtisch gesehen werden. Als hätte ich nichts Besseres zu tun, als am Schreibtisch zu sitzen, während alle anderen den Tag mit der Familie verbrachten. Außerdem war es glühend heiß draußen, es war schließlich Hochsommer, und die Lagune vor Sant'Antioco ließ jede Meeresbrise ersterben, bevor sie den Ort erreichte.

Draußen brannte die Nachmittagssonne, und ich saß in meinem nur von einem Streifen Sonnenlicht erhellten und ansonsten beinahe dunklen Büro und dachte beispielsweise über die Symphonie des Komponisten Siegfried nach, die in Rom uraufgeführt wurde. Wie würde sie klingen? Koeppen hatte die Musik beschrieben, aber es war gar nicht so einfach, Musik mit Worten zum Klingen zu bringen. Eine Symphonie zumal. Und es war auch nicht so einfach, zu beschreiben, wie Koeppen die Musik beschrieben hatte. Das war aber meine Aufgabe. Das Schreiben Koeppens zu beschreiben. Letzteres ging am besten mithilfe von Sekundärliteratur. Aber ich hatte nur wenig Sekundärliteratur dabei. Zu wenig. Nur ein violettes Suhrkamp-Bändchen mit dem Titel *Über Wolfgang Koeppen* und eine in Uppsala erschienene, aber deutschsprachige Doktorarbeit über Koeppen. Die beiden Bücher lagen auf meinem hellgrau lackierten Metallschreibtisch, wo sonst Rechnungen, Stundenzettel, Reklamationen und Aufträge gelegen hatten. Von Letzteren vielleicht nicht genug, sonst hätten Enrico und seine Kollegen das Bauunternehmen nicht wieder schließen müssen. Ich hatte nur diese beiden Bücher mitgenommen, weil ich mit leichtem Gepäck reisen und den sardischen Boden unbeschwert betreten wollte. Westwärts streicht das Schiff – und der Held, der sehnsuchtsvoll das Meer überquert, hat einen Koffer voller Bücher und Fotokopien dabei. So hatte ich mir das nicht vorgestellt. Und da war ja noch die Reiseschreibmaschine, die auch einiges wog. Zwei Bücher mit Sekundärliteratur mussten reichen. Ansonsten wollte ich auf meine Einfallskraft vertrauen. Einiges war mir bisher ja auch eingefallen. Aber mit der Interpretation von Symphonien kannte ich mich nicht aus. Ich verschob das Problem vorerst und wandte mich anderen Motiven des Romans zu. Dem Badeschiff auf dem Tiber beispielsweise, das gleich unterhalb der Engelsbrücke lag und wo der Komponist Siegfried an mehrere Strichjungen gerät, zwei hässliche Burschen und einen schönen und knabenhaften, den er für sich Ganymed nennt. Das Badeschiff war keine Erfindung des Autors. Ich hatte es während zweier Rombesuche noch mit eigenen Augen gesehen. Die Römer nannten das Schiff »Il Ciriola«, was offenbar der Spitzname des ehemaligen Betreibers war, der einst Aale im Tiber geangelt hatte, die bei den Römern wiederum *ciriole* hießen. Der Aalfischer Ciriola hatte irgendwann die Fischerei aufgegeben und einen Schleppkahn in eine schwimmende Badeanstalt mit Sonnenterrasse und Umkleidekabinen verwandelt. Die Badeanstalt war zwar nicht mehr in Betrieb und der Tiber auch längst kein Fluss mehr, in dem man ohne Gesundheitsgefährdung baden konnte, aber das Boot schien noch vollkommen intakt, als ich es zum ersten Mal sah. Mit den Jahren verrottete es jedoch immer mehr, bis es eines Tages während eines Tiber-Hochwassers auseinanderbrechen sollte. Koeppen erzählt in seinem Roman, wie Siegfried mit Ganymed in eine der Kabinen geht und der Knabe sich auch gleich seiner Badehose entledigt. Doch Siegfried rührt den Knaben nicht an. Schließlich kommt einer der hässlichen und nach dem Wasser des Tibers stinkenden Burschen hinzu, dem der Komponist allerdings nicht widersteht: »... ich legte meinen Arm um seinen Nacken, ich druckte meinen Mund auf seinen gemeinen käuflichen Mund.«

So war das. Und es war nicht sehr schön. Aber was sollte ich dazu sagen? Ich wusste nicht, warum man einen schönen Strichjungen verschmäht und einem hässlichen, übel riechenden erliegt. Und warum am Tiber? Warum auf dem Badeboot? Weh dem, der Symbole sieht. Ich sah Symbole, aber welche? Tiberinus war ein römischer Flussgott, das wusste ich. Aber viel mehr auch nicht. Trieb Tiberinus es mit Männern? Ich brauchte Sekundärliteratur. Nicht nur wegen der Symphonie. Auch wegen der Strichjungen. Möglicherweise gab es in Cagliari irgendetwas dazu. In der Universitätsbibliothek. Ich würde Chiara nach der Bibliothek fragen. Obwohl sie sich in der Abteilung für deutsche Literatur sicher nicht auskannte. Gab es auf Sardinien eigentlich Flüsse? Auch so eine Frage. Die aber leicht zu beantworten war. Enrico würde mir alle Flüsse Sardiniens der Länge nach sortiert aufzählen können. Da hatte ich keinen Zweifel. Enrico kannte sich aus.

Ich brauchte ihn nur zu fragen. Alles andere verschob ich am besten, bis ich wieder in Deutschland war. Oder ich würde einfach zwischendurch für ein paar Tage nach Deutschland fahren und eine Reisetasche mit Sekundärliteratur packen. So weit war Berlin von Sant'Antioco ja auch wieder nicht entfernt. Das Geld hatte ich. Ich gab ja fast nichts aus in Sant'Antioco. Und das Maurerbüro lief mir nicht davon. Das konnte ich noch monatelang benutzen. Die Miete war ohnehin bezahlt. Und Enrico schien sogar froh zu sein, dass sich jemand in dem Büro aufhielt. Ich hatte ein Büro in Sant'Antioco. Wer konnte das schon von sich sagen. Aber ich musste mich nicht zum Sklaven dieses Büros machen. So schön war es auch wieder nicht. Im Gegenteil: Es roch nach kaltem Stein und feuchtem Zement. Und war immer staubig, soviel ich auch putzte. Besonders die Schreibtischplatte. Die konnte ich jede Stunde putzen. Genauso wie ich fortdauernd meine Hände wusch, die sich aber bald darauf schon wieder stumpf und staubig anfühlten. Ich las und schrieb nicht gern mit Zementstaub an den Händen. Ich bekam raue Maurerhände bei der Schreibtischarbeit. Und vielleicht würde sich die staubige, zementhaltige Luft ja auch in den Bronchien festsetzen. Einzig die Kühle schätzte ich, besonders im Schlafzimmer, das an sehr heißen Tagen immer angenehm temperiert war. Ansonsten war das Schlafzimmer eher eine Zelle. Ohne ein richtiges Fenster. Statt eines Fensters war nur eine schmale Öffnung in der Wand, ein Fensterchen. Es befand sich unterhalb der Decke und erinnerte an ein Kellerfenster. Aber es kam trotzdem genügend Licht herein, und um die Mittagszeit fiel für ein, zwei Stunden die Sonne auf mein Bett. Ansonsten war der Raum nur mit dem Bett, einem Stuhl und einer Kommode ausgestattet. Einen Kleiderschrank gab es nicht, sodass ich Hosen und Jacken über die Stuhllehne hängte, alles andere aber in der Kommode verstaute. Die weiß gekalkten Wände waren vollkommen kahl. Nicht mal ein Reklamekalender hing an der Wand. Oder eine Postkarte mit Padre Pio darauf. Unter Enricos Maurerkollegen hatte es anscheinend keine Verehrer von Padre Pio gegeben, dessen Foto man spätestens seit seiner Seligsprechung ansonsten überall begegnen konnte. Nur hier nicht. Nicht im Maurerbüro. Hier war der Mensch ganz auf sich allein gestellt. Und dieser Mensch war ich. Wäre Cristina nicht regelmäßig zu Besuch gekommen. Aber es war eben nur ein Besuch. Wobei es mit der Zeit auch vorkam, dass sie einen Besuchstag ausließ. Einmal sogar besuchte sie mich zwei Tage lang nicht, ohne mich zu benachrichtigen, was mich so sehr irritierte, dass ich an ihrem Ladengeschäft vorbeiging, um zu sehen, ob sie überhaupt arbeitete oder vielleicht erkrankt war. Normalerweise mied ich das Ladengeschäft. Genauso wie ich den Lungomare beziehungsweise Enricos Baustellen mied. Weder Cristina noch Enrico sollten sich von mir beobachtet fühlen. Jetzt aber ging ich zu Enricos Gartenbaugeschäft, das ja aus einem Ladengebäude neben dem Wohnhaus und einem größeren Außenbereich bestand, in dem von nachgemachten antiken Säulen, Natursteinen und schmiedeeisernen Gartentoren bis hin zu Schubkarren, Gartenschläuchen und Blumenerde alles Mögliche zu haben war.

Ich sah Cristina schon von Weitem, wie sie mit einem

Kunden im Außenbereich stand und ihm irgendwelche Gartengeräte zeigte. Der Kunde war nicht etwa ein Bäuerchen vom Land, das sich eine Sichel oder eine Hacke kaufen wollte. Sondern vielmehr ein vornehm wirkender älterer Herr im Anzug. Und ich konnte ebenfalls sehen, dass Cristina sozusagen auf Augenhöhe mit ihm sprach. Sie sprach mit ihm wie eine Chefin. Und scherzte zwischendurch. Und der Mann scherzte zurück. Cristina trug auch keine Arbeitskleidung, wie ich es erwartet hatte. Ich hatte mir vorgestellt, dass sie wenn nicht im Kittel, so doch mit grüner Schürze ihrer Arbeit nachgehen würde. Eventuell kombiniert mit einer Kappe. Ebenfalls in Grün. Stattdessen trug sie einen grauen Hosenanzug. Business-Kleidung. Chefinnen-Kleidung. Ich wusste gar nicht, dass sie so etwas besaß. Ich wusste, dass sie enge, glänzende Blusen besaß, die hatte sie in der Bar getragen. Ansonsten trug sie Jeans und Pullover. Und über dem Pullover eine Lederjacke. Hier sprach nicht die kleine Verkäuferin mit einem Chef. Hier sprachen eine Chefin und ein Chef miteinander. Die Chefin des Gartenbaugeschäftes mit dem Inhaber des Autohauses. Beispielsweise. Vielleicht war er auch der Inhaber von einem Dutzend Autohäusern. Ich war beeindruckt. Und eingeschüchtert. Das war wahrscheinlich alles den Jetons zu verdanken beziehungsweise der Tatsache, dass Cristina mit ihren Ersparnissen Enricos Geschäft gerettet hatte. Aus der Remigrantin war eine Chefin geworden. Kein Wunder, dass sie mich nicht mehr ganz so regelmäßig besuchte. Wer weiß, wie sie sich fühlte in dem Maurerbüro. Wenn wir auf der Bettkante sitzend die Sandwiches aßen, die sie mitgebracht hatte, und uns dann auf dem schmalen Bett der Liebe überließen. So gut es eben ging. Allzu gut ging es allerdings nicht mehr. Nicht nur in Bezug auf die Liebe. Auch generell. Ich vereinsamte in meinem Maurerbüro und wurde zugleich eifersüchtig auf Cristinas Leben. Dabei wollte ich doch gar kein Gartenbaugeschäft. Das wäre das Letzte gewesen, was ich gewollt hätte. Und trotzdem war ich eifersüchtig. Ich war wahrscheinlich eifersüchtig auf ihr neu gewonnenes Selbstbewusstsein. Das machte mir zu schaffen. Und deprimierte mich. Ich hätte gern die melancholische Emigrantin an meiner Seite gehabt, die nordafrikanische Schönheit, die mit ihren dunkelbraunen Augen so wunderbar durch mich hindurchschauen konnte, in was für eine Wüste auch immer.

Ich sollte nach Deutschland fahren. Wenigstens für ein paar Tage. Oder auch für ein oder zwei Wochen. Meine Arbeit erforderte das. Ich fühlte mich eingeklemmt im Maurerbüro und an meinem Schreibtisch. Nicht wegen zu viel, sondern wegen zu wenig Sekundärliteratur. Ich würde mit dem 48er nach Dahlem in die Bibliothek fahren und so viel Sekundärliteratur wie möglich fotokopieren. Ich wollte mit Cristina reden, die bestimmt kein Problem damit hatte, dass ich für einige Zeit verreiste. Doch ehe ich meine Pläne ansprechen konnte, schlug sie eine Reise vor. Eine Sardinien-Rundfahrt. Nur ein paar Tage. Enrico sei einverstanden, er würde im Geschäft bleiben, die Arbeit am Lungomare ginge auch ohne ihn weiter, seine Helfer wüssten, was zu tun sei, und er würde uns seinen Privatwagen zur Verfügung stellen. Sie habe viel gearbeitet in letzter Zeit und sei erholungsbedürftig –

und uns beiden würde es auch guttun. Bei diesen Worten blickte sie mir direkt in die Augen, aber ohne ihren Doppelblick, ohne gleichzeitig durch mich hindurchzusehen. Ich ahnte, was sie dachte, verstand aber zugleich, dass sie kein Bedürfnis hatte, über unsere Beziehung zu sprechen. Über die Fremdheit, die sich zwischen uns eingeschlichen hatte, seit sie wieder zu Hause war. Und darüber, dass sie sich zwei Tage nicht bei mir hatte blicken lassen. Fremd waren wir uns auch vorher gewesen, aber es war eine Fremdheit, die zugleich eine besondere Bindekraft entwickelt hatte. Jetzt schien diese Bindekraft sich langsam aufzulösen. Ich sagte nichts, sondern akzeptierte Cristinas Blick als vorläufig einziges Gesprächsangebot. Zumal ich auch selbst keine besondere Lust zu einem Beziehungsgespräch hatte. Schon gar nicht in einer Fremdsprache. Was hieß überhaupt »Bindekraft« auf Italienisch? Also sagte ich lieber nichts und hielt mich an Cristina, die es ohnehin vorzog, zu handeln statt zu reden. Wenn sie denn handelte. Manchmal konnte sie allerdings auch passiv sein – und schweigsam dazu. Jetzt aber hatte sie die Initiative ergriffen, und ich wollte sie auf keinen Fall bremsen. Jetzt würden wir endlich ein paar Tage Zeit füreinander haben und Sardinien gemeinsam entdecken. Allerdings bat sie mich, vor der Rundreise nach Carbonia zu fahren, um im Upim einiges einzukaufen. Dinge für den Haushalt. Das meiste davon für Chiara. Unter anderem ein Bügeleisen. Anscheinend gab es in Sant'Antioco keine Bügeleisen zu kaufen. Ich hatte nichts dagegen. Ich fuhr gern nach Carbonia und war froh darüber, mich nützlich machen zu können.

Am nächsten Vormittag verspürte ich ein fast euphorisches Aufbruchgefühl, als der Bus über den Damm und an der alten römischen Wölbebrücke vorbei Richtung Norden fuhr. Ich dachte an D. H. Lawrence und sein »Comes over one an absolute necessity to move«. Ich dachte daran, wie ich als Knabe zum ersten Mal mit dem Fahrrad bis nach Gütersloh gefahren war, was ein ähnlich euphorisches Aufbruchgefühl in mir ausgelöst hatte. Jetzt bewegte ich mich Richtung Carbonia, wobei die Fahrt trotz mehrerer Zwischenhalts nicht länger als eine halbe Stunde dauerte. Die Bushaltestelle in Carbonia kannte ich bereits. Und einige der Wohnblocks auch. Jetzt wollte ich das Zentrum sehen, die Piazza. Vielleicht gab es ja auch ein paar Gassen hier. Stille Winkel. Plätschernde Brunnen. Einen Markt. Mir war nach *italianità* zumute. Im Grunde war mir nach Rom zumute. Nach römischen Gassen. Nach dem Campo de' Fiori. Aber wer sich nach Rom sehnte, der sollte nicht nach Carbonia fahren.

Die Piazza war nicht weit von der Bushaltestelle entfernt. Ich brauchte nur zweimal um die Ecke zu biegen, und schon öffnete sich vor mir ein Platz, der das genaue Gegenteil vom Campo de' Fiori war, auch wenn er Piazza Roma hieß. Ich hatte mich nie ausführlicher mit faschistischer Architektur beschäftigt. Aber auch ohne genauere Kenntnisse wusste ich sofort: Ich stand mittendrin. Faschistische Moderne. Nannte man das so? Ich war mir nicht sicher. Aber der Platz samt den ihn säumenden Bauten wirkte ohne Zweifel einerseits faschistisch und andererseits modern. Einerseits wie ein Aufmarschplatz und andererseits wie ein Bild von Giorgio de Chirico. *Pittura metafisica*. Es war, als würde man in de Chiricos »Rätsel eines Tages« eintreten, wenn man den Platz betrat. Allerdings mit Stiefeln an den Füßen. Oder beschallt von einer Mussolini-Rede. Der jetzt freilich niemand zugehört hätte, denn es war kein Mensch auf dem Platz. Nur ich. Mich hielt meine Neugier, sonst wäre auch ich wieder gegangen. Die Leere des Platzes war schwer auszuhalten. Entweder ging es allen so, oder es war schon Siestazeit. Parken durfte man hier auch nicht. Sonst wäre der Platz sicherlich vollgestellt gewesen. Aber dann hätte er seine Ästhetik eingebüßt, die er ohne Zweifel besaß. Der Platz war zwar kalt und abweisend, aber irgendwie auch schön. Faschistische Architektur war aber nicht schön. Gegen solch eine Wahrnehmung half nur historisches Denken. Geschichtsbewusstsein, Reflexion. Und Lektüre. Sachkunde. Was war los mit diesem Platz? Mit Carbonia überhaupt? Aber wenn man in einer südsardischen Kleinstadt aus dem Bus steigt, um im Upim ein Bügeleisen und andere Haushaltsartikel zu kaufen, und dabei zufällig solch einen Platz entdeckt, dann ist man ja nicht gleich in historischer Reflexionslaune. Dann ist man naiv und will nur mal gucken. Auch ich wollte nur mal gucken. Jetzt hatte ich das Gefühl, dass nur mal gucken nicht reichte. Wer nur mal guckt, der findet Sachen schön, die keinesfalls schön sein können. Also rief ich mich zum Denken auf. Und vielleicht sollte ich mir auch ein paar Notizen machen. Aber ich hatte nichts zum Schreiben dabei. Nur den Zettel mit der Einkaufsliste, aber keinen Stift. Ich verließ den Platz und suchte nach einem Schreibwaren- oder Zeitungsladen, der auch Schreibwaren verkaufte. In der Via Gramsci fand ich ihn. Ich kaufte mir einen Kugelschreiber und einen kleinen Spiralblock und außerdem eine Carbonia-Broschüre, von der noch ein ganzer Stapel vorhanden war. Carbonia-Broschüren waren hier keine Verkaufsschlager. Ansichtskarten gab es leider nicht zu kaufen. Auch keine von der Piazza Roma. Aber die Broschüre war nützlich. Sie klärte mich schon auf den ersten Seiten über alle Gebäude auf, die ich auf der Piazza gesehen hatte: die Torre Littoria, das Dopolavoro, das Teatro Centrale, die Chiesa di San Ponziano, den Palazzo Municipale. Also Stadtturm, Bar und Freizeittreffpunkt, Theater, Kirche und Rathaus. In dieser Reihenfolge war hier alles versammelt, was so eine kleine Stadtrepublik brauchte: Wehrhaftigkeit, Freizeit, Kunst, Religion und Verwaltung. Fragte sich nur, was daran eigentlich faschistisch war. Vielleicht die Wehrhaftigkeit? Der Stadtturm? Damit würde ich mich später beschäftigen. Die Broschüre, die älteren Jahrgangs und nur mit Schwarz-Weiß-Fotos illustriert war, half mir vielleicht weiter. Erst einmal kümmerte ich mich um die Einkäufe für Chiara. Das Upim-Kaufhaus war ebenfalls nicht weit von der Piazza entfernt, und Bügeleisen gab es dort auch, sodass der ganze Einkauf in einer knappen halben Stunde erledigt war. Auf dem Rückweg zur Piazza entdeckte ich ein Restaurant und verspürte prompt Hunger. Es war ohnehin Mittagszeit, obwohl ich eigentlich vorgehabt hatte, mir mit einem Sandwich zu behelfen. Ich ging ja auch in Sant'Antioco nie ins Restaurant. Andererseits hatte ich schon auf dem Weg zum Schreibwarenladen beschlossen, mir außer der Piazza Roma nichts weiter anzuschauen. Gassen,

Brunnen oder irgendwelche lauschigen Plätze würde ich in Carbonia nicht finden. Und ich wollte ja keine Studien über Funktionsarchitektur betreiben. Wohnblocks und Plattenbauten konnte ich auch in Berlin studieren. Dafür brauchte ich nicht mit dem Bus in Südsardinien herumzufahren. Also ging ich lieber ins Restaurant, um in Ruhe zu essen und die Broschüre zu lesen.

Ich war der einzige Gast in dem Lokal, das nicht sehr geräumig war, aber aus zwei Etagen bestand. Im Erdgeschoss war der Eingangsbereich mit einer Art Empfangstisch, dahinter konnte man durch eine offene Tür in die Küche sehen. An dem Empfangstisch saß der Wirt, ein Mann um die fünfzig mit grauem Dreitagebart, der Zeitung las und rauchte. Er zeigte mir den Weg in den ersten Stock, wo der Gastraum war. Je zwei gedeckte Tische für jeweils vier Personen standen an den Längswänden des Raumes. Und in der Mitte war ein größerer Tisch für sechs Personen. Ich setzte mich an einen der kleineren Tische und sah mich um. Ein braun gefliester Fußboden, braune Tische und Stühle und hellgrüne Tischdecken. An der Wand Kitschbilder der schlimmsten Sorte mit Capri-Ansichten, was man an den Faraglioni-Felsen erkennen konnte. Offenbar war es kein Touristenrestaurant. In einem sardischen Touristenrestaurant würde man doch Kitschbilder mit sardischen Motiven aufhängen: Hirten mit Fellwesten, Su Nuraxi im Abendlicht. Und nicht der Caprisehnsucht frönen.

Ich wartete auf die Speisekarte, die mir allerdings nicht der Wirt brachte, sondern ein junges Mädchen. Ein sehr junges Mädchen. Ein Kind fast noch, das da lächelnd und mit großer Selbstverständlichkeit den Raum betrat, mich begrüßte, mir die Speisekarte überreichte und dann neben dem Tisch stehen blieb und mir dabei zusah, wie ich die Karte studierte. Was mich in Verlegenheit brachte und den Blick senken ließ, obwohl ich das Mädchen gern länger angesehen hätte. Ich hätte sie gern genauso ausführlich und in aller Ruhe betrachtet, wie sie mich jetzt betrachtete. Aber ich tat es nicht. Nicht nur, weil es unhöflich gewesen wäre. Sondern eher aus Schüchternheit. Das Mädchen hatte mich eingeschüchtert. Und ich wagte nicht mal mehr einen Blickwechsel, obwohl es überaus freundlich und geduldig wartete. Oder gerade deshalb. Und dunkle Augen und seidige Locken hatte, das hatte ich gleich gesehen, als sie den Raum betrat. Und auch, dass sie sehr schön war. Man könnte auch sagen anmutig. Aber das wäre zu wenig gewesen. Das hätte mich nicht in die Verlegenheit gebracht, in der ich mich jetzt befand. Vielleicht hatte ich gerade ein Mignon-Erlebnis. Mir war ein göttliches Kind erschienen. Darüber sollte ich mich freuen und nicht eingeschüchtert sein. Das war doch sehr bewegend, so ein Erlebnis. Da würde ich mir in Zukunft selbst etwas zu erzählen haben: »Damals in Carbonia. Damals in diesem öden, plattenbauhaften, faschistischen Carbonia. In diesem kleinen traurigen Restaurant. Ich war der einzige Gast. Und dann erschien sie! Ein Kind noch. Aber wie von der Himmelsleiter herabgestiegen.«

So eine Tochter wie dieses Mädchen hätte ich mir für Chiara gewünscht. Aber das konnte ja noch werden. Obwohl ich nicht allzu viel Hoffnung hatte, dass die kleine Brüllmaschine sich irgendwann zu einem Engel mausern würde. Sie hatte alle Anlagen zu einem sardischen Dickschädel. Im Unterschied zu ihrer Mutter. Und auch zu dem Mädchen, das hier vor mir stand und in aller Seelenruhe, ohne jede Verlegenheit und mit der wohlwollendsten Miene auf meine Bestellung wartete, die ich dann auch endlich aufgab. Ich bestellte Involtini. Kalbsrouladen. Gefüllt mit Spinat und Käse. Keine Vorspeisen. Keinen ersten Gang. Aber zum Nachtisch einen Mandelkuchen. Sie dankte, lächelte, sah mich noch einmal mit dieser gelassenen Inständigkeit an und verschwand mit den Worten »Lo dico al papà«. Ich war gerührt. Sie würde Papa Bescheid sagen. Sie war ja wirklich noch ein Kind. Und ich hatte schon Marienvisionen gehabt. Gleich würde ich sie, wenn sie mir das Essen brachte, mit ganz anderen Augen betrachten. Aber sie brachte mir das Essen nicht. Stattdessen bediente mich ihr Vater, der nun auch eine Schürze umgebunden hatte. Hier kochte der Chef selbst. Und sehr gut dazu. Die Involtini, die allerdings nicht mit Spinat, sondern mit Räucherspeck gefüllt waren, schmeckten ausgezeichnet. Ich würde mich nicht über den fehlenden Spinat beschweren. Der Mandelkuchen schien selbst gemacht und frisch gebacken. Ich spülte ihn mit einem Cappuccino herunter. Um dann einen zweiten Cappuccino zu bestellen. Ich wollte noch im Restaurant bleiben und in der Broschüre lesen, bevor ich wieder auf den Platz und dann zur Bushaltestelle ging. Und ich hätte auch nichts dagegen gehabt, dem Mädchen ein Trinkgeld zu geben.

Die Broschüre klärte mich darüber auf, dass Carbonia eine *città di fondazione* war, eine Plan- oder Reißbrettstadt, die der Ansiedlung von Minenarbeitern gedient hatte. Sogenannte *città di fondazione* hatte es in vielen Epochen gegeben, in der griechischen und römischen Antike, in der Renaissance und eben auch im 20. Jahrhundert. Planvolle Städtegründungen dieser Art waren keine Spezialität des italienischen Faschismus, hier hatten sie aber nochmals eine besondere Konjunktur erfahren. In ganz Italien waren in den Dreißigerjahren mehr als hundert dieser »Städte des Führers« entstanden. Mehr als ein Dutzend auf Sardinien, darunter neben Carbonia auch Arborea, das damals den Namen Mussolinia trug. Mussolinia di Sardegna. Das ist das Schöne am Diktatorendasein: Man kann Städte nach sich benennen. Mehr als zwanzig *città di fondazione* gab es in der Provinz Latina, die wiederum zur Region Latium gehörte und wo sich die Pontinischen Sümpfe befanden, deren Trockenlegung einschließlich der Malariabekämpfung ja zu Mussolinis historischen Verdiensten gezählt wurde. In Latium gehörten Städte wie Aprilia oder Sabaudia dazu, und auch das gleichnamige Latina selbst, das zu Mussolinis Zeiten ebenso wie die Provinz Littoria hieß und 1945 umbenannt wurde. Littoria? Ich zog mein Taschenwörterbuch zurate und fand unter dem Eintrag *littorio* die Erläuterung »Liktoren –: *fascio littorio*, Liktorenbündel«. Liktoren wiederum waren im alten Rom so etwas wie die Leibwächter von Würdenträgern, die mit Rutenbündeln, den *fasces*, und einer darin steckenden Axt auftraten. Dass das Wort Faschismus sich davon herleitete, war bekannt. Ich fragte mich, ob das Wort *fasces* auch etwas mit dem lateinischen *fascinatio* zu tun hatte. Mein Taschenwörterbuch gab dazu keine Auskunft, und ich trug ja kein etymologisches Wörterbuch mit mir herum, einen Laptop beziehungsweise Internetanschluss hatte ich auch noch nicht. Ich forschte und schrieb mit einer Olympia-Traveller-Reiseschreibmaschine. Eine für mein Gefühl durchaus elegante, wenn auch etwas gewichtige Maschine in einem weißen Plastikkoffer, die ich bei Karstadt in der Steglitzer Schloßstraße gekauft hatte und die mir lieb und teuer war. Kurioserweise hatte ich auf einem Foto gesehen, dass Ernst Jünger in seinem Wilflinger Arbeitszimmer die gleiche Maschine auf dem Schreibtisch stehen hatte. Was ich eher unpassend fand. Sehr kaufhausmäßig und karstadthaft kam mir das vor. Gar nicht elementar und von Urbildern erfüllt.

Die Carbonia-Broschüre hatte mir weitergeholfen. Ich verließ das Restaurant und ging noch einmal auf den Platz. Ich wusste jetzt, was der Liktorenturm war. Eine Art Wachturm. Und zugleich das Gebäude, in dem die Liktoren ihre Diensträume hatten. Jetzt wurde der Turm von der Stadtverwaltung genutzt. Der Platz insgesamt war immer noch menschenleer und würde sich womöglich erst gegen Abend beleben. Vielleicht aber mieden die Menschen ihn auch. Weil seine Haupteigenschaft die Abwesenheit von Menschen war. Vielleicht war das das eigentlich Faschistische des Platzes: seine umbaute Leere. Vor der man gleichsam instinktiv zurückwich. Trotz Rathaus, Kirche, Freizeitstätte und so weiter. Diese Leere war vor allem an einem speziellen Tag wichtig geworden, am 18. Dezember 1938, als insgesamt fünfzigtausend Menschen den Platz bevölkerten, um der Einweihung Carbonias durch Benito Mussolini beizuwohnen. Der Duce hielt seine Rede von einem Balkon der Torre Littoria und feierte die Gründung Carbonias als eine Tat, mit der man aus einer Wüste einen Garten machte. Wo vorher nichts war, »kein Pfad, kein Haus, nicht mal ein Tropfen Wasser«, so Mussolini, stand nun eine Stadt. Angereist war der Duce mit dem Schiff. Als er im Hafen von Sant'Antioco anlegte, wurde er von den Insulanern mit einem Transparent empfangen, auf dem zu lesen stand: »Duce, noi dormiamo con la testa sullo zaino.« Ich übersetzte mir den Satz mit »Duce, wir schlafen mit dem Kopf auf dem Rucksack«. Das klang allerdings etwas hippiehaft. Ich hatte während meiner ersten Tramptouren nach Paris oder Amsterdam auch mit dem Kopf auf dem Rucksack geschlafen. Zum Glück half mir mein Wörterbuch. *Zaino* hieß nicht nur Rucksack, sondern auch »Tornister«. Das klang schon ganz anders. Tornister – so nannte sich zwar der Behälter, den ich als Grundschüler auf dem Rücken getragen hatte. Aber zugleich erinnerte das Wort auch an den Ersten Weltkrieg, an Stellungskrieg und Nächte im Schützengraben. Und »schlafen mit dem Kopf auf dem Tornister« war offenbar ein Bild für immerwährende Kampfbereitschaft. Dabei ging es ja in Carbonia nicht um militärischen Kampf, sondern um Bergbau und Kohleförderung. Aber auch das war Teil des Kampfes um die faschistische Vorherrschaft. Ich hatte genug gelesen, verstaute die Broschüre in meinem *zaino*, der kein Tornister, sondern ein Rucksack war, und machte mich auf den Rückweg, um schon zwei Tage später erneut Richtung Norden aufzubrechen. Diesmal mit Cristina und im Auto.

VIII.

»Carbonia können wir auslassen«, schlug ich Cristina vor, nachdem wir den Damm passiert hatten, was sie nicht einmal mit einem »Va bene« kommentierte. Sie wäre erst gar nicht auf die Idee gekommen, in Carbonia haltzumachen. In Carbonia ging man einkaufen. Vorzugsweise im Upim. Das war aber auch schon alles. Wer in Hamburg zu einem Bayern-Urlaub aufbrach, der würde auch nicht in Gelsenkirchen haltmachen. Wir fuhren also direkt bis Cagliari durch und entwarfen auf der Strecke dorthin unseren weiteren Reiseplan. Ich hatte mich noch in Sant'Antioco mit ihr zusammensetzen und die Rundfahrt planen, gegebenenfalls auch an den jeweiligen Orten ein Hotelzimmer reservieren wollen. Aber Cristina winkte nur ab. Sie hatte zu viel zu tun gehabt, und offenbar war es ihr auch nicht so wichtig, welche Orte wir ansteuerten. »Hauptsache, wir haben Zeit für uns«, sagte sie nur, während wir auf die Strada statale 195 einbogen, die ohnehin nicht über Carbonia führte. Dabei legte sie mir ihre rechte Hand auf den Oberschenkel, während sie mit der linken das Steuer hielt.

Ihre Hand tat mir gut. Sie war warm. Und sie bewegte sich in die richtige Richtung. Ganz langsam zwar, aber es genügte, um mich in Stimmung zu bringen und ihr vorzuschlagen, dass wir uns in Cagliari zuerst ein Hotelzimmer suchen sollten, bevor wir die Stadt ansahen. Sie schwieg, ließ mich aber per Körperkontakt wissen, dass sie einverstanden war, und konzentrierte sich dann wieder ganz und mit beiden Händen auf die Autofahrt. Ich freute mich über unsere wortlose Liebesverabredung und war zugleich und einmal mehr überrascht von ihrer Bereitschaft zu diesen kleinen frivolen Spielereien, wo sie doch andererseits geradezu unbarmherzig gleichgültig sein konnte in sexuellen Dingen.

In Cagliari fuhr sie nicht ins Stadtzentrum, wie ich es mir vorgestellt hatte. »Das hat keinen Sinn, wir finden niemals einen Parkplatz«, sagte sie nur und steuerte ein Strandhotel außerhalb der Stadt an. Sie kannte das Hotel nicht, aber ein Kunde hatte es ihr empfohlen. Als ich wissen wollte, wer dieser Kunde gewesen sei, zuckte sie nur mit den Achseln. Diese Frage war offenbar schon wieder zu viel für sie, obwohl ich sie ohne jeden Hintergedanken gestellt hatte. Also sagte ich nichts mehr, ließ sie das Hotel ansteuern, auf dessen Parkplatz wenige Autos und viele Touristenbusse standen. Das Hotel war ein Massenquartier für Pauschaltouristen, ein hässlicher Funktionsbau im Beton-Stil der Sechzigerjahre, aber direkt am sogenannten Poetto gelegen, Cagliaris kilometerlangem Hausstrand, den so mancher zu den schönsten Stränden nicht nur Sardiniens, sondern ganz Italiens zählte. Cristina störte sich nicht an der Architektur des Hotels und auch nicht an dem Zimmer, das genauso steril und unansehnlich war wie der ganze Bau. Vielmehr hielt sie ihr Liebesversprechen, und auch ich musste zugeben, dass das Hotel durchaus zu ertragen war, wenn man die Vorhänge zuzog und sich zusammen mit der Liebsten unter der Bettdecke verkroch.

Den Abend verbrachten wir ebenfalls im Hotel, unterbrochen nur von einem Strandspaziergang. Wir waren froh, für uns zu sein. Und ich war froh, Cristina endlich einmal nur für mich zu haben. Soweit man einen Menschen wie Cristina für sich haben konnte. Aber sie war so anschmiegsam wie schon lange nicht mehr. Speziell während des Spaziergangs wollte sie meine Hand gar nicht mehr loslassen. Und ich hatte schon Sorge gehabt, ich würde sie an ihre Familie und an ihre neuen Aufgaben im Gartenbaugeschäft verlieren. Im Gegenteil. Sie begann, Pläne zu schmieden. Sprach auch davon, dass es Zeit für eine eigene Wohnung sei, nach der sie sich umsehen wolle, sobald Enricos finanzielle Situation sich stabilisiert habe. Und in dieser zukünftigen Wohnung sollte es natürlich auch Platz für mich geben. Offenbar schien sie sich in Sant'Antioco heimisch zu fühlen und war voller Zuversicht, was die Zukunft anging. Ich selbst war weniger zuversichtlich. Was aber vielleicht nur an dem Maurerbüro lag, in dem ich mehr und mehr vereinsamte. In einer gemeinsamen Wohnung würde es mir besser gehen, und der Gedanke an ein Pendelleben zwischen Berlin und Sant'Antioco schien mir immer noch sehr verlockend. Wenn man sich schon nirgendwo richtig heimisch fühlte, dann war es womöglich sogar klug, zwischen zwei

Orten zu pendeln. Wobei ich eben auch jetzt ganz gern wieder nach Berlin gefahren wäre. Zumindest für einige Zeit. Wegen der Sekundärliteratur. Und auch, wenn ich ehrlich war, weil mir in Sant'Antioco und in meinem Büro die Decke auf den Kopf fiel. Aber nach Cristinas geradezu enthusiastischen Zukunftsplänen, auf die sie auch am nächsten Tag zurückkam, als wir uns Cagliari ansahen, den Dom, die Piazza Umberto I., das Castello-Viertel, um dann weiter nach Nuoro und Richtung Costa Smeralda zu fahren, zögerte ich, ihr von meinen Berlinplänen zu erzählen. Zumal ihr Berlin offenbar überhaupt nichts mehr bedeutete. Auch während unserer Tischgespräche mit Enrico und Chiara spielte Berlin keine Rolle. Cristina erzählte nichts. Und Enrico oder Chiara wollten über Berlin nichts wissen. Was mich gelegentlich störte. Ich hätte ihnen gern von Berlin etwas erzählt. Ein einziges Mal hatte ich es versucht, aber da war Enrico irgendetwas Geschäftliches eingefallen, irgendetwas, was Cristina für ihn erledigen sollte, er unterbrach mich, immerhin mit einem »Scusa«, aber danach war mein Thema trotzdem vom Tisch. Was mich geärgert hatte. Und an meine Kindheit erinnerte. Wo es bei Tisch auch immer nur ums Geschäft ging. Ich wäre am liebsten aufgesprungen und hätte gesagt: »Wenn ihr euch nicht für Berlin interessiert, dann interessiere ich mich auch nicht mehr für Sardinien!« Das wäre doch mal ein Wort gewesen. Aber so kindisch wollte ich mich natürlich nicht benehmen. Auch wenn es in meinem Kopf manchmal so zuging. Außerdem interessierte ich mich ja für Sardinien. Und war glücklich, mit Cristina ein paar Tage auf der Insel herumfahren zu können. Wobei in Cagliari für mich das Schönste unsere gemeinsamen Stunden im Hotelzimmer gewesen waren. Und der Strandspaziergang danach. Am nächsten Morgen hatten wir uns denn auch nur ein, zwei Stunden in der Stadt aufgehalten. Nach Cagliari konnten wir schließlich immer wieder fahren. Die Strecke von Sant'Antioco nach Cagliari schaffte man mit dem Auto bequem in anderthalb Stunden.

Interessanter war da schon Nuoro und vor allem Orgosolo, und weniger interessant die Costa Smeralda, die wir von Nuoro aus ansteuerten. Die Costa Smeralda hatte zwar eine schöne Küstenlandschaft zu bieten, war aber ansonsten wohl vor allem eine Attraktion für diejenigen, die sich entweder einer eigenen Villa samt eigener Jacht erfreuen konnten oder aber tagsüber anreisten, um reichen Italienern samt ihren schönen Frauen beim Urlaubmachen zuzusehen. Wir begegneten im Hafen von Porto Cervo sogar einem Kamerateam, das damit beschäftigt war, eine vollbusige Blondine in Shorts und enger weißer Bluse vor einem altertümlichen, aber offenbar aus edelsten Hölzern gebauten Segelboot zu filmen, ganz wie sich das Klein Fritzchen vorstellte, wobei in diesem Fall ich selbst Klein Fritzchen war, den das alles sehr interessierte. Aber ich tat so, als würde ich die ganze Szenerie genauso blöd finden wie Cristina, die in Wahrheit gar nicht erst richtig hinschaute, sich in Porto Cervo nur langweilte und darauf drang, weiterzufahren. Obwohl sie selbst auch keine schlechte Figur abgab. Sie hatte ebenfalls Shorts an, allerdings trug sie keine hochhackigen Riemchensandalen dazu. Cristina bevorzugte Turnschuhe, und auch sonst war sie nicht vollbusig wie die Blondine, sondern wirkte gleichsam nordafrikanisch-sportlich. Zierlich, aber energisch.

Dass sie Shorts trug, war angesichts der Sommerhitze verständlich, zumal am Strand und in Orten wie Porto Cervo, aber in Nuoro beziehungsweise auf der Fahrt von Nuoro nach Orgosolo hatte ihre Kleidung nicht nur zu Irritationen, sondern fast auch zu größerem Ärger geführt. Was aber wiederum damit zusammenhing, dass Enricos Auto Schwierigkeiten machte, der Auspuff hatte lauter und lauter geklappert, und schließlich mussten wir den Wagen in Nuoro in eine Werkstatt bringen, als wir uns gerade auf den Weg Richtung Orgosolo machen wollten. Der Mechaniker erkannte gleich das Problem, es mussten nur die Gummis in der Halterung des Auspuffs ausgetauscht werden, aber er war nicht bereit, die Reparatur sofort vorzunehmen. Auch Cristina konnte ihn nicht umstimmen, trotz Shorts und Charme, er zeigte auf ein halbes Dutzend Autos vor seiner Werkstatt, die offenbar gerade erst hereingekommen waren und deren Besitzer alle eine sofortige Reparatur gewünscht hatten, sodass ihm gar nichts anderes übrig blieb, als uns auf die Warteliste zu setzen. Was tun? Nuoro hatten wir uns bereits am Tag zuvor ausführlich angesehen, wobei der Ort uns verlassen und wie im Dämmerschlaf vorgekommen war. Das mochte an der Sommerhitze liegen, viele der Einwohner waren womöglich ans Meer gefahren, und alle anderen hatte sich in ihren abgedunkelten Wohnungen verschanzt.

Unter anderem hatten wir auch das Geburtshaus von

Grazia Deledda besucht, der sardischen Nobelpreisträgerin. Das Haus lag in San Pietro, einem der ältesten Viertel der Stadt. Ein schlichtes Gebäude mit grauer Fassade, das einem wohl niemals aufgefallen wäre. Ich hätte wohl auch niemals Grazia Deledda gelesen, wenn sie nicht eine Nobelpreisträgerin gewesen wäre. In Deutschland kannte sie so gut wie niemand. Von Romanisten und Sardologen einmal abgesehen. Grazia Deledda führte in Deutschland vor allem eine Bibliotheksexistenz. In der Uni-Bibliothek der FU konnte man fündig werden und auch in der Amerika-Gedenkbibliothek. Aus Letzterer hatte ich mir *La madre* ausgeliehen und die Erinnerungen mit dem Titel *Cosima*, die auf Deutsch unter dem Titel *Die Jugend einer Dichterin* erschienen waren und in denen Deledda, die mit zweitem Vornamen Cosima hieß, von ihren jugendlichen Anfängen als Schriftstellerin erzählt. Lawrence hatte Deledda bei aller Wertschätzung »not a first class genius« genannt, als ob es auch Genies zweiter Klasse geben könne. Deledda zeichnete sich für ihn vor allem dadurch aus, dass ihr Sardinien eine Insel der archaischen Gewalt, der Grausamkeit und der »Lust nach Fleisch« sei und ihre Romane bevölkert mit »semi-barbaric natures«.

Mir waren sardische Wildheit und sardischer Barbarismus bisher noch nicht begegnet, von Chiaras gelegentlich wild aufkreischender Tochter einmal abgesehen. Aber solche Kleinkinder finden sich wahrscheinlich auf jeder Zivilisationsstufe. Allerdings setzte ich, was Wildheit und Archaik anging, eine gewisse Hoffnung auf Orgosolo.

Abgesehen von Carloforte hatte ich mich innerlich auf keinen Ort so eingestimmt wie auf diesen. Carloforte war der Ort des Mittagsschlafs. Und Orgosolo der des Banditentums, der grausamen Männer, duldsamen Frauen und der wilden Natur. Ich hatte einiges über Orgosolo gelesen, nicht zuletzt Cagnettas Buch. Und De Setas Film kannte ich auch, den hatte ich mir in Berlin als Video besorgt. Insofern würde ich mich bestens vorbereitet oder, um es mit Thomas Mann zu sagen, »mit schon gestalteter Empfindung« Orgosolo nähern. Allerdings war der Wagen in der Werkstatt. Ob es einen Bus gab und wo und wann dieser abfuhr, wussten wir nicht. Der Mechaniker konnte uns ebenfalls nicht weiterhelfen. Aber er gab uns einen Tipp. »Stellen Sie sich einfach an die Straße, die nach Orgosolo führt, und halten Sie einen Wagen an. Jeder, der Platz hat, wird Sie mitnehmen.« Er hatte recht. Das war schließlich auch eine alte Sitte in solch einsamen und unzugänglichen Gegenden. Dass man sich mitnahm. Wie beispielsweise in Sibirien. Das hatte mir ein Bekannter erzählt, der in Nowosibirsk gewesen war. Dort konnte man offenbar jeden beliebigen Privatwagen anhalten und um eine Mitfahrgelegenheit bitten. Und man wurde zumeist auch mitgenommen. Allerdings musste man am Ende der Fahrt dafür bezahlen. Das nannte sich dann Privattaxi.

Zwischen Nuoro und Orgosolo fuhren keine Privattaxis. Es war überhaupt wenig Verkehr, als wir dann an der Ausfahrtstraße Richtung Orgosolo standen und auf ein Auto warteten. Erst einmal war kein Auto zu sehen. Und als endlich eins kam, fuhr es an uns vorbei. Und alle weiteren auch. Es dauerte fast eine Dreiviertelstunde, bis endlich ein Wagen hielt. Und was für einer. Ein vollkommen verdreckter Fiat 128, in dem zwei Männer mittleren Alters saßen, die in einem ähnlichen Zustand wie das Auto waren. Sie schienen unmittelbar von der Feldarbeit zu kommen. Oder direkt aus einem Stall. Wobei es im Wagen so roch, als wenn das Auto selbst als Stall genutzt wurde. Vielleicht hatten sie Schafe darin transportiert. Womöglich auf dem Rücksitz, wo jetzt Cristina in Shorts und mit nackten Beinen saß und wo ihr sichtlich unbehaglich war. Auch mir war unbehaglich. Wegen des Drecks in dem Wagen, aber auch wegen der Shorts und Cristinas nackten Beinen, zumal die beiden Männer auch gleich ein Gespräch mit Cristina begannen, das nicht vertrauenerweckend klang. Es klang nach verbaler Belästigung. Ich verstand zwar nichts, weil die beiden Sardisch sprachen, und zudem eins, das ich so noch nie gehört hatte, aber ich merkte es an Cristinas Reaktion. Sie hatte sonst keine Probleme damit, sich mit irgendwelchen fremden Männern zu unterhalten. Das hatte sie in der Bar gelernt. Und Anzüglichkeiten konnte sie auch parieren und sich genügend Respekt verschaffen. Jetzt aber war sie verlegen, während die beiden immer aufgekratzter wurden und der Beifahrer sich zudem dauernd zu uns umdrehte und Cristina unverhohlen anstarrte. Er starrte ihr auf den Busen und versuchte ihr auch auf die Beine zu starren, was in dem engen Wagen vom Vordersitz aus aber gar nicht so einfach war. Zugleich fixierte ich ihn jedes Mal, wenn er sich umdrehte. Zum einen, um ihn in Schach zu halten. Und zum anderen, weil ich mir einbildete, ihn schon einmal gesehen zu haben. Und zwar auf den Banditenfotos in Cagnettas Buch. Was natürlich nicht sein konnte. Die Männer auf den Fotos waren sicher längst tot. Aber vielleicht war es ja einer ihrer Abkömmlinge und hieß ebenfalls Porcu, Sotgiu, Cobgiu, Succu oder Gangas. Ein Schäfer, der zum Banditen geworden war und zum Spaß Hunde quälte. Er sah ganz danach aus. Vielleicht quälte er auch Menschen. Junge sardische Frauen oder deutsche männliche Touristen, die mit so einer jungen sardischen Frau unterwegs waren. Auf meine Frage, ob er und der Fahrer in Orgosolo lebten und Hirten seien, reagierte er jedenfalls nicht. Vielleicht hatte er sie gar nicht verstanden. Sie war wahrscheinlich auch etwas naiv gewesen, diese Frage. Eine Touristenfrage. Eine Frage von jemandem, der zu viele Sardinienbücher gelesen hatte. Aber ich versuchte die Situation durch ein Gespräch zu entkrampfen, was jedoch vollkommen sinnlos war. Ich existierte für die beiden gar nicht. In dem Wagen gab es nur den Fahrer, den Beifahrer und Cristina. Wobei der Beifahrer, statt mir zu antworten, einen Disput mit dem Fahrer begann, der anscheinend darum ging, welche Strecke sie fahren sollten. Meines Wissens gab es nur eine einzige Strecke, die direkt von Nuoro nach Orgosolo führte. Es sei denn, man würde einen Umweg machen und um Orgosolo herum- und von der anderen Seite des Hügels zum Ort hinauffahren. Falls es überhaupt einen zweiten Ortszugang gab. Ich hatte keine Ahnung, bekam aber doch einen Schreck, als ich sah, dass der Fahrer nur wenige Kilometer vor Orgosolo die Straße verließ und in eine Seitenstraße abbog, die auch keine richtige Straße, sondern eher ein Waldweg war. Genauer: erst ein steiniger Weg, der durch die Macchia führte, und dann so etwas wie ein Waldweg. Auf jeden Fall wurde es nach einiger Zeit zunehmend schattiger und dunkler um uns herum. Ich sagte, ohne lange nachzudenken: »Nach Orgosolo geht es geradeaus.« Auf Italienisch natürlich. Worauf Cristina mir beschwichtigend eine Hand auf den Oberschenkel legte und mir zuflüsterte: »Lass es.« In mir stiegen sämtliche Touristen- und Liebespaarmorde auf, von denen ich jemals gehört hatte. Außerdem war es noch gar nicht so lange her, dass ein Deutscher auf Sardinien verschwunden war. Er hatte hier allerdings mit Immobilien gehandelt. Was man besser nicht tun sollte. Man sollte auch nicht in Palermo oder Neapel mit Immobilien handeln. Ich handelte zum Glück mit gar nichts, und Cristina nur mit Gartenzubehör. Doch ich war trotzdem nervös geworden. Und fragte mich zugleich, warum Cristina so ruhig war. Aber sie war gar nicht ruhig. Das merkte ich an ihrem Mund. Ihre Unterlippe zitterte ein wenig. Aber nur ganz kurz. Dann hörte das Zittern wieder auf, sie nahm auch ihre Hand von meinem Oberschenkel und schien nachzudenken.

Unterdessen fuhr der Wagen langsamer, weil der Weg immer kurvenreicher, aber auch immer schlechter wurde. Nicht für einen Fiat 128 geeignet. Eher schon für einen Jeep oder einen Traktor. Worüber dachte Cristina nur nach? Doch hoffentlich über eine Möglichkeit, wie wir hier wieder rauskommen würden. Ich fragte sie nicht. Ich wollte sie nicht beim Nachdenken stören. Jetzt fehlte ein Förster mit Hund oder ein Soldat oder auch ein Carabiniere, der plötzlich aus dem Gebüsch auftauchte und sich dem Wagen in den Weg stellte. Aber hier war niemand. Und mit einem Campingplatz voller deutscher Touristen, auf den wir uns hätten flüchten können, war auch nicht zu rechnen. Blieb nur noch eine Autopanne. Aber auch die wollte sich nicht einstellen. Oder doch? Plötzlich machte der Motor merkwürdige Geräusche. Schleifgeräusche. Dann heulte der Motor so laut auf, dass der Fahrer den Wagen anhielt. Was dem Beifahrer allerdings nicht gefiel, der nun wieder eine Diskussion mit dem Fahrer begann, die damit endete, dass beide aus dem Auto stiegen und sich an der Motorhaube zu schaffen machten. Aber die Motorhaube klemmte. Die beiden zerrten und rüttelten an der Motorhaube, was Cristina dazu veranlasste, mir ein »Andiamo« zuzuflüstern und aus dem Auto zu steigen. Ich beeilte mich, es ihr nachzutun. Der Fiat war viertürig, und wir kamen leicht hinaus. Die Türen ließen wir absichtlich offen, trotzdem hatten die beiden natürlich bemerkt, dass wir ausgestiegen waren. Doch es schien sie nicht weiter zu stören. Sie rüttelten und zerrten weiter an der Motorhaube herum, bis sie sich endlich öffnen ließ. Für uns interessierten sie sich nicht mehr. Sie sahen uns nicht einmal nach.

Das war alles. Das war das ganze Verbrechen gewesen. Schöne Banditen waren das. Schön blöd. Die konnten sich anscheinend immer nur um eine Angelegenheit kümmern. Zu mehr reichte das Banditenhirn nicht. Entweder man verschleppte ein Anhalterpärchen in den Wald. Oder man öffnete die Motorhaube. Beides zugleich ging nicht. Zum Glück. Wir waren natürlich froh, dass wir verschwinden konnten. Cristina schlug vor, den Weg abzukürzen und quer durch die Macchia zu gehen, sodass wir viel rascher als gedacht wieder an der Straße waren, die nach Orgosolo führte. Ich atmete auf. Ließ mir aber nicht anmerken, wie erleichtert ich war. Möglicherweise war ja alles auch nur Einbildung gewesen. Vielleicht hatte ich mich zu sehr von Cagnettas Banditenporträts beeindrucken lassen. Ich dachte an Moravia, für den die Banditen von Orgosolo ethnische Überreste der Steinzeit darstellten. Aber die beiden mit dem verdreckten und hoffentlich nun auch fahrunfähigen Fiat hatten die Ehre gar nicht verdient, Überreste von irgendetwas zu sein. Sie waren gar nicht archaisch. Sie waren auch nicht wild, sondern einfach nur unangenehm. Schmuddelig, verschlagen, vulgär und auch ein bisschen blöd. Und bösartig möglicherweise auch.

Orgosolo selbst war dagegen vollkommen friedlich. Schäfer sahen wir dort keine. Dafür eine Gruppe von englischen Touristen, die sich das Zentrum des Ortes anschauten, welches insofern sehenswert war, als hier zahlreiche Hausfassaden mit Murales versehen worden waren. À la Diego Rivera. Mit kämpferischen Parolen darauf. Sowohl feministischer als auch geschlechtsübergeifender Natur: *Donne unite* stand dort geschrieben. Aber auch: *Donne e uomini uniti nella lotta.* Man konnte in einem Laden Ansichtskarten mit den Murales darauf kaufen. Was einige von den englischen Touristen auch taten. Mir kamen die nicht sehr sardisch vor, diese Murales. Eher touristisch. Aber die Engländer würden nun vielleicht die Botschaft von der sardischen Tradition der politischen Wandmalerei nach London und Liverpool und vielleicht auch nach Oxford und Cambridge tragen. Ansonsten war von kämpferischer Stimmung in Orgosolo nichts zu merken. Alles war friedlich. Am friedlichsten war der Friedhof, der an einem Hang lag, von dem aus man einen weiten Blick auf die Landschaft hatte. Es war heiß, man hörte die Grillen zirpen, am Himmel war fast keine Wolke zu sehen, und hoch über uns kreisten zwei Greifvögel. Sie zogen mit wenigen Flügelschlägen und in vollkommener Ruhe ihre Kreise. Gänsegeier vielleicht, meinte Cristina, die auf Sardisch *ingurturiu* hießen. Wobei sie das Wort *ingurturiu* regelrecht gurrte. Gänsegeier hatten eine enorme Flügelspannweite, und im Supramonte sollte es noch wenige Exemplare davon geben.

Wir suchten uns einen schattigen Platz, setzten uns auf eine Steinbank, schauten den Vögeln nach, die ihre Kreise weiter und weiter zogen und sich langsam entfernten, und lauschten den Grillen. Wir waren im Süden angekommen. Dass die Toten um uns waren, störte uns nicht. Im Gegenteil. Auch wir waren in Arkadien. Die Bank war lang genug, um sich darauf auszustrecken, was Cristina auch tat, wobei sie ihren Kopf auf meinen Schoß bettete. Sie schien erschöpft. Wir waren beide erschöpft. Und schliefen irgendwann auch beide ein. Sie im Liegen und ich im Sitzen. Wir schliefen so lange, bis Stimmen uns weckten. Englische Stimmen. Nun hatten die Engländer auch den Friedhof entdeckt. Wogegen nichts zu sagen war. Wir aber nahmen es zum Anlass, uns wieder auf den Weg zu machen. Vorher aßen wir in einer Bar noch ein Panino, tranken einen Cappuccino dazu und erkundigten uns nach der Bushaltestelle, die zum Glück gar nicht weit entfernt war. Eine regelmäßige Busverbindung nach Nuoro gab es auch. Auf dem Weg zur Haltestelle kamen wir an einem Haus vorbei, an dem ein Filmplakat hing. Hoch oben an der Wand eines hellrosa gestrichenen Hauses und von einem steinernen Rahmen umgeben, wurde Vittorio De Setas Film angekündigt: *Banditi a Orgosolo. Film diretta da Vittorio De Seta. Interpretato dai Pastori di Orgosolo.* Der Film war hier offenbar ein Dauerbrenner. Immerhin stammte er aus dem Jahr 1960. Erst bei näherem Hinsehen merkten wir, dass es sich gar nicht um ein wirkliches Filmplakat handelte, sondern um eine Wandmalerei. Der Maler hatte das Plakat täuschend echt an die Wand gemalt. Ein *trompe-l'œil.* Zumindest von Weitem. Einschließlich der Aufkleber mit Orts- und Preisangabe: *Cinema Fontana* und *Ingresso L. 150.* Wer auch aus der Nähe nicht merkte, dass es sich um Malerei und nicht um ein echtes Plakat handelte, den hätte der Preis stutzig machen können. Für hundertfünfzig Lire konnte man jetzt nirgendwo mehr ins Kino gehen. Ich hatte den Film in Berlin gesehen – auf Video. Und er hatte mich beeindruckt. Ein trauriger Film, der erzählte, wie ein Hirte aus Orgosolo unverschuldet mit den Carabinieri in Konflikt geriet, seine Herde verlor und am Ende aus purer Not selbst zum Banditen wurde. Ein sardischer *film noir,* und dies im Wortsinne. Ich saß vor dem Fernsehschirm und blickte in sardische Schwärze, so düster war es in Orgosolos Gassen. Jetzt war das Filmplakat, das die beiden Hauptdarsteller zeigte, zu einer Art Denkmal geworden. Die Hirtenschicksale und das Banditentum hatten die posthistorische Phase erreicht. Es gab nicht nur Bücher, Filme und ethnologische Studien darüber, und die echten Hirten waren in De Setas Film nicht nur zu Schauspielern ihrer selbst geworden: *Interpretato dai pastori.* Jetzt diente auch schon das Filmfoto der Schauspieler, die die Hirten waren, als Vorlage für eine Wandmalerei, die nicht nur vortäuschte, ein echtes Filmplakat, sondern auch ein echt orgosolesisches Mural zu sein, obwohl solche Murales hier ja eigentlich gar nichts zu suchen hatten. Schließlich waren wir nicht in Mexiko.

Aber schön war es trotzdem, und was nicht echt wirkte, konnte ja noch echt werden. Und besser als die beiden Typen in dem Fiat 128 war diese Art Traditionserhalt allemal. Insofern verließen wir Orgosolo durchaus versöhnt. Auch Cristina war zufrieden. Allein schon die Tatsache, dass ich mich für all das interessierte, machte sie zufrieden. Sie selbst wäre wahrscheinlich auch sehr gut ohne Orgosolo zurechtgekommen. Sie wunderte sich auch nicht länger als notwendig über die Murales, sagte aber, nachdem wir nach Nuoro gefahren waren, den Wagen aus der Werkstatt geholt und uns Richtung Porto Cervo auf den Weg gemacht hatten, in einem Tonfall, als ob ihr die ganze Tragweite unserer Tramptour erst jetzt bewusst wurde: »Diese Typen sind gefährlich.« Ich nickte nur stumm. Bekam aber noch nachträglich einen Schreck und war zugleich froh darüber, dass sie diesen Satz nicht schon im Fiat gesagt hatte. Wir wären womöglich gemeinsam in Panik geraten und hätten das Unheil dadurch erst heraufbeschworen, statt einfach davonzuspazieren.

In Alghero wollten wir eine wirkliche Ferienpause einlegen und wenigstens zwei Tage bleiben. Darum hatten wir auch für Sassari, das ja auf unserer Route lag, nur einen Zwischenhalt eingeplant, der sich mehr oder weniger darauf beschränkte, in der Nähe des Doms etwas zu essen und anschließend in einem Haushaltswarenladen einzukaufen. Der Laden befand sich auf der Piazza Tola und hatte eine enorme Menge an Haushaltswaren vor dem Geschäft ausgebreitet. Allerdings hatte ich wenig Lust, wertvolle Urlaubszeit mit dem Einkauf von Haushaltswaren zu vergeuden, und bot Cristina an, dass ich nach unserer Rückkehr gern ein weiteres Mal nach Carbonia fahren würde, um die entsprechenden Artikel im Upim zu kaufen. Sie erwiderte, dass es das, was sie brauchte, gar nicht im Upim gebe. Da hatte sie wahrscheinlich recht, wenn ich mir anschaute, was dort alles vor dem Laden ausgebreitet beziehungsweise an die Ladenfassade und die Metallstreben der Markise gehängt worden war: Plastikkanister, Gemüsekörbe, Trichter aus Blech und auch aus Plastik, Schöpflöffel, die verschiedensten Tongefäße, Drahtkörbe, Getreidemühlen, Siebe, kleine und größere und auch ein paar sehr große, und vieles andere mehr. Wozu brauchte eine Hausfrau aus Sassari so viele Siebe? Und was füllte sie mit den verschiedenen Trichtern ab? Wein? Olivenöl? Essig? Möglicherweise. Hier hatte vielleicht jede zweite Familie noch Landbesitz, mit Weinstöcken, Oliven, Obstbäumen. Der Laden sah ganz danach aus. Der sah nicht nach Küchenbedarf für ein Zweizimmerapartment aus. Und was Cristina einkaufte, diente ebenfalls nicht der eigenen Küche. Die sie ja auch gar nicht hatte. Sie konnte allenfalls für Chiaras Haushalt einkaufen. Oder für den Gartenbaubetrieb. Doch das hätte sie viel billiger im Großhandel erwerben können, was ich ihr auch sagte. Oder war das etwa verboten, als Einzelhändler für Gartenbedarf Siebe im Großhandel einzukaufen? Aber sie hörte gar nicht auf mich, sondern packte alle möglichen Sachen in den Kofferraum. Zwar kein einziges Sieb, dafür aber mindestens ein Dutzend verschieden große Plastikkanister sowie einen enorm hohen Topf. Der Topf war im Grunde eher ein Rohr als ein Topf, ein Rohr mit einem Deckel darauf. Ich hatte keine Ahnung, was man damit anfing. Aber ich fragte lieber nicht, sondern verhielt mich unterstützend, half beim Einpacken und sagte ansonsten kein einziges Wort. Denn hier war nicht mehr die Reisegefährtin aktiv, sondern die Geschäftsfrau. Der ich nicht mit irgendwelchen ironischen Bemerkungen ins Handwerk pfuschen wollte. Nicht mal zu dem Ofenrohr mit Deckel darauf machte ich eine Bemerkung, sondern verstaute alles im Auto und hoffte zugleich, dass sie ihren Kopf jetzt wieder frei hatte für unsere knapp bemessene Zeit zu zweit.

Meine Hoffnung wurde nicht enttäuscht. Die zwei Tage in Alghero wurden zu einem wirklichen Strandurlaub. Wenn auch en miniature, zeitlich gesehen. Zwei Tage Strand mit Strandliege. Und einem muskulösen Adonis, der für die Vermietung der Strandliegen zuständig war und sich ein wenig zu oft um unser beziehungsweise Cristinas Wohlergehen kümmerte. Alle halbe Stunde schaute er vorbei und fragte, ob alles in Ordnung sei. Die Liege? Der Schirm? Wobei er die Liege *lettino* und den Schirm *ombrellone* nannte, was in meinen Ohren irgendwie kindlich klang, obwohl es sicher korrekt war. »Il lettino, l'ombrellone, tutto a posto?«, fragte er dann, was nur ein Vorwand war, um mit Cristina in Kontakt zu kommen. Manchmal ging er dabei auch neben ihrem *lettino* in die Knie, hantierte an der Liege herum, schaute nach, ob die Füße richtig standen, oder schob ein wenig Sand unter der Liege hin und her, als würde er für mehr Standfestigkeit sorgen. Aber solange er nicht übergriffig wurde, konnte man nichts dagegen machen. Und Cristina schien es auch nicht weiter zu stören, wenn er sich neben oder gar unter ihrer Liege zu schaffen machte und ihr dabei auf den weißen Bikini und die braune Haut starrte. Sollte er doch. Es schien sie sogar ein wenig zu amüsieren. Aber wiederum nicht so sehr, dass ich hätte eifersüchtig werden müssen. Wobei ich gegen diese männlichen Strandschönheiten ohnehin keine Chance gehabt hätte. Gegen die war nicht anzukommen. Die suhlten sich geradezu in ihrer eigenen makellosen Körperlichkeit. Und sahen meistens ja auch unverschämt gut aus. Beruhigend, dass sie nicht auch noch promoviert waren. Aber selbst das war nicht garantiert. Es gab durchaus studierte und intelligente junge Männer darunter. Glücklicherweise schien Cristina von unserem Freund vollkommen unbeeindruckt zu sein und sich ganz auf ihr eigenes Ausruhen und Sonnenbaden zu konzentrieren. Das wir nur gelegentlich unterbrachen, um in einem Restaurant direkt am Jachthafen etwas zu essen oder ein wenig im Ort herumzuspazieren, der so mediterran war, wie man es sich nur wünschen konnte. Nicht eigentlich sardisch, sondern katalanisch. Eine katalanische Festungsstadt. Hier hatten einst die Spanier geherrscht. Schafe und Hirtenelend schien es hier nicht zu geben. Allerdings gleich mehrere Schlachtereien, die mit *Cavallo* und *Asinello* warben. War das auch katalanisch? Ich war mir nicht sicher. Hatte aber sogleich Mitgefühl mit den armen Kreaturen und aß aus Prinzip weder Pferd noch Esel. Sondern lieber Rindersteak. Da kam merkwürdigerweise kein Mitgefühl auf. Oder erst nach längerem Nachdenken. Nach sehr langem Nachdenken. Hier aber, im Hafenrestaurant, aßen wir sowieso Fisch. Mittags und abends. Und gaben uns ansonsten ganz ungehemmt dem Urlauberglück hin. Ich wurde, was die Hautfarbe anging, rot dabei. Und Cristina immer dunkler, sie war ja von Natur aus schon mit einer nordafrikanischen Bräune gesegnet. Über meine Röte amüsierte sie sich. Typisch deutsch war das für sie. Ich gönnte ihr das Vergnügen. Und ich tat ihr auch den Gefallen, wiederholt das Wort *apoplessia* auszusprechen, das sie glaubte mir beibringen zu müssen. Dabei kannte ich das Wort. Aber sie hatte gerade ihre humorige Phase. Die Tage in Alghero waren insgesamt heiter. Was sicher auch daran lag, dass der Strandurlaub eben nur zwei Tage dauerte. Ich war nicht so der Urlaubstyp. Und mit Strandurlaub konnte ich noch weniger anfangen. Aber zwei Tage waren akzeptabel. Cristina hätte sich wohl auch zwei Wochen Badeferien vorstellen können. Wären die Arbeitsverpflichtungen nicht gewesen. Doch mit so einem Kurzurlaub kam sie auch klar. Sie war eben anpassungsfähig. Das hatte sie in Berlin genauso wie in Sant'Antioco bewiesen. Ich dagegen war froh, dass es bei zwei Tagen Strandurlaub blieb. Die Aussicht auf einen dritten Tag hätte mir möglicherweise auch schon den zweiten verdorben. Man konnte eben nicht vernünftig arbeiten am Strand. Und sich in seine Papiere und Bücher vertiefen. Die Vorhänge zuziehen konnte man am Strand auch nicht. Und man war zudem nicht nur von schönen Bademeistern, sondern auch von lauter halb nackten oder auch, je nach Badekleidung, fast ganz nackten Mädchen und Frauen umgeben, was mich immer schon, ob am Strand oder in der Badeanstalt, irgendwie ratlos gemacht hatte. Denn ignorieren ging nicht. Dauernd hinstarren aber auch nicht. Was also tun? Ich wusste es nicht. Das war in Alghero zum Glück kein so großes Problem, weil ich ja nicht allein und Cristina mir immer noch fremd genug war, um sie nicht immer neu zu bestaunen. Schließlich trug sie einen weißen Bikini, der von Stunde zu Stunde noch weißer strahlte, weil sie von Stunde zu Stunde dunkler wurde. Ich war nicht nur stolz auf meine attraktive Freundin, ich war auch stolz auf ihren Bikini. Und das genügte mir. Alle anderen halb oder auch fast Nackten ließen mich diesmal gänzlich ungerührt.

Beinahe hätte ich mir vorstellen können, sogar noch einen dritten Tag in Alghero zu bleiben, war dann aber doch froh, als auch Cristina zum Aufbruch mahnte. Alles, was jetzt noch vor uns lag, würde schon der Rückweg sein. Oristano, die Nuraghe Su Nuraxi und das Ausgrabungsgebiet in Villanovaforru sowie das Minengebiet im Sulcis. Letzteres war nicht gerade eine touristische Attraktion, aber wir fuhren ohnehin durch die Gegend.

Oristano war ein freundliches Städtchen, von dem mir aber bis auf das mächtige Stadttor, Torre di San Cristoforo oder auch Torre di Mariano genannt, nur wenig im Gedächtnis blieb. Kleinstädtische Geschäftigkeit herrschte hier, und abends sammelten sich die Einwohner auf der

Piazza wie in so vielen anderen italienischen Städten auch. Einzig das Hotel wich von allen anderen ab, in denen wir zuvor gewohnt hatten. Es war wiederum eine Empfehlung gewesen, wegen der ruhigen Lage und der niedrigen Zimmerpreise. Ob die Empfehlung von demselben Kunden kam, dem wir auch die Betonburg in Cagliari zu verdanken hatten, fragte ich Cristina gar nicht erst. Das Hotel lag nicht im Zentrum der Stadt, sondern etwas außerhalb, in einer Wohnstraße. Auf dem Parkplatz standen nur zwei Autos. Eine freundliche jüngere Frau mit großen Ohrringen und hennabraun gefärbten Rastalocken zeigte uns unser Zimmer, das geräumig und komfortabel war, wenn auch äußerst düster, was die Einrichtung anging. Der Schrank, die Kommode, die Nachtschränke, die Betten – alles war aus schwarzem Holz gefertigt. Und der Fußboden dunkelbraun gefliest. Dass über dem Bett ein Kruzifix hing, störte uns nicht, wir waren schließlich in Italien. Eher schon störte die Tatsache, dass im Nebenzimmer ein Fernseher lief. Dröhnend laut. Zudem war unser Zimmer mit dem Nebenzimmer durch eine Tür verbunden, was der Schalldämmung abträglich war. Der Fernseher lief mit gleicher Lautstärke offenbar den ganzen Tag bis zum frühen Abend, aber zum Glück nicht in der Nacht. Am späteren Abend wurde gehustet, aus der Tiefe verschleimter Bronchien heraus, und nachts wurde geschnarcht, wenn auch nicht sehr laut. So wie alte Damen eben so schnarchen. Dass es sich bei unserer Nachbarin um eine alte Dame handelte, bemerkten wir aber erst am nächsten Morgen, weil sie nämlich in eben dem Moment, als wir zum Frühstück gingen, im Bademantel aus ihrem Zimmer trat. Wollte sie im Bademantel frühstücken? Während wir nach dem Frühstück in unser Zimmer zurückkehrten, sahen wir noch verschiedene andere alte Damen in Bade- und Hausmänteln über die Flure gehen. Mit anderen Worten: Wir waren in einem Altersheim gelandet. Das Hotel war nur in Teilen ein Hotel. Bei den alten Damen handelte es sich um Dauergäste. Das bestätigte uns auch die Frau an der Rezeption, als Cristina sie ohne Umschweife fragte, was das denn für alte Damen seien. Es wurden nur die Zimmer vermietet, die nicht von Dauergästen bewohnt wurden. Zwischenzeitlich beziehungsweise *interinalmente*, wie die Frau sagte. Es würden ja immer wieder Zimmer frei, die nicht sogleich erneut belegt würden. Die vermietete man dann eben an Tagesgäste.

Auch unser Zimmer war kürzlich erst frei geworden. Und die Möbel waren womöglich dieselben, in denen eine Bewohnerin des Altersheimes ihre letzten Jahre verbracht hatte. Vielleicht waren es sogar ihre Privatmöbel gewesen. Und das Bett ihr Sterbebett. Wir bedankten uns freundlich für die Auskunft und verschwanden. Länger als nötig wollten wir nicht bleiben. Und die Nuraghen erwarteten uns. Erst wollten wir uns die Ausgrabungen in Villanovaforru anschauen und dann Su Nuraxi. Der Höhepunkt. Die Kathedrale der Nuraghen-Kultur. Und ein zukünftiges Weltkulturerbe. Cristina war schon einmal hier gewesen, sie hatte als Kind einen Schulausflug nach Su Nuraxi gemacht. Ansonsten kannte sie sich mit den Nuraghen genauso wenig aus wie ich. Und hätte ohne Weiteres auf den Besuch der Ausgrabungsstätten verzichtet. Sie zog es zurück nach Sant'Antioco. Ins Gartenbaugeschäft. Das spürte ich deutlich. Wobei Villanovaforru auch für sie neu war und ohnehin auf dem Weg nach Barumini lag.

Die Fahrt dauerte nicht allzu lange, die Straßen waren wenig befahren und die Strecke eher langweilig. Einzig ein weißer Kastenwagen fiel uns auf, neben dem ein Pferd herlief. Erst als wir näher kamen, sahen wir, dass das Pferd mit einem Strick am Gepäckträger des Autos angebunden war und gar nicht anders konnte, als neben dem Wagen herzulaufen. Cristina überholte den Wagen und schimpfte vor sich hin. Auch mir war die ganze Szene unangenehm. Der Strick zwischen Auto und Pferdehals war gespannt. Das Tier versuchte beständig, sich von dem Auto zu entfernen, riss den Kopf nach oben und wirkte panisch. Behandelte man auf diese Weise sein Pferd? Oder war es schon auf dem Weg zum Schlachthof? Als wir an der Ausgrabungsstätte ankamen, die sich Genna Maria nannte und etwas außerhalb von Villanovaforru lag, erwartete uns ein halb fertiger, offenbar gerade im Bau befindlicher und noch nicht zugänglicher Parkplatz, auf dem nur ein Bauwagen, aber kein einziges Auto stand. Wir parkten nicht auf dem Platz, sondern ein wenig oberhalb der Ausgrabungsstätte, von wo aus man rundherum auf sonnenverbrannte, nur von dürrem Gebüsch bewachsene Hügel und auch das Nuraghen-Dorf beziehungsweise dessen Reste blicken konnte, das direkt unter uns lag.

Die Sonne brannte auch jetzt. Aber keine Grille zirpte. Und kein einziger Vogel war zu hören oder zu sehen.

Wer sich nach Einsamkeit sehnt, der sollte nach Villanovaforru fahren. Auch das Ausgrabungsgelände schien vollkommen verlassen, und wir rechneten schon damit, am Eingang beziehungsweise am Kassenhäuschen ein Schild mit der Aufschrift *Chiuso* vorzufinden, und wären fast entmutigt wieder umgekehrt. Aber da war kein Schild. Sondern ein ganz normales Kassenhäuschen mit geöffnetem Schiebefenster, hinter dem allerdings niemand saß. Personal war aber trotzdem genügend vorhanden, denn gleich hinter dem Eingang saßen im Inneren des Geländes drei Frauen mittleren Alters auf einer Bank und picknickten. Brot, Salami, Käse konnte ich schon von Weitem erkennen. Oliven, Tomatenscheiben und geschältes Obst erst bei näherem Hinsehen. Sie ließen es sich offenbar gut gehen, und es dauerte einige Zeit, bis sie uns bemerkten. Bevor eine von ihnen sich erhob, schauten sie uns erst einmal erstaunt an. Touristen. Nuraghen-Besichtiger. Damit hatten sie anscheinend nicht gerechnet. Dann rafften sie ihre Utensilien und Lebensmittel zusammen und erhoben sich. Alle drei. Aber nur eine von ihnen ging in das Kassenhäuschen und verkaufte uns die Tickets. Während die zweite sich in den Eingang zum Gelände stellte und die Tickets kontrollierte. Worauf die dritte, die sich inzwischen eine Uniformjacke und eine Dienstmütze aufgesetzt hatte, uns bei unserem Rundgang begleitete. In angemessenem Abstand allerdings. Aber wir fühlten uns trotzdem verfolgt und beobachtet. Welche wertvollen Kunstwerke sollten wir hier beschädigen? Oder gar stehlen? Hier war doch schon alles beschädigt. Die Zeit war nicht gerade sorgfältig mit den Nuraghen-Bauten umgegangen. Man sah zumeist nur noch die Grundmauern. Und es bedurfte einiger Fantasie, sich das frühere Leben hier vorzustellen. Dazu sollten wir vielleicht ins Museum von Villanovaforru gehen. Wir hatten es auf dem Hinweg schon gesehen. Aber unsere Lust auf einen Museumsbesuch war nicht allzu groß. Weder bei Cristina noch bei mir. Obwohl die Betrachtung dieser vorzeitlichen Grundmauern als solche nicht sehr ergiebig war. Im Falle der Nuraghen galt vielleicht mehr noch als sonst die Einsicht, dass man nur sieht, was man weiß. Und das war in unserem Falle nicht viel. Dabei waren die Nuraghen doch ein wichtiger Bestandteil des kulturellen und historischen Erbes der Insel. Vielleicht der wichtigste überhaupt. Einmal abgesehen vom *canto a tenore,* dem mehrstimmigen sardischen Männergesang. Die sardischen Tenöre hatte ich nur ein einziges Mal singen gehört. An einem Samstagnachmittag auf der Piazza Umberto. Ungefähr ein Dutzend ältere Männer standen auf der geschmückten Ladefläche eines Lastwagens und sangen. Erst alle zusammen. Und dann jeweils ein einzelner, mit hoher Tenorstimme, während die anderen Brummtöne dazu machten. Allerdings sehr eindringliche Brummtöne. Keine sonoren, sondern scharfe, schnarrende. Solche Brummtöne gab es wahrscheinlich nur auf Sardinien. Und solche älteren, bäuerlichen, untersetzten Männer mit solch hohen Stimmen gab es möglicherweise auch nur hier. Ich war jedenfalls beeindruckt von den Stimmen. Und auch von der Tatsache, dass die Männer die Texte ihrer Gesänge offenbar improvisierten. Natürlich sangen sie auf Sardisch, doch ich hörte neben zwei, drei Worten, die ich inzwischen kannte, auch die Namen Dante und Petrarca heraus. Die alten Männer von Sant' Antioco sangen von Dante und Petrarca. Und brummten dazu. Da musste man gar nicht mehr verstehen. Da hörte man und verstand, auch wenn man nicht verstand. Die Nuraghen dagegen betrachtete man und verstand eher nichts. Auch Cristina ging es so. Obwohl das ja eigentlich ihre Sache gewesen wäre, hier ein bisschen besser Bescheid zu wissen. Für sie boten die Nuraghen allenfalls Erinnerungen an einen längst vergangenen Schulausflug. Aber ich wollte vor den Nuraghen nicht leichtfertig kapitulieren. Wenn ich mich auch nicht auf eine Weise dafür interessieren konnte, wie es beispielsweise Ernst Jünger mit seiner Neigung zum Elementaren und zu Ursprungsmythen tat, wenn er über die Nuraghen schrieb: »Sie krönen die Hügel als wuchtige Kegelstümpfe, die eine frühe Erdkraft hervorgetrieben zu haben scheint.«

Vielleicht sollten wir alle Kräfte und Besichtungsenergien nun auf Su Nuraxi konzentrieren. Und die Besichtigung in Villanovaforru eher als einen Spaziergang betrachten. Und uns ein schattiges Plätzchen suchen, wo wir uns niederlassen konnten. Ausruhen. Träumen. Beieinanderliegen. Neben uralten Mauerresten. Nur Cristina und ich. Eine Smaragdeidechse raschelte im Gras, und die Zikaden sangen, so wie sie schon in der Bronzezeit gesungen hatten. Das wäre vielleicht die beste Art der Beschäftigung mit den Nuraghen gewesen. Aber da gab es die Museumswärterin, die uns noch immer auf den Fersen war und nicht aus den Augen ließ. Und uns in gewisser Weise nötigte, einerseits vor jedem Mauerrest und jedem Steinhaufen eine angemessene Zeit zu verweilen, damit wir nicht als Kulturbanausen dastanden. Und andererseits zugleich zielstrebig das Gelände abzuschreiten, denn es war unverkennbar, dass sie nur darauf wartete, sich wieder zu ihren Kolleginnen zu gesellen. Wir beschlossen, ihrem Drängen nachzugeben, verließen das Gelände, ohne alle Ausgrabungen gesehen zu haben, und machten uns auf in Richtung Su Nuraxi.

Die Fahrt dauerte gerade mal eine halbe Stunde, und hier merkte man gleich, dass es sich um eine bedeutende Ausgrabung handelte. Ein Dutzend Touristenbusse stand auf dem Parkplatz, und auch an der Kasse hatte sich eine Schlange von Wartenden gebildet. Es gab Führungen in mehreren Sprachen, und die Beteiligung an einer Führung war Pflicht. Ohne Führer war ein Rundgang auf dem Gelände nicht erlaubt, worauf ebenfalls in mehreren Sprachen hingewiesen wurde. Allerdings zeichneten sich diese Hinweise auch hier wieder einmal zu meinem – zugegeben: besserwisserischen – Vergnügen durch mangelhafte Fremdsprachenkenntnisse aus. Fehler machen wir ja schließlich alle, könnte man großzügig einwenden. Allerdings stellen wir unsere mangelnden Sprachkenntnisse nicht unbedingt in gedruckter Form auf öffentlichen Hinweistafeln aus. Und schon gar nicht auf Hinweisschildern vor Baudenkmälern und archäologischen Fundstätten, die das Zeug haben, zum Weltkulturerbe gezählt zu werden. Solche Schilder sind doch auch Visitenkarten. Da könnte irgendjemand doch mal einen kritischen Blick darauf werfen, bevor die Besucher dann lesen müssen: »Wir informieren unsere liebe Besucher dass für den Eintritt in die archäologische Stätte müssen Sie ein Eintrittskarte und für aus Sicherheitsgründen duerfen Sie nur mit Fuehrer eintreten. Kann man nicht besuchen auf ihren eigenen.« Hätte das nicht beispielsweise ein sprachkundiger Mitarbeiter der *Direzione regionale per i beni culturali e paesaggistici della Sardegna*, die meines Wissens dafür zuständig war, vor dem Aufstellen der Schilder prüfen können? Das waren ja keine simplen Aufkleber. Solche Schilder kosteten einen Haufen Geld. Das sagte ich auch zu Cristina, worauf sie nur mit der ihr eigenen Lakonie erwiderte: »Es ist geprüft worden.« Wir amüsierten uns nicht nur über die Schilder und die dafür zuständige Behörde, sondern konnten zudem die Erfahrung machen, dass es sehr leicht war, gegen die falsch geschriebenen Vorschriften zu verstoßen, indem wir mit unserer Eintrittskarte einfach das Gelände betraten und unseren Rundgang machten. Ohne jeden Führer und ohne dass man uns weiter kontrollierte oder behelligte. Mit anderen Worten: *Kann man doch besuchen auf ihren eigenen.*

Höhepunkt des Rundgangs war die Besteigung des Turms der Nuraghen-Festung, die einschließlich des Nuraghen-Dorfes mit seinen ungefähr einhundertfünfzig Rundhütten Sardiniens größte Nuraghen-Anlage überhaupt darstellte und erst in den Fünfzigerjahren des vorigen Jahrhunderts von dem Archäologen Giovanni Lilliu ausgegraben worden war. Der Turm war ursprünglich von vier weiteren Türmen umgeben, und man konnte von hier aus nicht nur über das gesamte Ausgrabungsgelände, sondern weit in eine sonnenverbrannte, einsame Ebene hineinschauen, bevor sich in dunstiger Ferne die nächsten Berge erhoben. Was hatte es hier, in dieser menschenleeren Einsamkeit, eigentlich zu erobern gegeben, fragten wir uns, dass die Errichtung solch einer Verteidigungsbastion notwendig wurde, und bedauerten schließlich, uns nicht doch einer Führung angeschlossen zu haben. Aber immerhin wusste ich dank meiner Reiseführerlektüre, dass es im 6. Jahrhundert vor Christus die Punier und im 4. Jahrhundert vor Christus die Karthager waren, die die Siedlung und die Festung angegriffen und schließlich zerstört hatten.

Wir verließen Su Nuraxi nicht unbeeindruckt von der Größe und der kriegerisch-archaischen Aura, die durchaus zu spüren war, und machten uns auf in eine andere Einsamkeit: die der Bergbauregion des Sulcis-Iglesiente. Ob hier noch gearbeitet wurde, war nicht zu erkennen. Die Fördertürme, die wir zu Gesicht bekamen, standen still. Und die Werksgelände, an denen wir vorbeikamen, wirkten verlassen. Eines betraten wir sogar, trotz eines Schlagbaumes. Der Schlagbaum wirkte morsch und verwittert, als sei er seit Jahren nicht mehr bewegt worden. Fördertürme, eine Art Kesselhaus, Strommasten, alles war hier noch vorhanden. Aber kein Mensch zu sehen und kein Laut zu hören. Nicht einmal Wachpersonal schien es zu geben. Wir streiften durch das Gelände und bogen schließlich in einen Weg ab, auf dem ein Schild nach *Sau Lucio* wies. Was immer damit gemeint war. Die Umzäunung des Minenbereichs war teilweise zerstört, wir stiegen über einen niedergetrampelten Zaun, kletterten einen Hang hinauf und sahen von dort auf eine Landschaft aus rotbraunen Abraum- und Erzschlammhalden. Eine Giftlandschaft voller Cadmium, Zink und Blei. Die Halden gingen über in ein ebenfalls rötlich braunes Erdbecken, aus dessen Mitte sich ein bunkerartiges Gebäude einschließlich seiner durch Abgrabungen freigelegten Fundamente erhob, das wie ein Überrest aus dem Zweiten Weltkrieg aussah. Ein Küstenwachturm mitten an Land. Wir gingen zurück zu dem Zaun und folgten ihm eine Zeit lang, bis wir an ein ausbetoniertes Flussbett kamen, durch das möglicherweise einmal Wasser geflossen war. Jetzt war das Flussbett mit Abfall gefüllt. Hausmüll war hier entsorgt worden, aber auch, was wir erst bei näherem Hinsehen bemerkten, mehrere Tierkadaver, deren Gliedmaßen unter Plastikplanen hervorragten. Schafe vielleicht oder auch Ziegen. So genau wollten wir es gar nicht wissen, gingen zum Wagen und setzten unseren Weg fort. An der Abzweigung nach Iglesias rückten die Erzschlammhalden bis dicht an die Straße heran. Wenn man die Augen zusammenkniff, hätte man glauben können, durch die Sahara zu fahren, vorbei an verwitterten Dünen und von Wind und Regen ausgespülten Felsformationen.

IX. In Sant'Antioco war die erste Nachricht, die uns erwartete, dass die Frau des Tabakwarenhändlers gestorben war. An Thalassämie. Das erzählte uns Enrico, während wir Cristinas Einkäufe aus dem Wagen luden. Und er sagte auch, dass morgen der Sarg vom Wohnhaus der Verstorbenen zur Kirche getragen würde. Das kannte ich nicht, dass man den Sarg durch den Ort trug. Eine Ehrung für die Verstorbenen. Das hatte es in meiner Heimat nicht gegeben. Ich konnte mich jedenfalls nicht daran erinnern. Aber in meiner Heimat wurden die Toten auch nicht zu Hause aufgebahrt, wo die Nachbarn und Bekannten von ihnen Abschied nehmen konnten. Enrico war schon im Haus des Tabakhändlers gewesen. Ich fragte mich, ob die Thalassämie, bei der es sich ja um eine Erbkrankheit handeln soll, nicht auch mit der Umweltvergiftung durch die Industrie und den Bergbau zusammenhängen könnte. Sickerten im Sulcis-Iglesiente nicht beständig Gifte in den Boden, die sich weiter und weiter ausbreiteten? Diffundierten? Durch alle Poren drangen bis in die tiefsten Wasseradern? Und wurde nicht beständig Giftstaub von den Halden über die ganze Insel geweht? War der Zementstaub auf meinem Schreibtisch gar kein Zementstaub? Schimmerte er nicht manchmal rötlich, wenn ein Sonnenstrahl darauf fiel? Ich glaubte, ihn schon gesehen zu haben, diesen rötlichen Schimmer. Als ich Enrico darauf ansprach, winkte er nur ab. Das stünde in jedem Lexikon, dass es sich bei Thalassämie um eine Erbkrankheit handle. Was aber für mich nichts daran änderte, dass sich nicht weit entfernt von hier eine zerstörte Landschaft voller Umweltgifte befand. Aber auch das schien ihn nicht besonders zu interessieren. Obwohl es doch sein Metier war. Gartenbau. Landschaftsgestaltung. Er hätte beim Gedanken an die Erzschlammhalden doch geradezu in Tränen ausbrechen müssen. Was er aber nicht tat. Es interessierte ihn nicht besonders. Er war vollauf mit dem Lungomare beschäftigt. Den Blumenbeeten, dem neuen Straßenpflaster, den Sitzbänken. Und er war begeistert von Cristinas Einkäufen. Den Kanistern. Auch das silbern glänzende Rohr mit dem Deckel begeisterte ihn. Ich sagte lieber nichts dazu, ich sagte auch zu dem Tod der Zigarettenhändlerin nichts weiter, obwohl er mich mehr berührte, als ich erwartet hatte. Ich verabschiedete mich von Cristina, die mich allerdings noch ein Stück in Richtung meiner Unterkunft begleitete. Und mir sagte, dass ihr die kleine Rundreise gefallen habe. Mir hatte sie auch gefallen. Mir hatte auch Cristina gefallen, sehr sogar. Und dies nicht nur, weil sie eine echte Strandschönheit war. Sondern auch, weil sie sich nichts weiter darauf einbildete. Und überhaupt ganz unkompliziert gewesen war. Und selbst in schwierigen

Situationen wie der mit den beiden Männern aus Orgosolo die Ruhe bewahrt hatte. Jetzt allerdings, als wir uns an einer Straßenecke mit einer Umarmung und einem Kuss verabschiedeten, hatte ich das Gefühl, dass sie tieftraurig war und gleich zu weinen beginnen würde. Ich sah einen feuchten Schimmer in ihren Augen und bemerkte wieder dieses kleine, fast unmerkliche Zittern der Unterlippe. Die dann auch während unseres Abschiedskusses noch ein wenig zu zittern schien. Ging ihr der Tod der Zigarettenhändlerin ebenfalls nahe? Ich nahm es eigentlich nicht an. Sie kannte die Frau doch gar nicht. Als Enrico von ihrer Erkrankung erzählt hatte, schien sie keinen besonderen Anteil daran zu nehmen. Und in dem Laden kaufte sie ebenfalls nicht ein. Keine Tabakwaren, dazu rauchte sie viel zu selten, und auch keine Zeitungen.

Es half nichts, wir gingen nach unserer Reise betrübt auseinander. Ein jeder an seine Stelle, wie es in der Bibel hieß. Draußen war es inzwischen schwärzeste Nacht, keine Sterne, kein Mond, und ich beeilte mich, schnellstens ins Bett zu kommen. Auch den Blick auf den Schreibtisch vermied ich. Da lag *Der Tod in Rom*, an den ich jetzt nicht denken wollte. Und auch nicht daran, dass ich während der letzten Wochen mit meiner Arbeit viel weniger vorangekommen war, als ich es mir vorgestellt hatte. Doch morgen würde ich weitersehen. Erst einmal nahm ich mir vor, möglichst lange auszuschlafen. Mit möglichst guten Gedanken. An Alghero beispielsweise, an das Meer, an Cristina. Ich hätte sie jetzt gern neben mir gehabt.

Ich schlief unruhig und wachte mehrmals auf in dieser Nacht, schlief aber zum Glück wieder ein. Ich hatte mir auch keinen Wecker gestellt, den Wecker sogar im Schreibtisch verstaut, weil mich das Ticken gestört hatte. Doch irgendwann schlief ich nicht wieder ein, wälzte mich nur noch im Bett herum, obwohl es immer noch stockdunkel war, zumindest drang durch meinen Fensterschlitz auch nicht der kleinste Lichtschimmer. Also stand ich auf, ging ins Büro und konnte selbst durch das geschlossene Rollgitter sehen, dass draußen heller Tag war. Ich zog das Rollgitter hoch, so wie ich es jeden Morgen nach dem Aufstehen tat. Dann nahm ich den Wecker aus der Schreibtischschublade: kurz vor elf. Normalerweise ließ ich mich durch das Tageslicht wecken, das durch den Fensterspalt ins Schlafzimmer fiel, und stand immer recht früh auf. Der Wecker, den ich trotzdem stellte, klingelte meist erst, wenn ich schon frühstückte.

Obwohl draußen die Sonne schien, herrschte noch immer völlige Dunkelheit in meinem Schlafzimmer, sodass ich das Licht anknipste, einen Hocker zu Hilfe nahm und mir die Fensteröffnung genauer ansah. Sie schien verschlossen. Wie von außen zugemauert. Ich steckte meine Hand hindurch, fühlte keinen Stein, sondern Holz. Hatte jemand ein Brett vor das Fenster genagelt? Ich drückte gegen das Holz, aber nichts rührte sich. Ich sah jedoch, dass es helles und glattes Holz war. Ich drückte noch einmal dagegen – ohne Erfolg. Ich würde keinesfalls in einem fensterlosen, zugenagelten Raum schlafen. Ich brauchte nicht nur das Morgenlicht. Sondern auch Luft. Wer hatte überhaupt Zugang zu dem Hof? Wobei es möglicherweise gar kein Hof, sondern ein Lichtschacht zwischen zwei Gebäuden war. Und wo befand sich das angrenzende

Gebäude? Ich hatte mich nie darum gekümmert. Warum auch. Bisher hatte es keinen Anlass gegeben. Aber jetzt gab es einen. Ich zog mich an, frühstückte rasch und suchte nach dem Zugang zu meinem Hinterhof. Der Zugang war nicht leicht zu finden. Im Haus nebenan befand sich eine Wäscherei, und die Besitzer, die wie immer mit Bügeln und Mangeln beschäftigt waren, meinten, dass der Hof zur Tischlerei gehöre. Von einer Tischlerei hatte ich bisher noch gar nichts gesehen. Und auch nichts gehört. Zum Glück. Kein Hämmern, kein Klopfen, keine Kreissäge, die mich aus dem Schlaf riss. Im Gegenteil. Es war in meinem Maurerbüro bisher enorm ruhig gewesen. Zu ruhig fast. Als ich fragte, wo denn die Tischlerei sei, erklärte mir die Frau den Weg, und ich machte mich auf die Suche. Neben der Wäscherei bog eine schmale Gasse ab, in die ich hineinging, und schon bald stieß ich auf eine weitere Gasse, die wiederum in einem scharfen Winkel abbog und an einem Hauseingang endete. Die Frau hatte mir gesagt, dass der Eingang immer offen und in Wahrheit ein Durchgang sei und dass ich ihn ohne Weiteres benutzen könne. Gleich nach dem Eingang führten rechts und links Treppen hinauf. Wahrscheinlich zu Wohnungen, die sich im oberen Bereich befanden. Ich folgte aber dem Durchgang, der ziemlich lang und dessen Wände nur bis zur Hälfte verputzt und geweißt waren. Dann wurde der Durchgang dunkel und grottenhaft, bis er schließlich zu einem Innenhof führte, in dem sich eine Werkstatt befand. Die Räume waren verschlossen, Licht brannte auch keins. Aber durch die Scheiben konnte ich trotzdem erkennen, dass es sich um eine Tischlerei handelte. Ob der

Tischler Zugang zu meinem Hof hatte, konnte ich nicht sehen, aber ausschließen konnte ich es auch nicht. Falls das der Fall war, dann hatte der Tischler womöglich während meiner Abwesenheit Holz im Hinterhof gelagert. Vielleicht tat er das sogar regelmäßig, ohne dass es jemanden gestört hatte, denn das Maurerbüro war monatelang nicht genutzt worden. Jetzt aber störte es. Mich störte es. Ich würde Beklemmungen bekommen in einem vernagelten beziehungsweise zugestellten Schlafraum. Besonders im Sommer, wenn sich die Hitze staute. Bisher hatte der Fensterschlitz für ausreichend Frischluft gesorgt.

Das Problem würde leicht zu lösen sein, der Tischler brauchte ja nur das Fenster frei zu machen, ansonsten konnte er dort so viele Bretter abstellen, wie er wollte. Allerdings war die Tischlerei geschlossen. *Chiuso per ferie* stand auf einem Schild an der Eingangstür. Ich ging zurück ins Büro und nahm mir vor, es in den nächsten Tagen noch einmal zu versuchen. Jetzt würde ich mich an meine Arbeit setzen müssen. Siegfried der Komponist wartete. Seine Symphonie musste interpretiert werden. Ich hatte gelesen, dass es eine Oper über die Nuraghen gab. *I Shardana,* der sardische Komponist Ennio Porrino hatte sie in den Fünfzigerjahren komponiert. Wie das wohl klingen mochte. Arien aus der Bronzezeit. Gut, dass Siegfried keine Nuraghen-Oper komponiert hatte, sondern nur eine ganz normale moderne Fünfzigerjahre-Symphonie. Ich blätterte in dem Roman herum und suchte die Stellen mit der Symphonie. Ich fand sie nicht. Das Blättern strengte mich an. Ich wurde müde. Meine Fingergelenke schmerzten. Ich hatte keine Lust auf den

Tod in Rom. Ich hatte eine *Tod in Rom*-Abwehr. Ich hatte auch keine Lust auf mein vernageltes Schlafzimmerfenster. Ich wollte nicht in einem Sarg schlafen. Ich bekam jetzt schon Atemnot, wenn ich nur daran dachte. Ich würde mein Bett im Büroraum aufstellen müssen. Ich wollte aber nicht im Büroraum schlafen. Ich wusste nicht, was ich wollte. Ich war deprimiert. Es war plötzlich zu viel Tod um mich herum. Und es hatte mich auch gekränkt, dass Cristina so traurig war nach unserer Reise. Dabei war es doch eine schöne Reise gewesen. Auch die Nächte waren schön gewesen und unsere Umarmungen. Cristinas salzige Haut nach dem Strand in Alghero. Das war am schönsten gewesen. In Oristano war es vielleicht weniger schön gewesen. Im Altenheim. Im Sterbebett einer alten Frau. Aber da hatten wir auch auf jede Umarmung verzichtet. Ich dachte an eine Abbildung auf einer Kunstpostkarte, die ich mir einmal in Berlin in der Gemäldegalerie Dahlem gekauft hatte. Darauf war der Tod abgebildet. Mit Umhang und Krone auf dem Schädel. König Tod. In der linken Hand trug er die Weltkugel, in der rechten eine Sense, auf deren Klinge die Worte »nemimi parco« standen: »Ich verschone niemanden.« Später schlug ich dann den vollständigen Satz nach: »Nemini parco qui vivit in orbe.« Was so viel hieß wie: »Ich verschone niemanden, der in der Welt lebt.« Diese Todesdarstellungen gab es auch in Sardinien. Unter anderem in der Krypta der Kirche San Sepolcro in Cagliari. Die Kirche konnte ich immer noch besuchen. Jetzt wäre mir nicht danach zumute gewesen. Jetzt wäre ich gern nach Berlin gefahren. Da war es laut und lärmend und lebendig. Ich hatte

Sehnsucht nach Schöneberg. Ich hätte gern den 48er vorbeifahren gehört. Sodass die Kaffeetasse auf meinem Schreibtisch erzitterte. Hier erzitterte nichts. Hier war alles ruhig. Wer auf die Strada statale 126 wollte, um Sant' Antioco zu verlassen, fuhr offenbar gar nicht über die Via Roma, wie ich anfangs geglaubt hatte. Der Verkehr vor meiner Tür war jedenfalls unerheblich. Auch der Hafen und das Meer waren ruhig. Das Meer vor Sant'Antioco war ja auch nur eine Lagune. Selbst der Grunewaldsee schlug an manchen Tagen mehr Wellen als dieses Meer. Ich würde mit Cristina sprechen. Wegen Berlin. Wegen der Bibliotheken, die ich aufsuchen musste. Ohne Arbeit war auch die Liebe nichts. Wer wusste das besser als sie, die schon jetzt zu einer Geschäftsfrau geworden war und im Urlaub statt Schmuck oder einer Bluse ein Dutzend Kanister und ein Ofenrohr einkaufte. Alles war ruhig, aber ich, dem Ruhe ansonsten über alles ging, hatte Sorge, keine Ruhe mehr zu finden in dem Maurerbüro. Keine Arbeitsruhe. Für die ewige Ruhe war es noch zu früh. Mich störte auch der Zementstaub auf den Büchern und an den Händen. Manchmal schmeckte ich ihn sogar auf der Zunge. Vielleicht war Cristina deshalb traurig gewesen. Weil sie schon ahnte, dass ich Sehnsucht nach Schöneberg hatte.

Zwei Stunden brauchte der Bus bis Cagliari. Und die Fähre nach Civitavecchia fuhr jeden Tag. Gegen eine Berlinreise war schließlich nichts einzuwenden. Viele Menschen pendelten. Ich kannte jemanden in Berlin, dessen Frau lebte und arbeitete in Vancouver. Dagegen war Sardinien gar nichts. Unmittelbare Nachbarschaft war das.

Ein Heimspiel. Ich wollte mit Cristina reden. Am besten sofort. Doch genau in dem Moment, als ich mich auf den Weg machen wollte, hörte ich Stimmen und Geräusche vor der Tür. Es waren die Besitzer der Wäscherei, das ältere Ehepaar, das ich Tag für Tag durch die Scheiben arbeiten sehen konnte, mit dem ich aber nur ein- oder zweimal gesprochen hatte. Jetzt waren sie beide vor die Tür getreten, unterhielten sich und blickten die Via Roma hinauf Richtung Corso. Ich trat ebenfalls hinaus, grüßte und sah zu, wie der Mann das Rollgitter vor seinem Geschäft herunterließ. Dabei war an Feierabend noch gar nicht zu denken. Ehe ich etwas sagen konnte, wandte die Frau sich zu mir und sagte: »Der Trauerzug kommt.« Ich verstand. Wenn der Trauerzug kommt, werden die Rollgitter heruntergelassen. Ich ließ auch mein Rollgitter herunter, obwohl mir nicht ganz klar war, warum man das eigentlich tat. Aus Ehrerbietung vor den Verstorbenen? Aus Pietät? Aber was war daran pietätvoll? Vielleicht war es mehr Aberglaube und Angst als Pietät. Eine Schutzmaßnahme. Damit der Tod nicht ins Haus kam.

Wer dem Zug nicht folgte, der trat vor das Haus und neigte den Kopf, wie ich es bei den Wäschereibesitzern neben mir sehen konnte. Ich tat es ihnen nach, neigte meinen Kopf ebenfalls und gedachte der Zigarettenhändlerin, deren Tod mich traurig machte. Neben der Familie, den Verwandten, Nachbarn und Freunden folgten sicher auch viele Ladeninhaber und Geschäftsleute dem Sarg. Die Gemeinschaft gab der Toten ihr letztes Geleit. Und darum war ich auch nicht sonderlich erstaunt, als ich Enrico unter den Trauernden sah. Chiara war nicht dabei, sie musste sich um ihr Kind kümmern. Erstaunter war ich, als ich Cristina neben Enrico entdeckte. Nicht nur erstaunt, auch ein wenig erschrocken. Sie hatte ein schwarzes Tuch um Kopf und Schultern gelegt und sah aus wie diese schwarz gekleideten sardischen Frauen auf alten Sardinienfotos. Zumindest um den Kopf und um die Schultern herum, denn ansonsten war sie ganz normal gekleidet, mit Jacke und Jeans. Als sie an mir vorbeikam, blickte sie zu mir herüber, wogegen Enrico unvermindert vor sich hin starrte. Sie verzog jedoch keine Miene, während sie mich ansah. Was ich auch verstand, jede Geste, jeder Gruß und jedes Lächeln wären jetzt ganz unpassend gewesen. Trotzdem schmerzte es mich, dass sie mir nicht wenigstens kurz zugelächelt oder irgendein Zeichen gegeben hatte. Eine Handbewegung, ein Lidschlag, das winzigste Erkennungszeichen hätte schon gereicht. Nur für uns beide. Wir gehörten doch zusammen. Aber noch ehe ich meinen eigenen Gedanken ganz zu Ende gedacht hatte und noch ehe Cristina ganz an mir vorbeigegangen war, wusste ich, dass sie jetzt dort angekommen war, wo sie wirklich hingehörte. Sie gehörte zu denen, die mit ihr dem Sarg der Zigarettenhändlerin folgten. Ich sah es ihrem Gesicht an, das sehr ernst, aber auch sehr beruhigt wirkte. Und ich wusste ebenfalls, dass ich mich schon bald auf den Weg nach Berlin machen würde.

LITERATURVERZEICHNIS

Cagnetta, Franco: *Die Banditen von Orgosolo. Porträt eines sardischen Dorfes,* aus dem Frz. übers. von Margarete Bormann, Düsseldorf/Wien 1964

Deledda, Grazia: *Cosima,* übers. und mit einem Nachw. vers. von Birgit Klarner, Berlin 1998

Goethe, August von: *Auf einer Reise nach Süden. Tagebuch 1830,* hrsg. von Andreas Beyer und Gabriele Radecke, München/Wien 1999

Goethe, Johann Caspar: *Reise durch Italien im Jahre 1740,* hrsg. von der Deutsch-Italienischen Vereinigung, Frankfurt am Main, aus dem Ital. übers. und kommentiert von Albert Meier unter Mitarbeit von Heide Hollmer, München 1999

Goethe, Johann Wolfgang von: *Italienische Reise,* textkritisch durchges. von Erich Trunz, kommentiert von Herbert von Einem, München 2007

Jünger, Ernst: *Am Sarazenenturm,* Frankfurt am Main 1955

Jünger, Ernst: *Das abenteuerliche Herz,* Stuttgart 1987

Jünger, Ernst: *San Pietro,* in: Ders., Sämtliche Werke. Erste Abteilung, Band 6, Tagebücher VI, Reisetagebücher, Stuttgart 1982, S. 325–361

Jünger, Ernst: *Sardische Heimat. Ein Gang durch das Museum von Cagliari,* in: Ders., Sämtliche Werke. Zweite Abteilung, Essays, Band 12, Essays VI, Stuttgart 1979, S. 267–287

Jünger, Ernst: *Subtile Jagden,* Stuttgart 1967
Koeppen, Wolfgang: *Der Tod in Rom,* Frankfurt am Main 1996
Koeppen, Wolfgang: *Wer bereitet den Raben die Speise,* in: Auf dem Phantasieroß. Prosa aus dem Nachlaß, hrsg. von Alfred Estermann, Frankfurt am Main 2000, S. 578–585
Lawrence, D. H.: *Das Meer und Sardinien. Reisetagebücher,* übers. von Georg Goyert, Zürich 1985
Ledda, Gavino: *Padre Padrone. Mein Vater, mein Herr,* übers. von Heinz Riedt, Zürich/Köln 1978
Levi, Carlo: *Aller Honig geht zu Ende. Tagebuch aus Sardinien,* übers. von Helly Hohenemser, Aufnahmen von János Reismann, Köln 1965
Levi, Carlo: *Christus kam nur bis Eboli,* übers. von Helly Hohenemser-Steglich, Nachwort von Massimo L. Salvadori, München 1983
Vittorini, Elio: *Sardinien. Ein Land der Kindheit,* übers. von Sabine Schneider, Frankfurt am Main 1997
Wagner, Max Leopold: *Reisebilder aus Sardinien,* hrsg. von Giovanni Masala, mit einem Geleitwort von Giulio Paulis, Stuttgart 2003

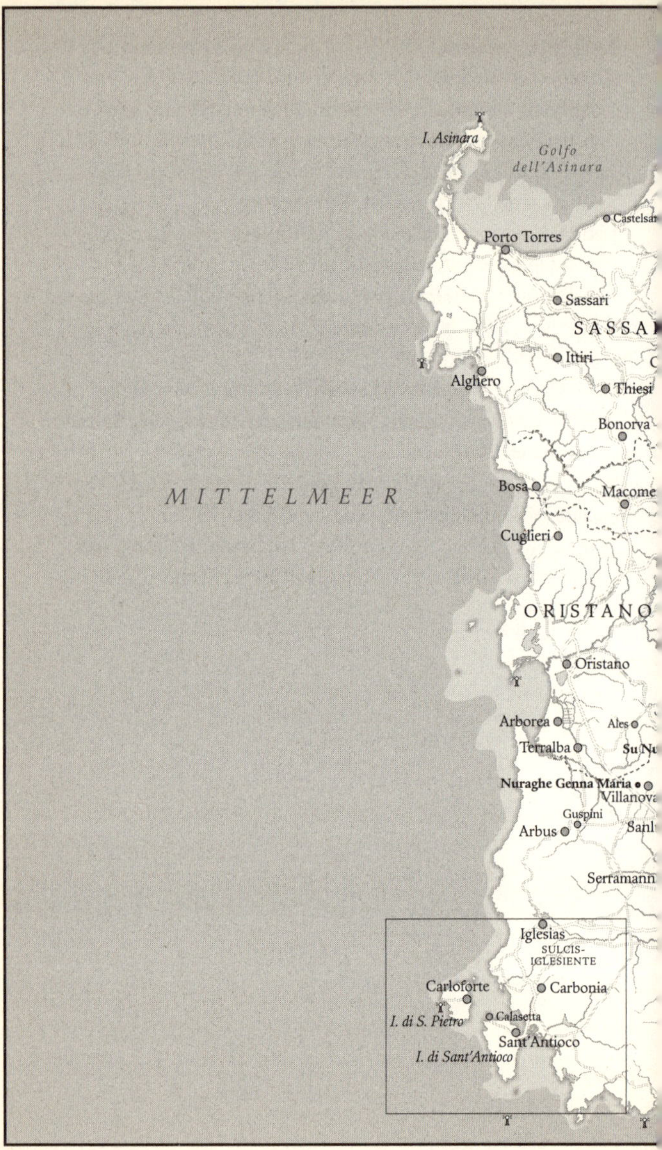
I. Asinara
Golfo dell'Asinara
Porto Torres
Sassari
Ittiri
Alghero
Thiesi
Bonorva
MITTELMEER
Bosa
Cuglieri
ORISTANO
Oristano
Arborea
Ales
Terralba
Nuraghe Genna Maria
Guspini
Arbus
Iglesias
SULCIS-IGLESIENTE
Carloforte
Carbonia
I. di S. Pietro
Calasetta
Sant'Antioco
I. di Sant'Antioco

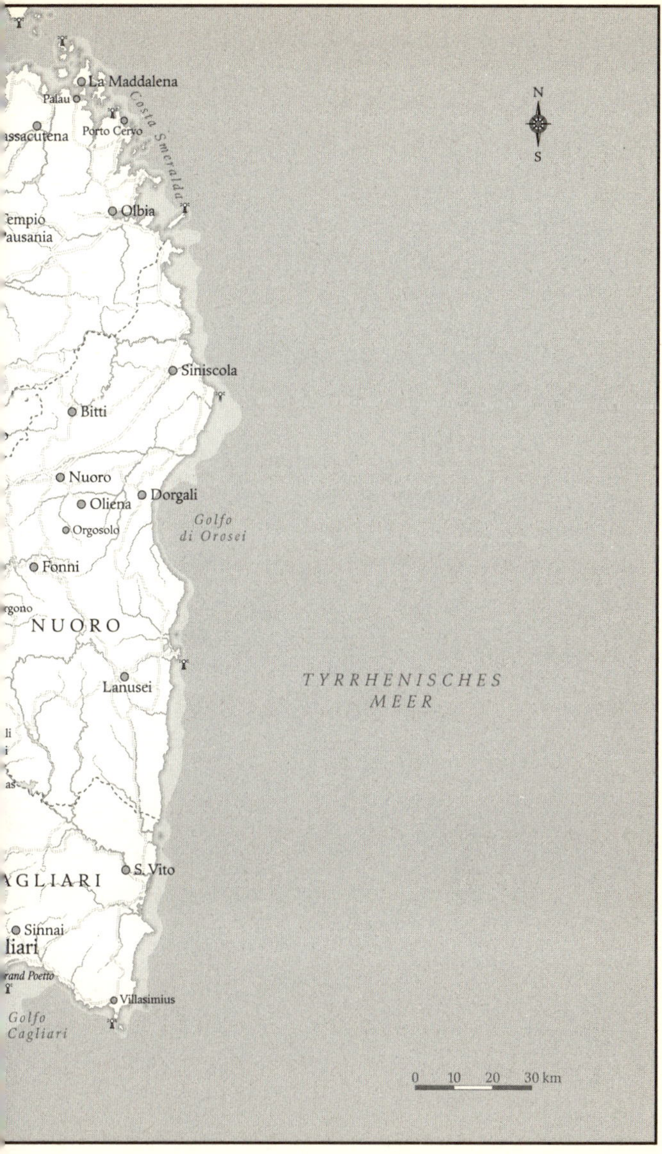
La Maddalena
Palau
Costa Smeralda
Porto Cervo
Olbia
Siniscola
Bitti
Nuoro
Oliena
Dorgali
Orgosolo
Golfo di Orosei
Fonni
NUORO
Lanusei
TYRRHENISCHES MEER
S. Vito
Sinnai
Villasimius
Golfo
N
S
0 10 20 30 km

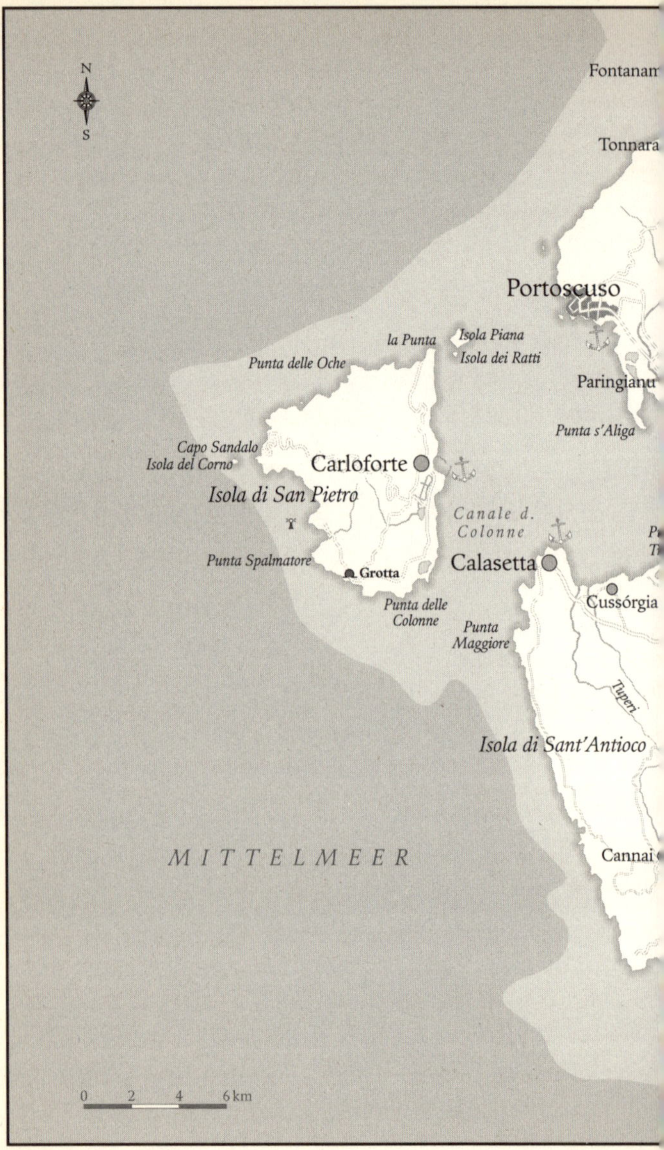

N
S
Fontanam
Tonnara
Portoscuso
la Punta
Isola Piana
Isola dei Ratti
Punta delle Oche
Paringianu
Punta s'Aliga
Capo Sandalo
Isola del Corno
Carloforte
Isola di San Pietro
Canale d. Colonne
Punta Spalmatore
Grotta
Calasetta
Cussórgia
Punta delle Colonne
Punta Maggiore
Tuperi
Isola di Sant'Antioco
MITTELMEER
Cannai
0 2 4 6 km

Iglesias
Musei
Séddas Moddízzis
Villamassárgia
Cixerri
Gonnesa
SULCIS-IGLESIENTE
Zinnigas
Troncia
Cortoghiana
Barbusi
Terrúbia
Narcao
Carbonia
Perdaxius
Mannu
Nuxis
zaccara
Tatinnu
San Giovanni
Coremó
Villaperuccio
Tratalías
Santadi
Pálmas
Lago di Monte Pranu
nt'Antioco
Giba
Piscínas
Barrua
Siriddi
Masainas
Scarráus
Punta s'Aliga
Porto Botte
is Scáttas
is Carillus
Sant'Anna Arresi
Golfo di Pálmas
Teulada
Punta Menga
la Vacca
Isola Rossa